英国少女探偵の事件簿②

貴族屋敷の嘘つきなお茶会

ロビン・スティーヴンス　吉野山早苗 訳

Arsenic For Tea

by Robin Stevens

コージーブックス

挿画／龍神貴之

本書をボーディとＭＢのみなさんに捧げます。長年の思いやりと友情に感謝を込めて
――そして、デイジーをすてきなお屋敷に住まわせてくれたことに。

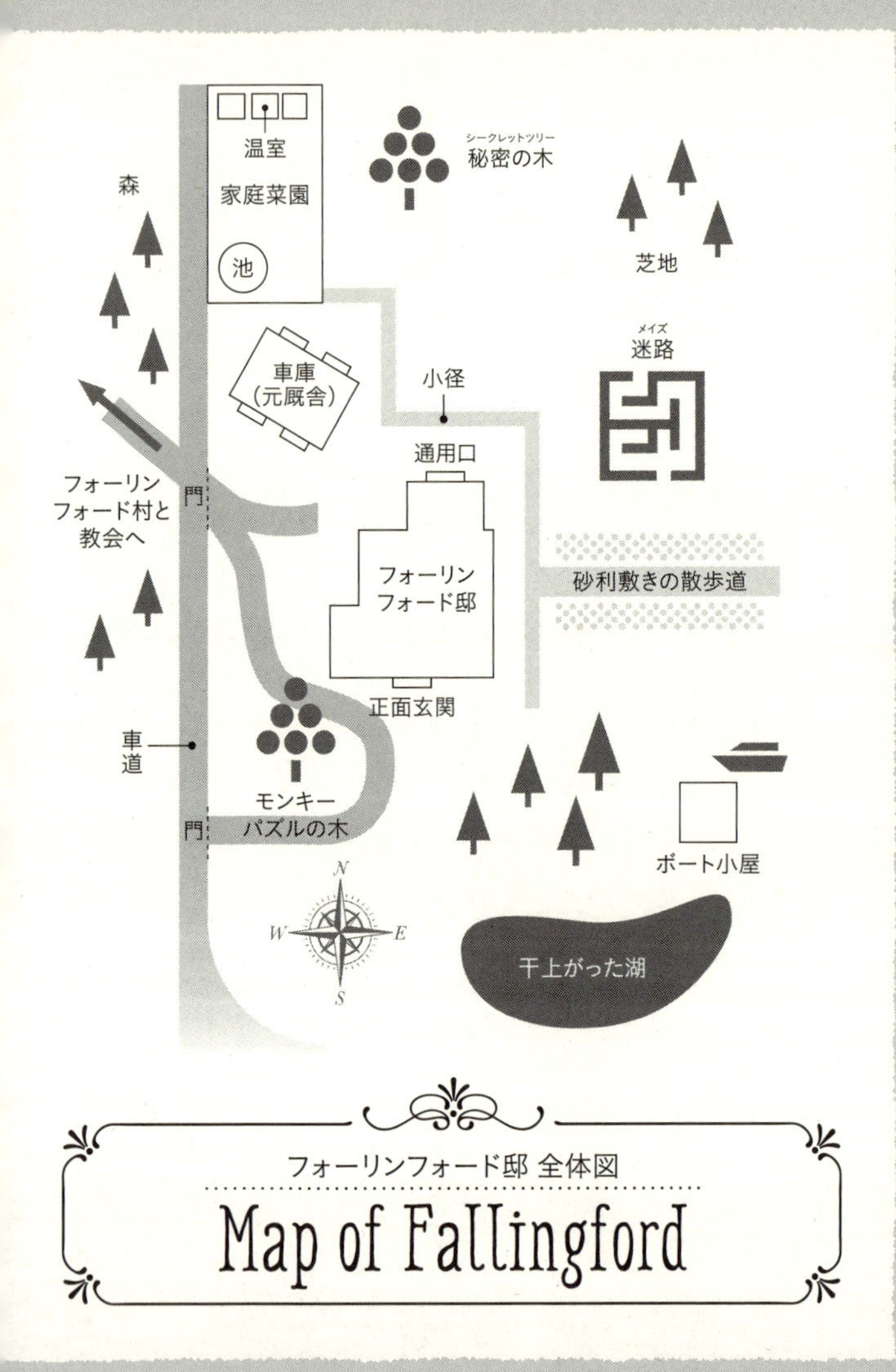
温室
家庭菜園
池
森
シークレットツリー
秘密の木
芝地
メイズ
迷路
車庫
(元厩舎)
小径
通用口
門
フォーリン
フォード村と
教会へ
フォーリン
フォード邸
砂利敷きの散歩道
正面玄関
車
道
モンキー
パズルの木
門
ボート小屋
N
W
E
S
干上がった湖
フォーリンフォード邸 全体図
Map of Fallingford

1階
Ground Floor

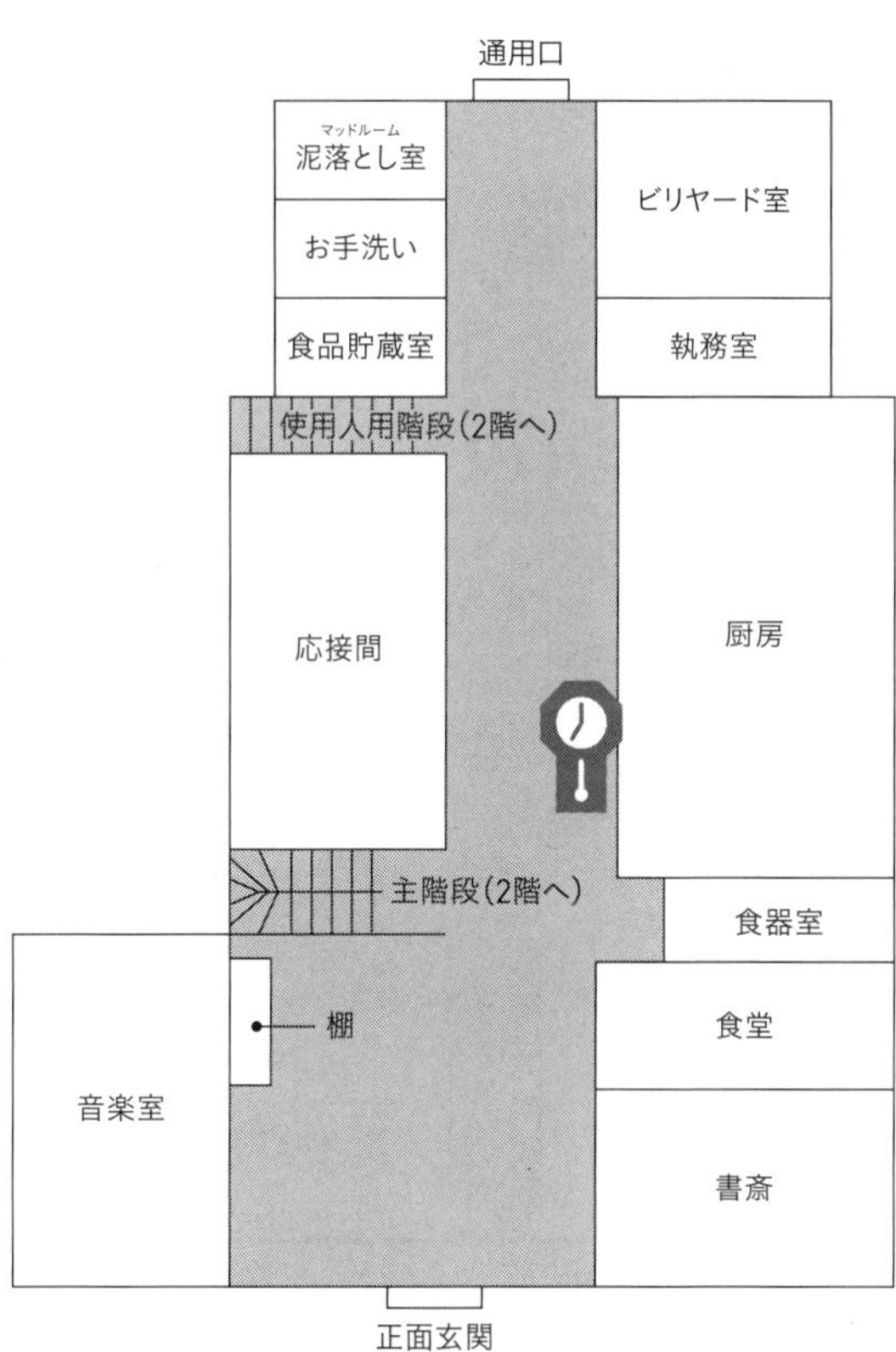
通用口
マッドルーム
泥落とし室
お手洗い
食品貯蔵室
ビリヤード室
執務室
使用人用階段(2階へ)
応接間
厨房
主階段(2階へ)
食器室
棚
食堂
音楽室
書斎
正面玄関

2階
First Floor

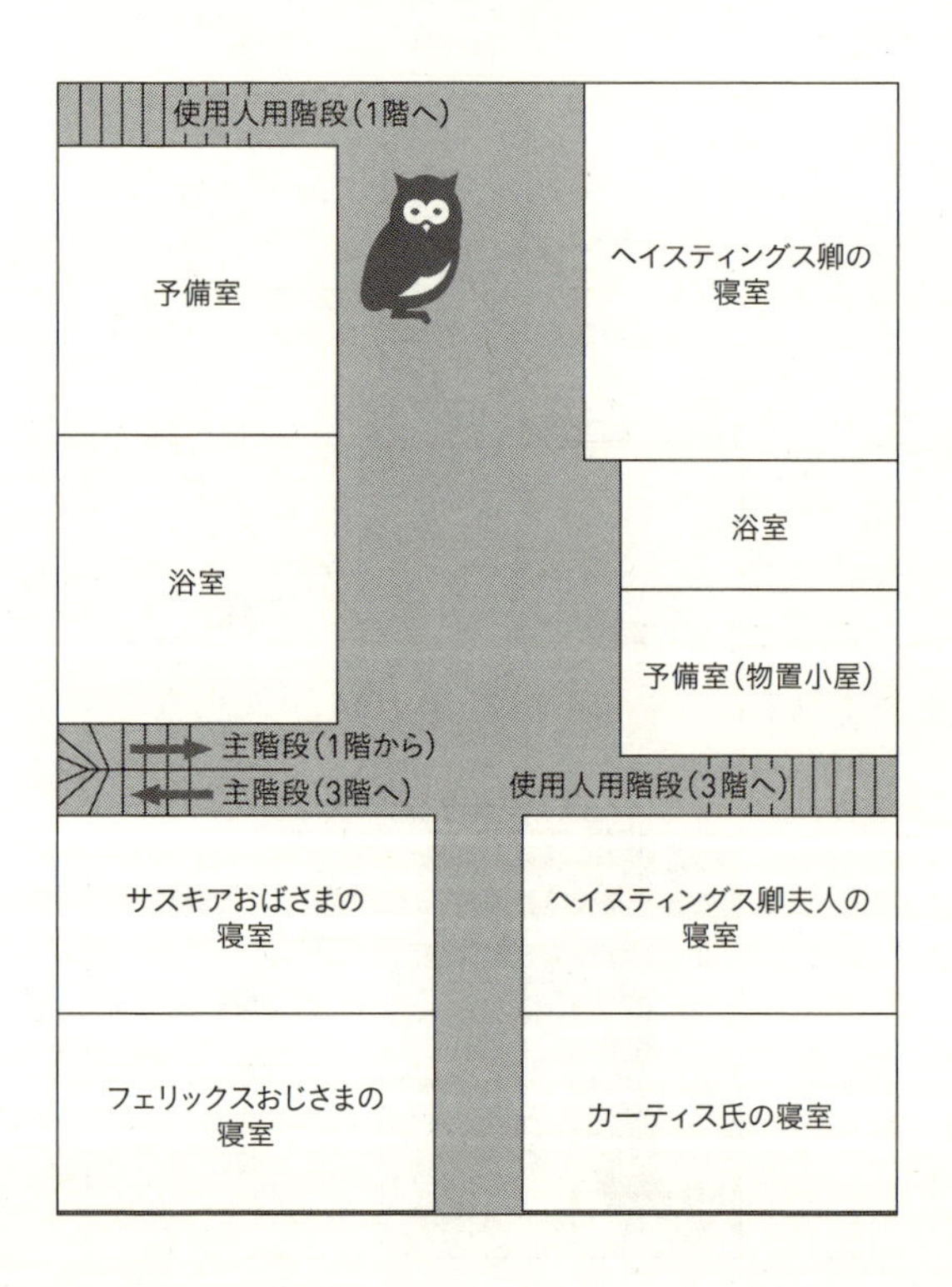
使用人用階段（1階へ）
予備室
ヘイスティングス卿の
寝室
浴室
浴室
予備室（物置小屋）
主階段（1階から）
主階段（3階へ）
使用人用階段（3階へ）
サスキアおばさまの
寝室
ヘイスティングス卿夫人の
寝室
フェリックスおじさまの
寝室
カーティス氏の寝室

3階
Top Floor

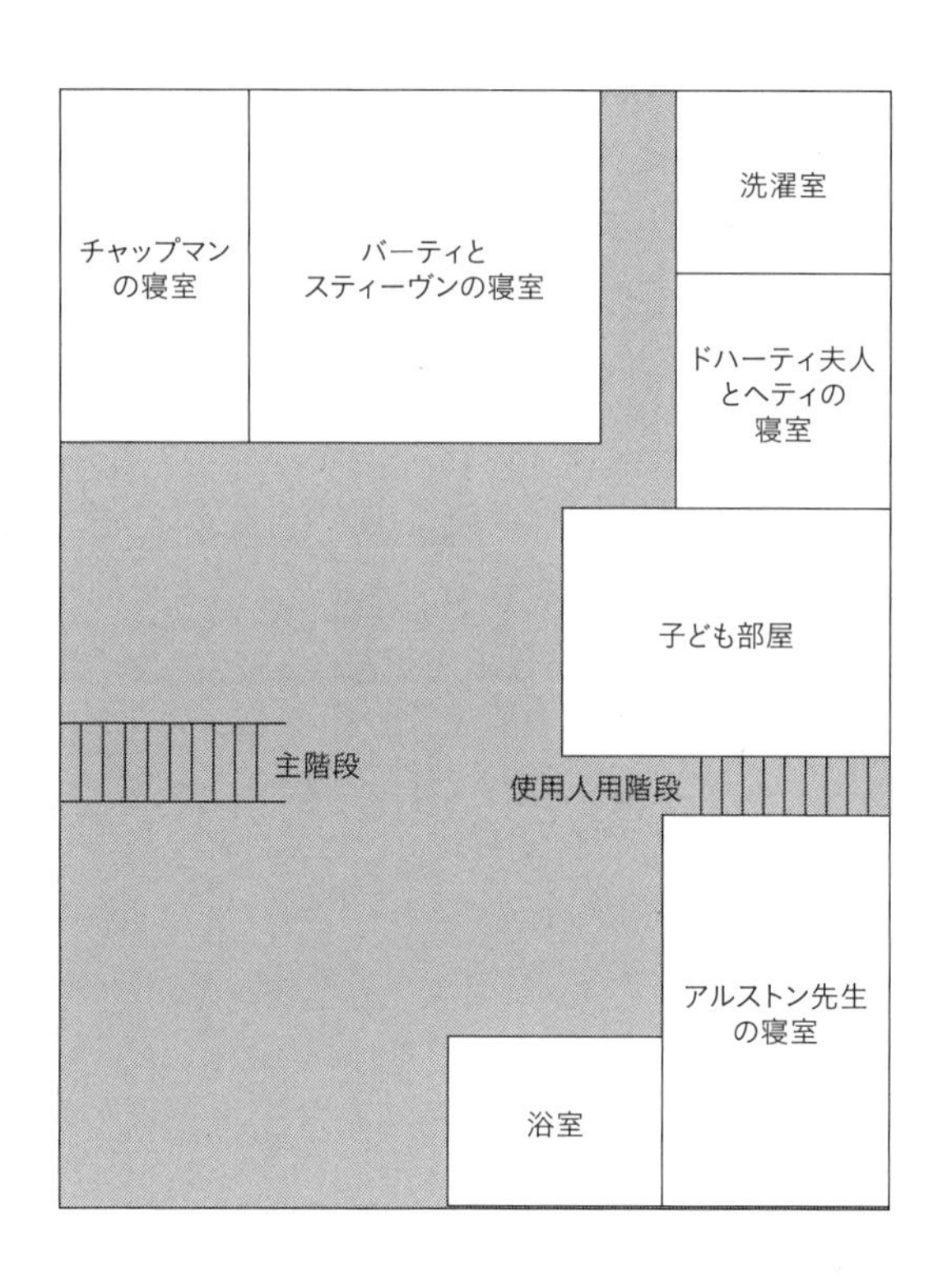
チャップマン
の寝室
バーティと
スティーヴンの寝室
洗濯室
ドハーティ夫人
とヘティの
寝室
子ども部屋
主階段
使用人用階段
アルストン先生
の寝室
浴室

これは〈ウェルズ&ウォン探偵倶楽部〉が捜査した
〝カーティス氏毒殺事件〟の全容を記した事件簿である。

同倶楽部　副会長兼秘書ヘイゼル・ウォン（十三歳）
一九三五年四月十三日　土曜日

貴族屋敷の嘘つきなお茶会

謝辞

本作の登場人物は全員、完全なフィクションです。とはいえ、実在の地名や人物名がうっかり紛れこんでいることもあります。デイジーとヘイゼルの世界の一部になってくれた人たちみんなに（自分のことだとわかるわよね）感謝します。とくに、つぎの方がたへ。

ボーディとそのご家族。彼女たちがいなければ、フォーリンフォード邸は存在しなかったでしょう。ボーディが見取り図を描く技術はまさに比類なく、おかげでじっさいのお屋敷をイメージできました。鳥の剝製の一族まで描き入れる人はそれほど多くないと思いますが、彼女は描きました。

エイミーとエミリーは、本物のミリーとトースト・ドッグを紹介してくれました。二匹とも、とても賢い犬です。この本のなかでも二匹の魅力を精一杯、描写したつもりです。

そして、ジェシカおばさんに熱烈にあこがれているサスキア――ほんとうのあなたは、この本に出てくるサスキアおばさまとは名前以外ぜんぜんちがうと、わかってくれますように。

前作で名前を挙げたすてきな友人たちや家族のひとりひとり（みんなのことはあいかわらず、ぴったりおなじだけの気持ちで愛しているわ）だけでなく、本作を書くにあたって力を貸してくれた、グッド家のみなさん。名字の〝Ｇｏｏｄｅ〟に〝Ｇｏｏｄ〟とあるだけにグッドで、どの登場人物もいちどに五つの部屋にいるような、何を書いても意味をなさずに苦労した最初の数カ月間、わたしを家に泊めて執筆する場所を提供してくれました。

そして、才気あふれる最初の読者のみんな。母のケイティ・ブース・スティーヴンス、大切なパートナーのメリンダ・ソールズベリー、エージェントのジェマ・クーパー。みんな、完璧に正しかったわ。どこまでも気の利いた助言のおかげで、この本はずっとすばらしいものになりました。

編集者のナット・ドハーティはプロットに色をつけ、また本作が最高の、そしてこれ以上ないほどにおいしそうな食べものであふれる物語になるよう励ましてくれました。このシリーズのプロモーションに熱心に取り組んでくれた広報担当のハリエット・ヴェン、そしてマインガ・ビーマとランダム・ハウスのチームの方々。どんな作品も共同制作の結果ですが、みなさんのうちのひとりでも欠けていたら、この本を世に出すことはできなかったでしょう。

ニーナ・タラはみごとな見取り図やイラストを描いてわたしの作品に命を吹きこみ、ローラ・バードとアート・チームのみなさんはすばらしいカバーをつくってくれました。

マシューは愛情深くわたしを支え、そして熊についていっそう有益な提案をしてくれました。スモーレー家のみなさんは誰の手を借りることなく、あちこちの本屋さんを訪れてはこの本を宣伝して回ってくれました。とくにキャロリンには、糖蜜パイをフォーリンフォード邸のメニューに加えてくれたことに感謝します。

たくさんのすばらしい方法で、前作の『お嬢さま学校にはふさわしくない死体』を口コミで広めてくれたみなさん――とくにオックスフォードのブラックウェル書店のみなさんは、相当なエネルギーと熱意で応援してくれました。わたしはすっかり驚かされ、言葉にできないほどに感謝しています。

常にわたしを誇りに思い、愛情を注いでくれる両親へ――ふたりのおかげでいまのわたしがいます。ふたりの娘で、わたしはほんとうにラッキーです。

最後に、エージェントのジェマ・クーパー。あなたは正真正銘のフェアリー・ゴッドマザーです。そして、さらに多くのみなさんにも感謝を！

ロビン・スティーヴンス
デヴォンにて　二〇一四年八月

主要登場人物

【ウェルズ家の人々】

ジョージ・ウェルズ……………ヘイスティングス卿。デイジーの父
マーガレット・ウェルズ…………ヘイスティングス卿夫人。デイジーの母
サスキア・ウェルズ………………通称〝サスキアおばさま〟。ヘイスティングス卿のおばで、デイジーの大おば
フェリックス・マウントフィチェット……通称〝フェリックスおじさま〟。ヘイスティングス卿夫人の兄で、デイジーのおじ
アルバート・ウェルズ……………通称〝バーティ〟。デイジーの兄
デイジー・ウェルズ………………〈ウェルズ&ウォン探偵倶楽部〉会長。ヘイスティングス卿の娘

【滞在客】

ヘイゼル・ウォン…………………〈ウェルズ&ウォン探偵倶楽部〉副会長兼秘書
キティ・フリーボディ……………ディープディーン女子寄宿学校の生徒。デイジーとヘイゼルとは寮で同室
レベッカ・マーティノー…………通称ビーニー。ディープディーン女子寄宿学校の生徒。デイジーとヘイゼルとは寮で同室

デニス・カーティス……………………ヘイスティングス卿夫人の友人
ルーシー・アルストン………………デイジーの家庭教師
スティーヴン・バンプトン…………バーティの学友

【ウェルズ家の使用人】
チャップマン…………………………執事
オブライエン…………………………運転手および庭師
ドハーティ夫人………………………料理人およびメイド頭
ヘティ…………………………………メイド

【犬】
トースト・ドッグ……………………ラブラドール
ミリー…………………………………スパニエル

第1部

カーティス氏登場

1

とんでもないことがカーティス氏の身に起こった。

そのことを心配している自分に、すごく驚いている。カーティス氏をどう思うかときょうの朝に訊かれていたら、ものすごく感じの悪い人だと答えたはずだから。でもどれほどいやな人だって、あんな目に遭っていいわけはない。

もちろんデイジーは、そんなふうには考えていない。彼女にとって犯罪は、気を揉むような現実の出来事なんかではないから。興味があるのは、何が起こったかという事実だけで、それがどういうことかを理解したいのだ。もちろん、あたしも理解したい――でなければ、探偵倶楽部のメンバー失格だ――けど、どれだけがんばっても、探偵らしく考えることはできないでいる。

でも現実には、あたしもデイジーもまた、探偵らしく考えなくてはならなくなる。たったいま、ひどくおそろしい話を聞いてしまったから。おかげで、カーティス氏の身に起こったことはただの事故でも、とつぜんの病気でもないとはっきりした。誰かが彼をあんな目に遭わせたのだ。となれば、それが意味するのはひとつしかありえない。探偵倶楽部がまた捜査に乗りだすときが来たということ。

デイジーからは、これまでにわかったことは探偵倶楽部の事件簿に書き留めるよう言われている。彼女はいつも、メモを取ることが大切だと言う。でも、自分がそうする必要はないとも思っていて、そこにすこしの疑問も感じていない。メモを取ることはあたしに任されている。あたしが探偵倶楽部の秘書だから。それに、副会長でもある。会長はデイジーだけど、あたしだって彼女に負けないくらい優秀な探偵だ。ふたりで最初に解決した本物の事件、〝ベル先生殺人事件〟のときにそのことは証明された。とはいえ、デイジーとはまったくタイプがちがう。あたしはよく考えてから行動するのが好きだけど、デイジーはウサギを追いかける猟犬みたいに、何にでも頭から突っ込んでいかないと気がすまない。だから、ちゃんとメモを取っている時間がないのだ。あたしたちは見た目もまったくちがう。あたしは背の低いぽっちゃり体型で、髪は黒い。デイジーはホイッペット犬みたいにすらりとして背も高く、輝くような金髪の持ち主だ。それでもふたりは親友で、犯罪を捜査するときにはみごとに連係プレイをする。

何が起こったのか、カーティス氏とは何者なのか、急いで説明したほうがいいかもしれない。

すべてのはじまりはイースターの休暇中、デイジーの誕生日を祝うためにフォーリンフォード邸にやってきたことだった。

2

ディープディーン女子寄宿学校の春学期は、何事もなく無事に終わった。去年はいろいろあったことを考えると――つまり、殺人事件が起こり、学校が閉鎖されてもおかしくないようなひどい状況だったから――これは驚いてもいい。とにかく、春学期はすごく平和だった。何か危険なことが起こるとか誰かが死ぬとかいう気配はなく、あたしはそれがすごくうれしかった。最近、探偵倶楽部が関わった事件といえば、〝キティのベッドに現れたカエル事件〟くらいだ。

フォーリンフォード邸でもおなじように穏やかに過ごせるとあたしは思っていた。事件簿が新しくなったところで説明しておくと、フォーリンフォード邸というのはデイジーの家のことで、それはまさに、イギリスの郊外の邸宅と聞いてみんなが思い浮かべるお屋敷そのものだ。壁には羽目板が嵌(は)められ、どこまでも広がる敷地には迷路(メイズ)があり、表の車寄せの真ん中にはものすごく大きなモンキーパズルの木まで立っている。あたしは最初、その木は造り物じゃないかと思った。でもよく見たら、ちゃんとした本物だとわかった。

ほんとうに、フォーリンフォード邸は本に出てくるようなお屋敷だ。敷地内には私有の森や湖があり、建物のなかには階段が四つもある（秘密の通路もあるはず、とデイジーは思っている。まだ見つけられていないだけで）。『秘密の花園』の主人公、メアリー・レノックスの花園みたいな、塀に囲まれて人目につかない家庭菜園もある。外から見ると、バース・ストーンという温かみのある黄色がかった石を何年にもわたってせっせと積み重ねて出来上がった、壮大な広場（スクエア）みたいだ。建物のなかにはいると、そこはまた別世界かというような空間が広がっていて、いくつもの部屋と階段と廊下がある。廊下は広々として曲がり角がなく、どの部屋にもどの階段にも接している。玄関広間には剝製の鳥の一群（とくにすばらしいのは、二階の廊下に置かれたフクロウだ）に、グランドピアノ、スペイン櫃（ひつ）がいくつかに、本物の鎧（よろい）一式まである。ディープディーン女子寄宿学校とまったくおなじで、どれもこれもぞんざいに扱われているうえにものすごく古くてくたびれているから、ほんとうはとてつもなく価値のあるものだとわかるのにしばらくかかった。デイジーのママは宝石を化粧台に置きっぱなしにするし、二匹の飼い犬が泥のなかを散歩したあとは、デイジーのおばあちゃんの結婚記念に王さまから贈られたタオルで足を拭いているのだ。デイジーはデイジーで、書斎(ライブラリー)にある初版本のページの隅を折ったりする。どの本もデイジーのパパが生まれるまえからあるものなのに。そういったことに比べたら、ウェディングケーキみたいなあたしの香港の白い家なんて、それらしく見せてはいるけど、やっぱり本物の真似をしているだけとしか思えなくなる。

あたしたちはウェルズ家のお抱え運転手、オブライエンが運転する自家用車でここまでやってきた(オブライエンは庭師でもある。あたしの家とちがって、ウェルズ家には使用人の数が足りていないみたい。お屋敷がくたびれているのは、それと関係があるんじゃないかとあたしは思っている)。四月六日の土曜日、よく晴れた午前のことだ。陽の射す外から広くて暗い石敷きの玄関にはいると(薄闇のなかから鎧がぬっと現れて、すごくこわかった)、長年、ウェルズ家に仕える執事のチャップマンが迎えてくれた。髪は真っ白で、背中がすこし曲がっている。このお屋敷にずいぶん長くいるから、古い振り子時計みたいに、いまにも動きを止めてしまいそうだ。それと、二匹の犬も——一匹はミリーという小型のスパニエルで、デイジーの膝のあたりまでぴょんぴょん飛び跳ねていた。もう一匹のトースト・ドッグは黄味を帯びた毛色の大きなラブラドールで、歳をとっている。こわばった脚でよろよろとその場を行ったり来たりしながら、具合が悪そうに唸(うな)っていた。チャップマンはトースト・ドッグとおなじように唸りながら、腰をかがめてデイジーのお菓子箱を持ち上げ（チャップマンはほんとうにおじいちゃんだ。錆(さ)びついたおもちゃみたいに、何かをしている途中で動かなくなるんじゃないかと、あたしは心配しどおしだった）、言った。「デイジーお嬢さま、おかえりなさいませ」

そのとき、書斎からデイジーのパパが跳ぶようにして現れた。ヘイスティングス卿（デイジーのパパは〝ヘイスティングス卿〟と呼ばれている。デイジーとおなじ、名字はウェルズなのに――どうやら男爵以上になると、どれくらい偉いのかを示すために家名でなく爵位名で呼ばれるらしい）はぽっちゃりとした血色のいい顔をして、白い口髭をもじゃもじゃに生やしている。上着はお腹のところがはち切れそうだけど、笑うとデイジーにそっくりだった。

「デイジー！」ヘイスティングス卿は大きな声で言い、両手を広げた。「そしてデイジーのお友だち！　以前、お会いしたかな？」

デイジーのパパはすごく忘れっぽい。

「パパ、ヘイゼルのことは知ってるはずでしょう」ため息をつきながらデイジーは言った。「クリスマスのときにも来たじゃない」

「ああ、ヘイゼルか！　これはこれは、よく来てくれた。調子はどうかね？　ところで、きみはどういった子なんだろう？　いつものデイジーのお友だちとはようすがちがうようだが。イギリス人かな？」

「ヘイゼルは香港出身よ、パパ」デイジーは言った。「それは彼女にはどうにもできないでしょう」

あたしは旅行鞄の把手(とって)をぎゅっと握って、笑顔を崩さないようにがんばった。ディープディーン女子寄宿学校にはもうすっかり馴染んでいて、学校のみんなもあたしに慣れているから、ときどき、自分はみんなとちがうということを忘れてしまう。でも学校を離れるとすぐにまた、こんなふうに思いださせられる。はじめて会う人のなかには、あたしをじろじろと見たり、聞こえないようにもごもごと何かをつぶやいたりする人もいる。でも、たいていは声に出してしまう。世の中はそういうものだとわかっているけど、そういう人たちには、あなたがいま見ているあたしだけがあたしじゃないと言いたいし――ほんとうのあたしはいい人に見えますように、と思わずにはいられない。

「わたしはヘイスティングス卿だ」その場を取り繕おうとしているらしい。「だが、デイジーのパパと呼んでくれてかまわない。何せわたしは、デイジーのパパなんだから」

「パパ、ヘイゼルはちゃんとわかってる！」デイジーがたしなめた。「前にもここに来たことがあるって言ったでしょう」

「ともかく、ふたりともわが家に帰ってきてくれてたいへんうれしいよ。では、わたしは書斎にもどって本のつづきを読むとしよう」デイジーのパパがそう言いながら踵を上げたり下ろしたりすると、口髭の上で頰がたぷんたぷんと揺れた。

デイジーは自分の父親のことをうさんくさそうに見た。「何か企んでいるわね……」

「それなら、いっしょに来るといい。まったく、やっかいな娘だ」ヘイスティングス卿はからだの横で肘を軽く曲げた。デイジーはにっこりと笑い、そこに手を添える。ディナーにエスコートされるレディみたいに。

卿はデイジーを連れて書斎に向かった。あたしもふたりにつづいた。そこは玄関よりも暖かく、書棚には何度も読みこまれて革製の表紙が擦り切れた本がびっしりと収められている。あたしの父の書斎はぜんぶの本が整然と並び、使用人が一日に二回、埃を払う。それと比べたら、なんだかおかしい。フォーリンフォード邸はデイジーの頭のなかとおなじで、ごちゃごちゃしている。

ヘイスティングス卿は緑色の椅子に座るようにと、デイジーに手振りで示した。椅子の上はクッションでいっぱいだ。デイジーがそこに優雅に腰を下ろすと——とてもはしたない音が大きく響いた。

卿はけらけらと笑いながら大きな声で言った。「おもしろいだろう？　少年雑誌で見つけて、すぐに取り寄せたんだよ」

デイジーは唸った。「パパ。パパってほんとうに救いようがないわね」

「おやおや。そんなことを言うものではないよ、かわいいデイジー。気の利いた冗談じゃないか。まったく、おまえは子どもだなんて思えないときがあるよ」

デイジーはすっくと立ち上がった。「やめて、パパ。パパのために子ども部屋がもうひとつ必要だなんて、考えたくない」そう言いながらも、またにっこり笑う。ヘイスティングス卿も、目をきらきらさせてデイジーを見ていた。

「ヘイゼル、行こう。もう、引きあげたほうがいいみたい」

あたしたちは子ども部屋に向かった。

3

ヘイスティングス卿はその週ずっと、悪ふざけをくり返した。

「パパ」火曜日の夕食のとき、お皿めがけて飛んできた偽物のインクを拭いながら、デイジーは低い声で言った。「パパのせいで、わたしがすごく恥ずかしい思いをしてるの」

でも、本気でそう思ってはいない。ハンカチに顔をうずめてくすくす笑うヘイスティングス卿を見る彼女のようすから、それがわかる。とはいえ母親に見られているときはいつも、用心深くていい子のデイジーをちゃんと演じていた。賢く、どんなことにもすごく興味を持つという秘密の一面が現れるのは、父親といっしょのときだけのようだ。そして、それには何か意味があるはず。デイジーは心から好きな人たちにしかほんとうの姿を見せないけど、好きな人たちというのもたくさんはいない。その日の夕食の席には母親のヘイスティングス卿夫人もいたから、デイジーは慎重に、その場に完全にふさわしい振る舞いをつづけていた。

「デイジーの言うとおりよ、ジョージ」ヘイスティングス卿夫人は夫に厳しい目を向けながら、ぴしゃりと言った。

みんな、かすかにからだを縮こませた。この休暇のあいだ、ヘイスティングス卿と夫人の間には何かよくない雰囲気が漂っている。クリスマスにここに来たとき、あたしはデイジーのママを完璧にすてきな人だと思っていた。ほんのすこし、ぼんやりしたところはあるけど。でも、今回はまったく別人のようだ——どことなく冷たいし、何にでも腹が立つみたい。クリスマスに会ったときと変わらず、背が高くて髪は金色でものすごく美しいけど、いまのこの美しさは、触れてはいけない磁器の花瓶のようだ。そして、ヘイスティングス卿がすることは、何もかもまちがっているように思えた。そんなふたりといっしょにお屋敷にいるのは、戦争の真っただ中に囚われているのに状況が似ている。右と左に軍隊がいて、あたしたちの頭越しに銃を撃ち合っているみたいな。口を利かない両親というものについては、あたしはちゃんとわかっている——香港の家でも父と母が、何週間もあたしを通じてしか話さないことがあるから。あたしがまるで、歩く電話だとでもいうみたいに——けど、ヘイスティングス卿夫妻はそれとはまったくちがう。かわいそうに、ヘイスティングス卿は落ちこんでいた。

なんとかしようと花やチョコレートを夫人にプレゼントしても、花は萎（しお）れるまで、チョコレートは箱がつぶれるまで、夫人の寝室の外で放っておかれるだけだった。花はそのあと厨房に下げられたから、そこはだんだんと温室みたいな雰囲気になっていった。チョコレートはほとんど、デイジーとあたしでおやつ休憩のときに食べた（ディープディーン女子寄宿学校に敬意を表し、休暇中もおやつ休憩を取ろうとデイジーは言い張った。あたしにはそれに反対する理由はなかった）。

「パパはママを愛してるのよ」オレンジクリームを頰張りながらデイジーは言った。「それに、ママもパパを愛してる。ほんとうはね。そんな気持ちはたまにしか見せないけど。最後には機嫌を直すわ」

　あたしにはそうは思えない。ヘイスティングス卿夫人はひとりのときはずっと、自分の寝室に閉じこもっているようだし、そうでなければ玄関広間で電話していたから。受話器に向かってひそひそと話しつづけ、誰かが近づきすぎると黙りこむのだ。

　ヘイスティングス卿夫妻の口論のせいで居心地の悪い思いをしているのは、あたしとデイジーだけではない。イートン校の最終学年に在籍するデイジーのお兄さんのバーティも、休暇でお屋敷にもどっていたから。

　バーティは驚くほどデイジーとそっくりだ。ゴムみたいにからだを伸ばして髪を短くしたデイジー、といった感じ。でも、デイジーがいまにも飛び立ちそうなロケットみたいに元気潑剌（はつらつ）としている一方で、彼は何かにつけて文句を言う。いつも不機嫌そうで、帰ってきたとたん、お屋敷のなかを引っ掻き回しはじめた。鮮やかな緑色のズボンをはき、昼も夜も関係なくおかしな時間に、調律の合っていないウクレレを好きに弾きまくったのだ（デイジーによると、バーティがウクレレで演奏できるのは三曲だけで、しかも三曲ともへたくそだという）。彼は友だちのスティーヴン・バンプトンを連れてきていた。

スティーヴンが不機嫌なタイプでないのは、すごくありがたかった。背の低いずんぐり体型に、さらさらで赤みがかった髪をした彼は、穏やかでどことなく悲しげな雰囲気を漂わせている。あたしのことは〝東洋〟という漠然としたイメージではなく、ちゃんとひとりの人間として見てくれて、たちまち彼のことが好きになった。

スティーヴンがいてくれてよかったのは、この休暇中のフォーリンフォード邸であたしは、どこか居心地の悪い思いをしていたから——つまり、自分がいかに人とはちがうかを感じさせられていたからだ。バーティは音楽で怒りを表そうとするみたいにウクレレをぽろんぽろんと鳴らしつづけ、ヘイスティングス卿と夫人は口げんかをし、デイジーはお屋敷のなかを跳ぶように動き回っては、秘密の隠れ場所とかニシイワツバメの巣とか、かつてはひいおじいちゃんのものだった剣なんかを見せてくれた。そうしているうちにあたしは、香港のまとわりつくような熱気や、家に飾られたまがいもののフラワーアレンジをものすごく恋しく思うようになっていた。

もうひとりお屋敷にいるのは――料理人兼メイド頭のドハーティ夫人とメイドのヘティ以外で、ということ――デイジーの女性家庭教師、アルストン先生だ。学校が休みのあいだ、デイジーにはいつも家庭教師がつけられる。宿題を手伝ったり、デイジーが面倒なことに巻きこまれたりしないように目を光らせるのが、その役目だ。それに、ヘイスティングス卿が手紙を書く手伝いもする。「自分で書こうとすると、いつもパパは頭がこんがらかっちゃうの」それですべて説明がつくとでもいうようにデイジーは言った。

クリスマス休暇のときにあたしたちを苦しめたローズ先生は辞めていた。理由はまったくわからないらしい。「ちょっと電話をしてきて、ひと言、辞めますと言っただけなのよ！」あいかわらず不機嫌そうに、ヘイスティングス卿夫人は言った。「ひどい話よね。それで代わりに、アルストン先生に来ていただいたの」

学校の寮(ハウス)でおなじ部屋のキティなら、アルストン先生のことをやぼったいと言うだろう。先生は未婚のインテリ女性のイメージそのものだった。ウェスト部分が締まっていないすとんとした不格好な服を着ているし、びっしり生えた前髪で狭い額はすっかり覆われているし、みっともない茶色のピッグスキンのハンドバッグを肌身離さず持ち歩いている。はじめて会ったときは、すごく安心できるけどすごくつまらない人に思えた。でも、それは誤解だった。勉強を見てもらううちに、つまらない人なんかじゃないとわかってきた。それどころか、ものすごく興味を惹かれるようになった。

前任のローズ先生は時間を無駄にしない軍隊の大将みたいに、学校の宿題をさせただけだった。でも、アルストン先生はそんなことはぜんぜんしない。カルタゴのハンニバル将軍の物語をラテン語に翻訳しているときは、課題を中断し、ポエニ戦争で彼が引き連れていたゾウの話をしてくれた。水について学んでいるときは、外に出て雲を見せてくれた。シェイクスピアの戯曲を読んでいると、マクベス夫妻のことをかわいそうに思うかどうかと訊かれた。あたしはそう思うと答え（ふたりとも、あんなことをしなくてもよかったとは思うけど）、デイジーはとうぜん、まったくそう思わないと答えた。「どうしてか説明してちょうだい」とアルストン先生は言い、それからほぼ三十分、家庭教師といっしょに宿題をしているなんてことは、あたしもデイジーもすっかり忘れて楽しんでいた。

すごく不思議なのは、ほかの大人たちといっしょのときの先生はぜんぜんちがうということ。あたしたちの相手をしなくていいとき、先生はヘイスティングス卿に付き添って手紙の下書きをしたり、やるべきことの一覧をつくったり、卿に代わって少年雑誌にヨーヨーや付け髭を注文したりするだけの、完全にふつうの人だ。だからヘイスティングス卿は、アルストン先生のことをものすごくつまらない人だと思っている。先生に勉強を教えてもらうまえの、あたしとデイジーみたいに。

「冗談を言っても、くすりとも笑わないんだ！」卿はそう不満を口にした。

「そう言われても、べつにびっくりしないわ」デイジーはトースト・ドッグをなでるみたいにして、父親のおでこをやさしく叩いた。「ママ、どこでアルストン先生を見つけたの？」

「あら、いやだ。どうしてわたくしが覚えていると思うの？」ケープから犬の毛を必死に払い落とそうとしながら、ヘイスティングス卿夫人は訊いた。「たしか紹介所を通じてよ。手紙が来て……まさかデイジー、自分の家庭教師が気に入らないなんて言うんじゃないでしょうね？　わたくしがあなたの勉強を見てあげられないことは、よくわかってるくせに」

「それはもう、よくわかってますとも」デイジーは冷ややかに言ったけど、ほんとうは何が訊きたかったのか、あたしにはピンと来た。デイジーはアルストン先生のことをよく知りたいのだ。どうして、ほかの大人たちとはちがうのかということを。でも、その答えを知るのは簡単ではなかった。アルストン先生本人はとても興味深いのに、人前ではつまらない人でいつづけたから。デイジーとあたしは、ますます興味を募らせていった。

4

意味ありげな電話をしていないとき、ヘイスティングス卿夫人はずっとデイジーの誕生日パーティの準備をしていた。そのパーティもデイジーのためではなく、ほんとうは自分のために開こうとしていることは一目瞭然だった。

「子どものお茶会って！」デイジーはばかにしたように言った。「わたしをいくつだと思ってるのかしら？」

デイジーも友だちを招待していいことになっていたから、週末には、学校の寮でおなじ部屋のキティとビーニーがやってくる。あたしはすごくうれしかった。フォーリンフォード邸にいると、寮のちくちくする毛布や、洗いたての着替えのにおいや、茹でただけの食事がなつかしくてたまらなくなるほどだから。

金曜日の朝、みんなが食堂（ダイニングルーム）にそろっていると、外の車寄せから唸るような車のエンジン音が聞こえてきた。あたしはちょうど、トースト（自家製のジャムとバターが添えられていた。ジャムは敷地内の菜園で採れたプラムで、バターはウェルズ家の牧場の牛から搾った牛乳でつくられている）を食べているところだった。

デイジーは食べかけのニシンの燻製（くんせい）をそのままにして立ち上がり、「キティとビーニーだわ！」と言って椅子を後ろに押しやると、あっという間に玄関へ飛んでいった。あたしももぐもぐと口を動かしたまま、指についたジャムを舐（な）めながらあとにつづき、食堂のドアを出て左に曲がったところで――デイジーの背中にまともにぶつかった。

あたしは悲鳴を上げ、転ばないように彼女のカーディガンをとっさにつかんだ。

「デイジー、いったい――」

デイジーはぴくりとも動かなかった。ウサギを見つけたときのミリーみたいに。

「おはようございます。それで、どちらさまですか？」

誰と話しているのかを見ようと、あたしは彼女の背後から首を伸ばした。石造りの戸口のアーチの下に男の人が立っていた。大人というにはすごく若く、広告で見るモデルみたいに肩はがっしりして、腰回りはほっそりしている。その男の人が格好をつけながらゆったりとした足取りで玄関をはいってくると、ものすごくハンサムだとわかった。黒い髪はとても滑らかで、歯を見せてにっこりと笑っている。フォーリンフォード邸の玄関にはまったく似つかわしくないタイプだ。

光る歯をデイジーに見せながら彼は言った。「きみがデイジーか。ちっちゃなお嬢さんは、もうすぐ誕生日なんだってね」

「ええ、そうです」デイジーはとびきりの笑顔で答え、前に進み出ると手を差し出して握手した。でも、〝ちっちゃな〟なんて言われて、怒りの炎をめらめら燃え立たせている——そして、好奇心も。この男の人は誰で、会ったこともないのにどうして自分のことを知っているのかを知りたくて。そう、デイジーは相手が誰でも、出し抜かれるのが大嫌いなのだ。

そこで食堂のドアがばんとあいて、あたしたちの背後にデイジーのママが現れた。

「ママ」デイジーは軽い調子で訊いた。「この方はどなた？」

「まあ、何てこと！」ヘイスティングス卿夫人は叫んだ。声は裏返り、頬はピンクになっている。「うれしい！　こんなに早く会えるとは思ってなかったわ、デニス。デイジー、この方はお友だちのデニス・カーティスさんよ。あなたのお誕生日を祝いに来てくださったの。礼儀正しくしてね」

「わたしはいつも礼儀正しいでしょう」デイジーは言った。カーティス氏に笑顔を向けているけど、胸の内では怒りという炎が渦巻いているはずだ。

「きみのママとわたしは、とても仲よしなんだよ」まるであたしたちのことを七歳の子どもだと思っているような口ぶりだ。

「デニスはとてつもなく聡明でね」指でカーティス氏の腕を軽く叩きながら、ヘイスティングス卿夫人は言った。「骨董品に詳しいの。すばらしいものについては何でも知っているのよ。この週末に、フォーリンフォード邸にある調度品もいくつか見てもらおうと思って。でもね……デイジー、このことはあなたのパパには秘密にしておいてほしいの。絶対に話さないでちょうだい」

デイジーは目を細めたけど、無意識にだろう。「そうなの?」

「ええ、そうなの!」夫人は答えた。これまで以上に声が裏返っている。「調度品を売るなんて言ったらパパがどれほど感傷的になるか、あなたにもわかるでしょう。でも、ちょっと考えてみて——この家にある気味の悪い古い絵画が、じつはとてつもなく価値があるとわかったら、すごくわくわくするじゃない! そういう絵は手放して、新しくすてきな絵を買えるもの!」

その話を聞いて、あたしはすごく心配になった。でもそれよりもっと心配なのは、カーティス氏がデイジーのママに笑いかけるようすだった。それに、必要以上に長いあいだ、彼女の腕に手を置いていることも。不愉快な大人の事情、というものだ。理解できないけど……というか、理解はできる。でも、したくなかった。

5

それからまた、車寄せで車のタイヤの唸る音と足音がしたけど、玄関の扉があいて現れたのはやっぱりキティでもビーニーでもなく、とても大柄で恰幅のいい女性だった。髪を頭の上でたっぷりと膨らませ、くたびれた毛皮と何枚ものスカーフを首に巻いているけど、どれも着ている服には合っていなかった。

「マーガレット！　デイジー！」腕とスカーフをひらひら振りながら、その女性は悲鳴のような声を上げた。「来たわよ！」

ヘイスティングス卿夫人はふり返り、彼女を見て唇をきゅっと結んだ。

「あら、サスキアおばさま。いやですわ、遠慮なさらずにおはいりになって。デニス、こちらは夫のおばのサスキア・ウェルズよ」

サスキアおばさまはさっそうと玄関をはいってくると、いろんな色が混ざった手袋と毛皮を脱ぎ、それをデイジーの胸元に押しつけた。あたしがいることには気づいていないみたいだ。

「デイジー！」おばさまはまた大きな声を上げた。「パーティは帰ってる？　お父さまはお元気？　そうそう、あなたの誕生日なのよね！　十二歳になるなんて！　いい年ごろだわ。プレゼントを持ってきたわよ――どこだったかしら……えっと――いやだ、ブライズネイドの家に忘れてきたみたい。スカーフをあげるつもりで――すくなくとも、そのつもりだったのに……あ、ちょっと待って――あったわ！」そう言うと、カーディガンのポケットから手を引き抜いた。その手に握られていたのは、すごく小さくてくしゃくしゃになった布きれだ。

「ほら、すてきでしょう？」サスキアおばさまは大きな声で言った。「シルクよ。すくなくとも、わたしはそう信じている。シルクでなければ話はべつだけど」

「ありがとうございます、サスキアおばさま」デイジーは言った。「でも、誕生日は明日で、わたしは十四歳になるの」

「ええ、十四歳よね」目をぱちぱちさせながらサスキアおばさまは言った。「そして、誕生日は明日。そう言わなかったかしら？　それで――あら、こちらはどなた？　デイジー、ちょっと」デイジーを引き寄せてひそひそと話していたけど、声は霧笛みたいによく響いた。「〝東洋〟の子がこの玄関にいるみたいだけど」

サスキアおばさまは、あたしを熊か蛇だとでも思っているみたいだった。

「ええ、おばさま」デイジーは答えた。「わたしの友だちのヘイゼルよ。彼女のことは話したでしょう。招待したの」

「何てこと！」おばさまは喘ぐように言った。「まったく、呆れるわね。わたしの若いころなら、そんなことは許されなかっただろうに」

「ええ、たしかにそうでしょうね」デイジーは礼儀正しく言った。サスキアおばさまはヘイスティングス卿夫人をふり返り、デイジーはあたしに頭をくっつけるようにしてささやいた。「おばさまが若いころって、使用人を銃で撃ったり、壁紙を貼るための糊でつくったパンを食べたりしていたころよ。むかしはひどいことをしてたの。それをぜったいに理解できないのは、お年寄りたちだけね」

気持ちがすこし慰められた。ただし、ほんのすこしだけ。

そのとき、アルストン先生が音楽室から姿を現した。先生はそこで、あたしたちの勉強の準備をしている。明日の土曜日はデイジーの誕生日を祝って勉強はお休みだけど、それまでは課題をやらなくてはならない。フォーリンフォード邸とディープディーン女子寄宿学校にはいくつか共通点があって、そのひとつが、子どもたちに自由時間を与えるのは危険だと大人たちが思いこんでいるところだ。あたしたちが何かとんでもないことをしでかすのではと心配なのだろう。

アルストン先生が、玄関で足元にスーツケースを置いて立つカーティス氏に目をやった。それはほんの一瞬のことだったけど、先生はまさに凍りついた。その顔を見ていると、奇妙な表情が浮かんできた。何かをきっぱりと決心したみたいだ。自分のするべきことを理解し、それをするのが待ちきれないとでもいうように。すぐにいつもの無表情にもどったけど、指は大きな茶色のハンドバッグのストラップをきつく握っていた。それからくるりと踵を返し、また音楽室にもどった。先生のその動きにカーティス氏も気づいたにちがいない。戸惑ったように先生の後ろ姿を見つめていた。

おもしろいことになったわ、とあたしは思った。さっきの表情からすると、アルストン先生はカーティス氏のことを知っているのだろう。でも、カーティス氏のほうはまったくわからないみたいだった。もちろん、彼は先生の後ろ姿しか見ていないわけだけど、それでも知っているなら、誰だかわかりそうなものだ。だいたい、アルストン先生みたいに生真面目でお堅い女性がどうして、カーティス氏のような洗練されておしゃれな男性を知っているの？　この出来事のせいでアルストン先生のことがいっそう不思議に思え、ますます興味を惹かれた。それに、カーティス氏にも。デイジーをちらりと見ると、おなじことを考えているらしい。いまはまったくの無表情でカーティス氏のことを見つめているけど、こう考えているはず。何か怪しいわね。

防水ジャケットから葉っぱや冷たい空気を払い落としながら、ヘイスティングス卿が菜園からもどってきた。卿はびっくりしたようにみんなを見回した。

「これはみなさん、おそろいで！　サスキアおばさま、よくいらしてくださいました。それに……どなたでしたかな？」白くなった眉毛の下からカーティス氏を見つめながらそう言い、握手をしようと丸々としたピンクがかった手を差し出した。

「デニス・カーティス、奥さまの友人です。数カ月まえにロンドンのとあるパーティで知り合い、今回、ご招待いただきました」

彼が〝友人〟と言ったときの声には馴れ馴れしさがにじんでいた。みんなにもそれがわかったはず。あたしの心は沈んだ。ヘイスティングス卿は咳払いをすると、夫人のほうを見ずに言った。「それはすばらしい」うつろな声だった。「いや、ほんとうに。こちらでの滞在を楽しんでくださるといいのですが」

「はい、そのつもりでいます」笑いを抑えられないみたいな声だ。「ほんとうに美しくて歴史のありそうなお屋敷ですね。これほどのものはほかにはないでしょう。なかを見せていただくのが待ちきれませんよ」そう言いながらカーティス氏は、夫人ににっこりと笑いかけていた。

「もちろん」ヘイスティングス卿は言った。「もちろん、そうしてください。マーガレット、案内してさしあげるといい――いや、つまりですね――わたしはしばらく、書斎にこもるつもりでいますので。サスキアおばさまもいっしょにどうです？」

口調には苦々しげな思いがあふれていたけど、卿はサスキアおばさまを連れて書斎に向かい、チャップマンを呼んだ。「チャップマン！　チャップマン！」

きざで不躾（ぶしつけ）なカーティス氏のことは大嫌い。あたしは思った。デイジーは隣で、怒りのあまりからだをぶるぶる震わせている。そのようすから、彼女もあたしとおなじように思っているのがわかった。カーティス氏がずっと、笑いを抑えられないみたいに話していることには何か意味がある。内輪にだけわかる冗談を言っているように聞こえるし、デイジーのママは頬をピンクに染めているし……何かが進行している。

正面玄関の扉がまた、ぎいっと音を立て、玄関広間にいたみんなはいっせいにふり返った。

「こんにちは」キティだった。「ノックをしたんですけど、お返事がなくて。ビーニーはひとりで鞄を持ち上げられないから、まだ外にいます。えっと、わたしたち、来るのが遅かったですか？」

6

これで全員そろった。しばらくはそう思っていた。でも、みんなが昼食（冷製チキンの新じゃが添えと、デザートにはどこまでもとろけそうなルバーブのトライフル）を食べ終えたころ、最後の招待客が到着した。その人は前面が宇宙ロケットのような銀色の車で乗り付け、エンジンをかけっぱなしのまま車から降りると、腕を振って大声を上げながら、スポットライトを浴びているみたいに玄関にさっそうと現れた。彼こそ、デイジーがよく口にするフェリックスおじさまだった。ヘイスティングス卿夫人のお兄さんで、夫人とおなじように若々しくて魅力的だ。

学校では、フェリックスおじさまについてほんとうにいろんな噂が飛び交っていた。秘密諜報員だとか、たったひとりで、それも二回も、大英帝国を危機から救って王さまから感謝の手紙を受け取ったとか。だから、じっさいに目の前に現れても、本の登場人物を見ているみたいだった。スパイ小説に出てくるハンサムなヒーローそのもので、おそろしいくらいだ。でも、そう思ってしまうのも仕方ない。フェリックスおじさまはブロンドの髪を後ろになでつけ、非の打ちどころがないくらいにぴしっとしたスーツに身を包み、その胸元のポケットからは輝くばかりのみごとなシルクのポケットチーフを覗かせ、きらりと光る小さな単眼鏡（モノクル）を左目に嵌めていたのだから。

いまは車庫として使われているかつての厩舎に車を回すのはオブライエンに任せ、フェリックスおじさまは玄関前のステップを勢いよく駆けあがり、あたしたちがいるところにやってきた（キティはあたしも真似したくなるようなやり方で目玉をぎょろぎょろさせ、ビーニーは興奮のあまり「うわあ」と口走っていた）。それから身を屈めると、デイジーの頰にキスをした。「会いたかったよ」そう言ってウィンクをしてみせる。

「わたしも会いたかったわ、フェリックスおじさま」膝を曲げてお辞儀をしながら、デイジーもウィンクを返した。

フェリックスおじさまは、何をするべきかをつねにわきまえているようだ。あたしの手にもキスをし、つづけてキティとビーニーの手にもしたから、キティはくらくらしていた（あたしも目を回すところだった）。それから、ほかの人たちにも挨拶をしようと急いで家のなかへとはいっていった。おじさまはトースト・ドッグとミリーの背中をぽんぽんと叩いてやり、愛情を込めてバーティの肩を拳で突き、スティーヴンとは握手をし、ヘイスティングス卿夫人の頬に優しくキスをし、ヘイスティングス卿の背中を軽く叩き、サスキアおばさまに頭を下げて挨拶をした。カーティス氏とは、よそよそしくぎこちない握手をしただけだった——それも、値踏みするような表情を浮かべながら。そんなようすを見ていると、カーティス氏はやっぱり好ましくない人物だという思いが、また湧きあがってきた。フェリックスおじさまもカーティス氏もハンサムだけど、カーティス氏は厚かましいし不躾だし、内面も意地悪そうだ。でもフェリックスおじさまは、ずっと見ていたいと思わせるほどにきらきら輝いている。

カーティス氏は、上階(うえ)にある絵でも見ようかとかそんなことを小声でつぶやきながら、その場からぶらぶらと歩き去った。するとデイジーはつま先立ちになって、フェリックスおじさまの耳元で何かささやいた。カーティス氏がここにやってきたときのことを話しているのだろう。おじさまは片方の眉を上げ——眉さえ上品だ——小声で何か言った。

「心配しなくていいって言われた」あたしの横にもどってくると、デイジーは言った。何かが気になると現れる皺(しわ)が鼻梁(びりょう)に寄っている。「何でもないだろうって。フェリックスおじさまがまちがえることは、めったにないの。でも、今回ばかりは……ねえ」

あたしは頷いた。何かあるようにしか思えなかったから。

「とりあえず、おじさまがいてくれるわけだし」デイジーは話をつづけた。自分の寝室に向かうために階段をのぼるおじさまの背中をじっと見つめながら。「きっと、すべてうまくいくようにしてくれるはず……すくなくとも……ううん、やっぱり気に入らない！　わたしの話をいま、信じてくれないのはどうして？　ぜんぜん、おじさまらしくない！」

デイジーは胸の前で腕を組み、これまでに見たこともないくらいに鼻に皺を寄せた。あたしは何と答えていいのかわからなかった。


おかしなことにアルストン先生だけは、フェリックスおじさまに礼儀正しさを忘れさせてしまったようだった。ふたりが顔を合わせたのは玄関広間で、午後の勉強の時間だと、先生があたしたちを呼びに来たときだ。おじさまを目にしたとたん、先生はおちつきをなくして態度がぎこちなくなった。その気まずそうなようすがおじさまにも伝染したのか、ふたりとも機械人形みたいに握手をした。フェリックスおじさまは単眼鏡越しに目を細めながら。アルストン先生は頬をつんと突き出しながら。

「デイジーのおじさまとお見受けしますが」アルストン先生は素っ気なく言った。

「お会いできて光栄です。が、これで失礼します。みなさん、行きましょう」

先生がどすどすと音楽室へ歩いていくから、あたしたちもつづかないわけにはいかない。ふり返ると、フェリックスおじさまは片方の眉を上げ、ぼんやりと前を見つめていた。おじさまはものすごくおもしろそうな人だ。何がおもしろいのかはわからないけど。アルストン先生は、ほんとうにフェリックスおじさまの魅力に心を動かされなかったの？　おじさまはどうして、ほかの人たちに接するみたいに先生にも礼儀正しくしなかったの？　ふたりはお互いに嫌い合っているように思えた。でも、どうして？　謎めいた週末に、またひとつ謎が加わった。

7

その日の夜、三階にある子ども部屋で、デイジー、キティ、ビーニー、あたしの四人は夕食のためにおめかしをした。ここはデイジーが眠る部屋で、フォーリンフォード邸に滞在するあいだは、あたしたちもいっしょに泊まる。きらきらした最高にすてきな服に着替える場所が、こんなにもくたびれた古い部屋だというのはすごくへんな感じだった。壁紙はところどころ剝がれ、ラッグラグ（はぎれをつなぎ合わせてつくった敷物）は擦り切れ、ベッドの枠はハンマーでひどく叩いたみたいにあちこち歪んでいる。燭台のろうそくの灯りがあたしたちの顔や腕を照らし、ドレスはぼんやりと色あせて見えた。デイジーのドレスはシルクで、バラ色の玉虫織だ。キティもビーニーもそれを着たそうにしていたけど、いちばんそう思っているのはあたしだった。とはいえ、バラ色が自分に似合わないことはわかっている。ゴブリンの子どもみたいになるから。

「おじさまってすごく変わった人ね。でも、わたしはすごく好き」たっぷりとした茶色い髪を梳かしながらキティが言った。「とってもハンサムだし」

　デイジーの視線を感じ、ふたりで顔を見合わせて笑った。キティにかかれば、誰でもハンサムということになるから。

「おじさまはほんとうにスパイなの？」ビーニーが訊いた。「みんながそう言ってるのは知ってる。でも――」

　デイジーはとんでもなく秘密めかした表情をつくった。「教えられないの！　それがほんとうだったら、国家機密をばらすことになるじゃない。そうしたら、銃殺されるかもしれないもの」

「やだ！」ビーニーは両手で口元を押さえた。「銃殺なんていや。へんなことを訊いてごめんなさい」

「心配しないで」威厳たっぷりにデイジーは答えた。「何も訊かれなかったことにするから」

　キティは目をぐるりと回していた。「わたしは、どっちが好きか決められないな。あなたのおじさまか、あなたのママのお友だちか。ふたりとも、ほんとにすてきなんだもの」

「カーティス氏はすてきなんかじゃないわ」デイジーはぴしゃりと言った。

「そう、そのとおり」ウェストのリボンを結ぶのに手間取りながら、ビーニーも同意した。「いい人には思えない。彼には何だか……そわそわした気分にさせられるの。気味の悪いクモを見ているみたいに。それにさっき彼とぶつかったんだけど、怒鳴られたのよ。わたしの行く先の邪魔をするな、って」

あたしは驚いた。ビーニーは小柄でかわいらしく、茶色の大きな目はいつもすごく不安そうだ。だから誰であっても彼女につらく当たると考えると、それだけでものすごく不愉快になる。

「さあ、こっちにいらっしゃい、お豆ちゃん。結んであげる」キティはビーニーをろうそくの近くに連れていき、きちんと結べていなかったリボンを直してから言った。「きっと誤解があったのよ」

「ビーニーは誤解なんかしていないわ」上等なエナメルの靴を履いた足でぱたぱたと音を立てて階段をおりながら、デイジーは声をひそめて言った。「さっき使用人用の階段で一階までおりていったら、カーティス氏はすごく驚いたの。ひとりきりだと思っていたみたいで。サスキアおばさまの寝室の外に棚があって、そこに青と白の古い壺が置いてあるんだけど、彼は鼻をくっつけるようにしてそれを見てた。あれはぜったい、どれくらい価値があるかを考えていたと思う。それから、何かひとりごとを言ったわ。たぶん、〝明朝(みんちょう)〟って。ヘイゼル、わたしすごく不安なの。彼のことなんてこれまで聞いたことないのに、ママはいま彼にべったりで、パパに内緒で家のなかを好きに見て回らせているなんて。何かよくないことをしでかすって、どうしたらわかってもらえるかな？」

「もう一回、フェリックスおじさまに話せばいいんじゃない？　えっと――助けてほしいって」

「おじさまが、さっきみたいな態度をつづけなければね！」デイジーは言った。「どうしてあんなふうになっちゃったのか、わからない。いつもはちゃんと話を聞いてくれるのに……。ふつうの大人とはまったくちがうのに」

ますますフェリックスおじさまに興味がわいてきた。

「この週末は、とにかくカーティス氏から目を離さないようにしないと」デイジーは話をつづけた。「何もないかもしれない。フェリックスおじさまが言ったみたいに。でも、もし、おじさまがまちがっていたら……そうよ、気づいたときには遅かった、なんてことはいやだもの。わたしたちが目を光らせていれば、カーティス氏は何もできないわ。そうよね？」

「そのとおり」あたしは答えた。「キティとビーニーにも話す？」

「だめ！」デイジーはすぐさま言った。「話したところで、状況を悪くすることしかしてくれないわ。〈ウェルズ&ウォン探偵倶楽部〉だけで行きましょう」

「〈ウェルズ&ウォン探偵倶楽部〉だけで」あたしもくり返した。心のなかですごくよろこびながら。

カーティス氏は何かを企んでいるの？　食堂にはいっていきながら、あたしは考えた。はっきりとはわからない。でも、デイジーとあたしはまた探偵倶楽部の極秘任務に就いた。いずれ、真相はわかるだろう。

8

　食堂のテーブルにもろうそくが置かれ、男の人たちのシャツの前身頃や銀食器の上のおいしそうな料理をやわらかく輝かせていた。チャップマンが給仕をしてくれたけど、茶色い染みのある彼の手はかすかに震えていたから、ジャガイモやほかの野菜がお皿の上でソースを跳ね散らかした。でも、あたしは気にしなかった。一方、鮮やかな緑色のすてきなドレスにソースがすこしかかったヘイスティングス卿夫人は、ものすごく不愉快そうに悲鳴を上げていた。

　フェリックスおじさまはとてもご機嫌だった。バーティやスティーヴンを相手にやかましいくらいに冗談を言っている。おかげで、緊張してフォークを手にすることもできないでいたスティーヴンの気持ちもほぐれたようで、背筋を伸ばすと声を出して笑いさえした。そんなようすを見ながらうれしく思っていると、フェリックスおじさまはとつぜん、あたしに目を向けた。その青い目は鋭く、デイジーが本気で何かを考えているときとそっくりだった。

顔がかっと熱くなり、あたしはうつむいて膝の上のナプキンを見下ろした。つぎに目を上げると、おじさまはデイジーに向かって顔をしかめていた。あたしのことなんか、まったく見ていなかったとでもいうみたいに。デイジーがすました顔をずっと崩さずにいると、ヘイスティングス卿夫人はからだごとカーティス氏のほうを向いた。だからデイジーはものすごく上手にサルの顔真似をして、フェリックスおじさまに見せた。デイジーとフェリックスおじさまは似た者同士だ。お互い、そうとは気づいていないだけで。

サスキアおばさまにはまた、べつの問題があった。彼女は椅子の上でおちつかなげにからだを動かしては、首に巻いたスカーフを波打たせながらワインをごくごくと飲んでいた。そのうち、誰にも見られていないと思ったのか、銀製のティースプーンや塩入れを、ビーズで飾られた小さなハンドバッグのなかに落とした。人がこんなにもあからさまに何かを盗むところを見たのははじめてで、あたしは誰かに何か言ったほうがいいのかどうか迷った。すると、ヘイスティングス卿がサスキアおばさまを見てため息をついた。卿は以前から何もかも承知しているのだろう。何かをしでかしても、家族は家族なのだ。

でも、あたしがほんとうに注意して見ていた人物はカーティス氏だ。彼の話におかしなところがあると気づくのは、そんなにむずかしくなかった。彼はフォーリンフォード邸にあるあらゆるものについてつぎからつぎへと話していたけど、その内容はさっきデイジーが立ち聞きしたこととはちがうみたいだったから。「一階にあるあの壺は偽物ですね」彼はヘイスティングス卿に言った。「あなたは明朝のものと思っていると、マーガレットから聞きました。でも、ちがうと断言しましょう。あれは、きわめて安価な複製品です。それに家具類も、修理の状態がひどい！　きちんとした手入れをされてこなかったんですね。職人に見てもらうのがいいでしょう。ただし、以前の価値を取りもどすことはけっしてできないと思いますが。ひどいですね、ほんとうにひどい話です」

「おや、あなた自ら見てくれてはどうかな？」ヘイスティングス卿が訊いた。陽気なホストでいようと無理をしているのがわかる。

「わたしは骨董品については、ちょっとした専門家です」カーティス氏は言った。「興味がおありでしたら、そうですね――」

「いや、やめておきましょう」ヘイスティングス卿はカーティス氏を遮った。「どれもわたしの一族のものですから。手元に置いておかないと」

ヘイスティングス卿は両手をテーブルの上にのせた。もうこの話は終わらせたかったのだろう。でも夫人はカーティス氏のことを見ていて、唇の動きで「あとで」と言っていた。夫人はまだ、このお屋敷の調度品をカーティス氏に売るつもりでいる。でも、すべてのものにどれほどの価値があるか、ほんとうのことを知らされていないとしたら？　彼があの壺のことを〝明朝〟と言ったのを、デイジーはちゃんと聞いている。それなのにいまは、複製品だと言った。カーティス氏は嘘をついているんじゃない？　そうに決まってる！

デイジーに目をやると、いつもの皺がまた鼻に現れていた。あたしたち、ほんとうにヘイスティングス卿夫妻を騙そうとしている悪巧みに出くわしたの？

ほかにもひとり、カーティス氏を注意深く見ている人がいた。アルストン先生だ。先生は何度も何度も、カーティス氏に視線を向けていた。何も気にしていないとでもいうみたいに、すごく穏やかでとりすました表情をしていたけど、視線を向ける回数はあまりにも多すぎた。あたしの見まちがいではないし、たんに先生が彼に興味を惹かれているから、という感じでもない。どういうつもりなの？

カーティス氏はあいかわらず、このお屋敷で見つけたいろんなものについて話をつづけ、その価値についてとんでもなく失礼なことを言っていた。ヘイスティングス卿夫人の宝石のことは、カットのデザインが流行遅れだからほとんど価値がない、とさえ言った。それを聞いて、ものすごくいやな気分になった。あたしがこのイギリスで学んだなかでいちばん重要なことのひとつに、お金持ちほどお金の話をしない、というものがある。なんだかおかしな話だけど、調度品に積もった埃や、色あせた衣類の下に隠して、お金持ちであることは秘密にしようとするのだ（イギリスのものなら何でも大好きなあたしの父でさえ、それについてはおかしいと思っている）。でもカーティス氏は、そのことがぜんぜんわかっていないみたいだ。

「デザインが新しければ、すくなくとも五十ギニーの価値はあるでしょうね！」意気揚々とそんなことを言っている。「わたしの自宅にも、とてもよく似たものがあるんですよ。でも残念ながら、夫人の指輪のあの状態では——四ポンドか五ポンドくらいにしかならないでしょう」

ビーニーはデイジーに顔をしかめてみせ、スティーヴンはただただ、呆れているようだ。あたしもまったくおなじ気持ちだった。

「ですが、もちろん」カーティス氏は話をつづけた。「ここが、由緒あるすばらしいお屋敷だということに変わりはありません。それに、楽しい女主人もいますし。ヘイスティングス卿、あなたの奥方はまったく宝石のようだ。しかもそのお顔は、何千もの船を冒険に向かわせるほどに美しい」そう言ってまた、ヘイスティングス卿夫人に不快で訳知り顔な笑みを向ける。彼の歯がろうそくの灯りのなかで、きらりと光った。

「ええ、そうですね」フェリックスおじさまが言った。ヘイスティングス卿は椅子のなかで居心地悪そうにしている。おじさまはナイフとフォークを手に取り、話をつづけた。「その話がどこに向かうか、思いだしました。おかしいですね、ハッピーエンドではなかったような」

おじさまは単眼鏡のレンズのなかからひどく冷ややかな視線をカーティス氏に向け、ほんの一瞬、カーティス氏もすこしだけしゅんとした。でも、すぐに胸を張ってきざな表情にもどり、また話しはじめた。そうしながら上着のポケットに手を入れ、懐中時計を取り出した。金色の上等な品みたいで、全体が繊細な金箔で覆われている。カーティス氏は話すあいだ、その時計を無造作に指でくるくるともてあそんだ。そのようすにみんな、思わず息を呑んだ。隣のスティーヴンは、小さな声で何かもごもごと言っている。あたしとおなじように、むかついているみたいだ。

「あら、すてき！」サスキアおばさまは時計をじっと見つめた。その目はぎらぎらと光っている。いまにも舌舐めずりしそうな勢いだ。

「この時計ですか？」カーティス氏は気取って訊いた。「記念の品なんです。すばらしいものに囲まれているのが好きなもので」

「ほう、たしかにそのようですね」ていねいすぎる口調でフェリックスおじさまは話をもどした。

おじさまとカーティス氏はテーブル越しに視線を交わし、食堂じゅうにいきなり緊張が走る。

「ほらほら！」ヘイスティングス卿夫人が大きな声で言った。「みんないったい、どうしたの？　楽しく過ごさないと。さあ、乾杯しましょう。デイジーのお誕生日パーティに！　この週末が、とびきりすばらしいものになりますように！」

みんなはグラスを掲げてから中身を飲んだ（あたしたち四人に注がれていたのは果汁飲料だったから、ワインのつもりで飲むしかなかった）。みんながグラスに口をつけているあいだに視線を走らせると、誰もがヘイスティングス卿夫人ではなくカーティス氏のことを見ていた。ヘイスティングス卿は顔を真っ赤にしながら、フェリックスおじさまは青ざめた冷たい表情で単眼鏡越しに、アルストン先生はまたもや見ていない振りをしながら、スティーヴンはあいかわらずむかついているらしく、青白い顔をして。そしてヘイスティングス卿夫人は、ぼうっとしながら。おもねるようなその表情は〝恋は盲目〟という言葉を思いださせ、見られたものじゃない。サスキアおばさまだけは、べつのものに心を奪われていた。カーティス氏のお皿と並んで置かれた懐中時計だ。そんな大人たちを見たら、この週末がとびきりすばらしいものになるなんてまったく思えなかった。それどころか、とんでもなくひどいものになりそうな気がする。つまり、あたしの隣でデイジーが期待しているような、ものすごく興味深いものに。

9

夕食のあと、男の人たちは煙草を吸うために食堂に残り、女の人たちは応接間に移動した。バーティとスティーヴンは大人の男の人たちといっしょに残った。あたしたち四人は、夕食の席では大人の仲間入りを許されていたけど、いまはもう男の人たちからも女の人たちからも、いっしょにいたいと思われていないのがはっきりしている。

「デイジー、遊びに行かないの？」ヘイスティングス卿夫人がそれとなく訊いた。

「大人たちで話し合うことがあるの。アルストン先生、この子たちを遊ばせてくださいな」

「ママ、わたしたちのことは気にしないで」デイジーはかわいらしく言った。「自分の面倒は自分で見られるから。かくれんぼでもするわ」

「あら、ほんとうに？」あたしたちのことを気にしなくてよくなり、ヘイスティングス卿夫人はうれしそうだった。「でも、しずかに遊んでね」

「わたしが時々、ようすを見ます」そう言ってアルストン先生は、あたしたちを厳しい目で見た。ハンドバッグはお腹のところで、楯みたいにして抱えている。先生の視線に、あたしはすこしだけからだをもじもじさせた。厄介なことに、デイジーが何か企んでいることをアルストン先生は気づいている気がする。ますます不思議な人だ。

「ビーニー、あなたが数えて」ヘイスティングス卿夫人とアルストン先生が応接間に行ってしまうと、すぐにデイジーは言った。先生はドアを閉めるときに、最後にもういちど、探るようにあたしたちのことを見ていた。「ママが言ったこと、聞いたでしょう。わたしたち、しずかにしていないといけないの。ということは、上階(うえ)にいないとだめっていうことよ。二階や三階に。一階にはおりてこないで。そんなことをしたら、ママはおそろしいくらいに機嫌が悪くなるから。わかった?」

何を考えているにしても、デイジーがキティとビーニーを計画から遠ざけようとしていることはすぐにわかった。ビーニーは見るからにわくわくしながら、素直に頷いた。キティは文句を言いたげに口を開いていたけど、ため息をついてからまた閉じた。心のなかでは、大人たちといっしょにいて噂話を聞けたらいいのにと思っている。それは、はっきりわかる。でもビーニーが遊びたがっているから、彼女をがっかりさせることはしないだろう。こんなふうに仕向けるなんて、デイジーはとんでもなくずる賢い――いつものことだけど。

あたしたちは階段をのぼって二階まで行った。そこでビーニーは台座の上のフクロウの剝製と向かい合うようにして立ち、両手で目を覆うとよく通る声で数を数えはじめた。キティはまたため息をつき、デイジーを見てからヘイスティングス卿夫人の寝室がある、お屋敷の正面に当たるほうへ走って行った。デイジーはあたしの手を取ってウィンクをすると、あたしのことを引きずるようにして、どたどた音を立てながら主階段をのぼって三階に行った。階段はぎしぎしと軋み、その音はおそろしげに響いた。

でも、子ども部屋のある三階に着いてもあたしたちは足を止めず、廊下をずっと走り抜けると、使用人用の階段を使ってまた下階におりた。お屋敷の奥にある階段は秘密の通り道というわけではないけれど、それでもやっぱり、誰も使おうとはしないみたいだった。デイジー以外は。あたしたちのためではなく、ドハーティ夫人やヘティやチャップマンのためにあるその階段は、暗くて急で寒々しい。あたしたちはしずかに階段をおりた。つま先立ちになって、ほとんど息も止めながら。自分たちのしていることに笑ってしまわないよう、ふたりとも手で口元を押さえていた。

ヘイスティングス卿夫人の寝室の横に出ると、そのままつま先立ちでビーニーのそばを通り過ぎた。ビーニーはまだ数を数えていた(彼女は全神経を集中させないと、数を数えられない。だからそうしているあいだは、世界で何が起こっていてもまったく気に留めない。ビーニーを鬼の役にしたのもまた、デイジーのずる賢いところだ。キティだったら、あたしたちが何かしようとしていることに気づくかもしれないから。でも、ビーニーならぜったいにその心配はない)。それからあたしとデイジーは主階段をゆっくりとおり、薄暗い玄関広間に出た。そこでは振り子時計がかちかちと鳴り、色あせた赤い壁には傷んだ古い絵がかかっている。忍び足で閉じられた食堂のドアのところまで行き、息を止めてお互いに顔を見合わせた。木製のドア越しに、男の人たちの低い声が聞こえる。

デイジーはにやりと笑い、ひそひそと言った。「うまくいったね、ワトソン。これで最初の任務は完了だ。ということで、つぎに行くわよ。ビーニーもさすがに、わたしたちが三階に隠れると言ったのは嘘だったんじゃないかと疑いはじめるだろうけど、気づくまでにすくなく見積もっても十五分はある。その十五分を最大限にうまく活用するの。夕食の席でカーティス氏が口にしたことを考えると、彼がものすごく怪しいことははっきりしている。明朝の壺が偽物だなんて、ばかげたことばっかり言って……そう思うでしょう?」

たしかにデイジーは、まちがったにおいに向かって勢いよく走りだし、その勢いのあまり慎みをすっかり忘れてしまうことがある。でも、今回はあたしも彼女に賛成だった。とはいえ、心配になるくらいにカーティス氏がヘイスティングス卿夫人に好意を持っていることには、ひと言も触れていない。

「カーティス氏はすごくおかしい」あたしは答えた。「だからといって、何かあるわけじゃないと思うけど――」

「そのとおり」あたしの返事で、デイジーは自分の考えがすっかり裏付けられたとでも思ったみたいだった。「あなたでさえそう思っているなら、何かしないとだめよね。わたしはあの人が嫌いだし、あの人がこの家にいるのもいや。ママは必ずしも人を見る目があるわけじゃないの。今回のことではとくに、ママの判断を信じるなんてまったくできない。前にも言ったけど、あの人のことはちゃんと見張っておかないと。かくれんぼをしているいまは、うってつけのチャンスよ。誰かに見つかっても、隠れているって言えばいいだけだもの。だって、ほんとうのことだから。それに、誰にも見つからなくても、あの人が何か悪いことをしていないか観察できる。さあ、こんな話をしているうちに、みんなが食堂から出てくるはず。準備はいい？」

あたしはデイジーを見つめた。自分に関係あることとなると、彼女はやけに身構える。いま言ったことだって、〝わたしはあの人が嫌いだし、あの人がこの家にいるのもいや〟と口にしたときに思いついたのだろう。それでもやっぱり、この件はあたしたちが何カ月も、のどから手が出るほど望んでいたものだ。これを捜査しなくていいなら、ほかに何を捜査するの、というくらいの。それに、とあたしは自分に言い聞かせた。なんだかんだ言っても、この件は危なくないはず。殺人に発展することなんてなさそうだから。

「うん、準備できた」あたしは用心深く答えた。

「わたしは、まだできていないかも」デイジーは言った。「でも、カーティス氏は何か盗もうとしているか、ママを騙してものすごく価値のあるものを手に入れようとしているはず。でしょう？　うちにあるすてきなものをあれこれ探っては、どれにも価値がないなんてうそぶいて。まあ、ママなら騙されるでしょうけど、わたしはそうはいかないから！　あの人が何を計画しているにしても、この週末に実行するにちがいないわ。わたしの誕生日パーティのために、ここに滞在しているあいだにね。わたしたちはただ、フェリックスおじさまに引き渡すのにじゅうぶんな証拠を手に入れればいい。カーティス氏がうまく計画をやり遂げないうちに。だからね、あなたにはあの棚の下に隠れてほしいの、いますぐに。わたしはこの台の下に隠れるから。ふたりで見て聞いて、全力で情報を集めましょう」

あたしは棚を見た。下のほうのスペースはおそろしいくらいに狭そうだ。「デイジー――」そう言いかけたけど、デイジーはもちろん、とっくに台の下に隠れていた。台の下は棚の下よりもじゅうぶんな広さがあるから。あたしに選択の余地はなく、棚の下にからだを押しこむしかなかった。

そこは暗くて埃だらけだった。それに、とんでもなく狭い。あたしはぶざまに横になった。閉じた食堂のドアから漂ってくる、男の人たちの吸う葉巻のにおいが埃と混ざって立ちのぼり、鼻がむずむずした。

すこしでもからだを動かそうとするたび、デイジーはあたしに向かってしーっと言った。ガチョウみたいに。食堂のドアが開いて五組のぴかぴか光る靴が目の前を通り過ぎるころには、あたしはすっかりへそを曲げていた。探偵倶楽部の一員でいることは、楽しくもなんともないときがある。

「ビリヤードでもどうかね?」ヘイスティングス卿がよく響く大きな声で訊いた。

「わたしはやめておきます」カーティス氏は答えた。きちんと磨かれて鏡のようにぴかぴかした彼の靴が、あたしの鼻先で止まる。「しなくてはならないことがありますので」

「仕事ではないでしょうね？」素っ気なく冷たい口調で、フェリックスおじさまが訊いた。「時間かまわず電話をかけないでもらえるといいのだが……あなたはパーティに招待されているんですよ。楽しく過ごすのを忘れないでいただきたい」

「ああ、その点はご心配にはおよびませんよ」きざったらしくカーティス氏は言った。「わたしはつねに、楽しむことを忘れません。それに、電話は使わないと約束しましょう。必要なものはみんな、このフォーリンフォード邸にそろっていますから」

あたしのからだがぴくっと動き、周りで棚が音を立てて軋んだ。

「その言い草、気に入りませんね」バーティが怒ったように話しはじめたけど、すぐに口を閉じた。誰かが彼の腕に手を置いたみたいに。

「いいから」スティーヴンがそう言うのが聞こえた。「バーティ、やめておけ」

「たしかに」こんどはフェリックスおじさまの声だ。「何も取り乱すようなことじゃない。カーティスさん、あとはおひとりでどうぞ。さあ、バーティ、スティーヴン。ビリヤードだ」

バーティとスティーヴンは歩き去った。ヘイスティングス卿が何か言っている。耳打ちしているのだろう。「この男ときたら！　招待客でなかったら……。いったい、マーガレットはどうやって知り合ったんだ？」

フェリックスおじさまがそれに答えるように何かをつぶやき、それからふたりもいなくなった。

カーティス氏は廊下にひとり残され、彼の靴が擦り切れた絨毯（じゅうたん）の上を行ったり来たりした。台の下でうずくまっているデイジーが見えるよう、あたしは頭をもぞもぞと前のほうに動かした。彼女が顔をしかめる。〝じっとしていなさい〟と言っているのだとわかった。だからあたしはしずかに唸りながら、また首を引っ込めた。

そのとき応接間のドアがそっと開き、石敷きの廊下をかつかつと鳴らしながら細いヒールの靴が現れ、絨毯の上でカーティス氏の靴の隣に並んだ。

「デニス」デイジーのママの小さな声が聞こえてきた。息を切らしているみたいだ。

「マーガレット」カーティス氏も小さな声で言う。「九時十五分に、書斎で会おう」

「わかったわ」デイジーのママがささやくように答えた。すると、まさにその書斎のドアがあいて、アルストン先生のがっしりとした茶色い靴が現れた。

「あら、失礼しました」先生は足を止めて言った。「お嬢さんたちを探していたんです。ほんとうに、かくれんぼをして遊んでいるかを確かめようと思いまして」

「あの子たちはここにはいませんよ。それははっきりしています」苛立ったようにヘイスティングス卿夫人は答えた。「お願いですから、ちゃんと監督してくださらない？

何のためにお給金を払っていると思ってるの？」

「おっしゃるとおりです」アルストン先生はおざなりに言った。「お詫びします」口ではそう言っているけど、悪いなんて思っていないのがよくわかる。それから、どすどすとビリヤード室に歩き去った。でもほんとうは、この場に留まりたいはず。そんな気がした。礼儀正しく振る舞ってはいるけど、アルストン先生もあたしたちとおなじように、カーティス氏とヘイスティングス卿夫人がいっしょにいるところを見て気になって仕方ないのだろう。

でもとりあえずは、この場は終わったようだった。ヘイスティングス卿夫人は応接間にさっともどり、カーティス氏は「ウィスキーを飲むか！」ともごもごつぶやくと、食堂へ急いで引き返した。

あたしはもう一秒たりとも、この棚の下で縮こまっているのに耐えられなくなっていた。足をばたばたさせ、からだをくねくねさせ、途中で頭を打ちつけながらなんとか這い出し、絨毯の上に前のめりになってどさっと倒れた。そこで魚みたいに口をぱくぱくさせているところに、デイジーがさっと現れた。

「聞いた？」彼女はひそひそと言った。

「聞かずにいられたと思う？」あたしはそう言い、埃の塊を吐き出した。

「そうよね！　じゃあ、急いで。書斎に行くわよ。アルストン先生がもどってきて、寝る時間よ、なんて言われないうちに！　ふたりの秘密の会合に備えないと」

　あたしはためらった。急に胃が痛みだした。たしかに、デイジーが聞いたことをあたしもちゃんと聞いた。とはいえ、それがあたしたちふたりにとって、おなじことを意味するのかはわからない。カーティス氏はよくないことをしようとしている……でもあたしは、大人がしずかな部屋にはいる理由は、ほんとうにさまざまだと知っている。今回のことがその理由のうちのひとつだったら？　それって探偵倶楽部が捜査しないといけないこと？

「デイジー……」あたしは訊いた。「本気で言ってる？」

「ヘイゼル」デイジーはぴしゃりと言った。「あなたはカーティス氏が犯罪者になるところを捕まえたいの、捕まえたくないの？」

　何も反論できなかった。

10

あたしたちは廊下を横切って書斎に向かった。ドアをあけると暖炉の火の熱を顔に感じて、赤面したみたいになった。部屋には誰もいなくて、デイジーは奥の窓のアルコーヴにかかった分厚いカーテンを手振りで示した。ふたりでそのなかに滑りこみ(この前の事件のときみたいにまた隠れるのかと思って、あたしは悲しくなった)、デイジーがカーテンを閉めた。それから腰を下ろし、何がはじまるのかと待つ。からだの前のほうは温かいけど、背中のほうはすごく冷たい。部屋のようすが覗けるようデイジーはカーテンをすこしだけめくり、わくわくして軽くからだを揺すっている。でも、あたしは不安だった。心配しないではいられなかった。あたしの考えが正しかったら?

長く待つことなく、ドアがあいてカーティス氏がはいってきた。気味が悪いくらいに気取った表情をして、両手を上着のポケットに突っ込んでいる。機嫌はよさそうだったけど、それでも背後でドアがまたあくと、ひどくびくっとしていた。

「見た？」デイジーがひそひそと言った。「やましいところがあるのよ！」

でも、ドアをあけたのはデイジーのママだった。寒いのか毛皮をからだに巻きつけ、滑るようにしてはいってくる。

「さあ、気を抜かないで！」カーテンの薄暗がりのなかで、デイジーは声に出さずに言った。「カーティス氏がママに話すことは、ぜんぶ覚えておいて。そしたらあとでフェリックスおじさまに教えられるから」

でも、覚えておかなくてはならないことはほとんどなかった。ヘイスティングス卿夫人とカーティス氏はとてつもなく大きな丸い目でお互いに見つめ合うだけで、ひと言も言葉を交わさなかったから。カーティス氏が夫人を騙し、二階にある明朝の壺を自分に渡すように仕向けるつもりなら、これはなんだかおかしなやり方だ。

「いとしい人」カーティス氏は言った。「いとしい人……」それから夫人の手を取り、激しいキスをした。

あたしは噴き出すところだった。キスするときの大人は、すごく異様でみっともなく見える。カーティス氏と夫人は、その異様でみっともないことにすごく熱心に取り組んでいた。

そのとき、デイジーに目をやった。

彼女はあんぐりあけた口に両手を当て、これ以上は無理というほどに目を大きく見開いていた。自分の母親とカーティス氏をどこまでもじっと見つめ、あふれる涙は頬を伝い落ち、口元で丸めた指を濡らしている。

デイジーが泣いているところをはじめて見た。ふつうの人がするみたいに涙を流すなんて、考えたこともなかった。でも、こうして泣いている彼女を見たとたん、状況はとんでもなく深刻だとわかった。目の前にいるのはデイジーのママで、デイジーのママといえばデイジーのパパと結婚している。そんな人が、書斎みたいなところでほかの男の人とキスをしていていいはずがない。ほかの男の人とキスなんかしては、ぜったいにだめだ。

書斎のドアがまた音を立ててあいて、バーティがどすどすとはいってきた。すぐ後ろにはスティーヴンがいる。彼の顔がちらりと見えたけど、ショックのせいかそばかすがいっそう目立ち、デイジーとおなじように口を大きくあけていた。バーティは唸るように言った。「ママ！」

夫人とカーティス氏は感電したみたいにぱっと離れた。

「バーティ」夫人は息も切れ切れに言った。「カーティスさんはただ――」

またドアが音を立ててあき、こんどはフェリックスおじさまがはいってきた。

「マーガレット、ここにいるのか？　ちょっと頼みが――いったいどうした？」

「デニスと内密の話をしていたの」ヘイスティングス卿夫人は答えた。「そうしたらバーティがはいってきて」

「内密の話？」バーティの顔は燃えるように真っ赤だ。「そんなたわごとは聞きたくないよ、ママ。いつもいつも、そんなことばっかり言って。ぼくのせいにするなら――ああ、もうたくさんだ！　行こう、スティーヴン。ばかなふたりは好きにすればいい」それだけ言うとくるりと背を向け、夫人たちを押しのけるようにして書斎から出ていった。怒りのあまり、いまにも崩れそうなようすで。

スティーヴンもそのあとにつづいた。そうしながら彼は最後にもういちど、呆れたようにカーティス氏をふり返った。かわいそうなスティーヴン。こんなことに巻きこまれて！　それに、デイジーだってかわいそう。デイジーはまだ、しくしく泣いていた。

フェリックスおじさまはヘイスティングス卿夫人とカーティス氏を交互に見つめていた。おじさまにはぜんぶ、わかっているのだ。

「それで、マーガレット。ほんとうは、何をしていた？」おじさまの口調が、いきなりとげとげしくなった。

「それがあなたとどう関係するのか、わかりませんね」カーティス氏が答えた。「ここは自由の国ですよ」

「まず、ひとつ」フェリックスおじさまは言った。「マーガレットはたまたま、わたしの妹だからです。つぎに、あなたのことをもっと知りたいからです、デニス・カーティスさん。どちらの競売会社で仕事をしているのか、もういちどお訊ねしたいのですが、クリスティーズでしたか？」

カーティス氏が凍りついた。「あなたには関係ないことだ」唸るように言う。その声からは礼儀正しさがすっかり消えていた。「わたしはそんなことは言っていない。そこをどいてもらえないか！」

カーティス氏は慌てて書斎から出ていった。なんて失礼なんだろうとあたしは思い、彼のことがいっそう嫌いになった。ヘイスティングス卿夫人はひとり、ソファの横に残された。また自分で自分のことを抱きしめるようにしていて、すごく気の毒に思える。

「お兄さまは時々、ひどく不愉快な人になるわね」夫人はフェリックスおじさまに言った。「どうしていつも、首を突っ込まずにはいられないの？」

「マーガレット、すこしでいいから話を聞いてくれ。あの男は、おまえが付き合っていいタイプの人物ではない。この屋敷に滞在させておくことは、ぜひとも考え直してほしい」

「もう、うんざり」夫人はぴしゃりと言った。「だって、彼はわたくしの友人なのよ！それに、ここはわたくしの家なの。自分の家で何をするべきか、お兄さまにあれこれ言われる筋合いはないわ」

「マーガレット、彼はここにいてはいけないんだ！」おじさまは言った。でも、夫人はすでに部屋を飛び出していた。おじさまは唸るような声を上げ、指を髪に走らせると、夫人のあとを追った。あたしとデイジーはふたりきりになった。

デイジーはカーテンのなかでしゃがんだままだ。涙を止めようとしているけど、顔じゅう泣き濡れている。あたしはどうしたらいいのか、わからなかった。デイジーはすごくショックを受けている。ショックを受けた人には冷たい水を浴びせるといいという話を思いだしたけど、手元に冷たい水はない。

「デイジー」なんとか元気づけたかった。いま目にしたことについては、何も言えないとわかっていたけど。「聞いたでしょう？　なんだかんだ言って、フェリックスおじさまもやっぱりカーティス氏のことを疑っているみたいだったじゃない！　あたしたち、たしかに何かをつかんでいるのよ！」

デイジーは洟をすすり、すこしのあいだだけ口をつぐんだ。

「ヘイゼル」ものすごく小さな声でそう言うと、カーテンのなかから這うようにして出た。「そのとおりだと思う」

書斎のドアがまたあいた。勢いよく。

「見つけた！」キティが叫んだ。ひどく腹を立てているようだ。「ビーニー、言ったでしょう？　ふたりは一階に隠れてるって！　ずるいじゃない！　ほら、早く来て。アルストン先生が、もう寝る時間だって言ってるわ」

11

子ども部屋に向かって階段をのぼるデイジーは口を引き結び、手をきつく握ってい
た。書斎で見たことを、頭のなかで何度も何度も考えているにちがいない。
「どうしたの？」デイジーの顔を覗きこみながらビーニーが訊いた。
「なんでもない」デイジーははっとしたように答えた。「書斎にいてのぼせたの、そ
れだけ」
「ついさっき、カーティス氏を見かけたけど」キティが言った。「なんだか、すごく
かっかしてた。あの人もだいじょうぶかな？」
「どうだか！」デイジーは言った。思わず口をついて出てしまったのだろう。「とい
うか、きっとだいじょうぶよ」
「また、あのきれいな時計を手に持ってたの」キティは話をつづけた。「サスキアお
ばさまもそこにいて、とにかくその時計をじっと見つめてた。あれは見ていてすごく

おもしろかったな。鳥を狙う猫みたいだったもの！」

「でも、あれはカーティス氏の時計でしょう！」ビーニーが驚いたように言った。

キティはため息をつき、デイジーさえもくすりと笑った。ビーニーはみごとなまでに純真で、世界じゅうのほかの人たちもそうだと決めつけているのだ。

「明日の誕生日、楽しみ？」キティが訊いた。「誕生日って、わたしは大好き。プレゼントをどっさりもらえるから！」

「わたしもそう思う」デイジーはぼんやりしながら言った。「でも、パーティがね――ああ、もう！　子どものお茶会なんて！　ママはわたしが何歳になるか知らないんだわ」

デイジーが母親に腹を立てているのは、もちろん誕生日のお茶会のせいではない。書斎での出来事が原因だ。ほんとうにかわいそうに思う。そのことを、誰かにこっそり打ち明けることさえできないのだから。もしキティに知られたら、この週末、彼女はずっとその話をしつづけるだろうし、夏学期がはじまったとたん、学校じゅうのみんなも知ることになるだろう。

だから、デイジーが口実をつくってキティとビーニーには子ども部屋で着替えをさせておき、ヘイゼルと浴室で歯を磨いてくるとふたりに言っても、あたしはぜんぜん驚かなかった。

フォーリンフォード邸のほかの部屋とおなじように、三階の浴室もまた、あちこち傷んでいた。白い磁器はひびだらけで、脚つきのバスタブは縁に沿って錆が浮いている。蛇口からは水が漏れ、浴槽の栓のチェーンの付け根から排水口のなかまで、緑色の汚れが模様のようについている。ミミズのおばけみたい。

「だいじょうぶ？」浴室にはいってドアにかんぬきを通し、水を流すとすぐにあたしは訊いた。水はごぼごぼと音を立てて流れ、あたしたちの声をかき消してくれる。話を聞こうとする人がいても、何も聞こえないはずだ。

デイジーは手をひらひらさせ、浴槽の縁に腰を下ろした。「だいじょうぶ。あなたこそ、あんなことで気を揉んだりしないでね。これまでにわかったことをずっと考えていたんだけど、カーティス氏が邪（よこしま）な目的を持ってここに来たなら、さっき書斎で見たことがそれをよりいっそう、はっきりさせてくれたわ。あの人はあきらかに、ママが自分に好意を寄せるように仕向けている。そうすればママは、このお屋敷にあるものはぜんぶ価値がないというあの人の言葉を信じるようになるから。まえにも言ったけど、ママは必ずしも人を見る目があるわけじゃない。ママはあくまでも被害者で、カーティス氏はひどく狡猾な犯罪者だと考えないといけないわ」

「でも、デイジー」あたしは言った。「ふたりがキスしてたのは事実よ」

「ええ、たしかにそうだけど、それはどうでもいいの。カーティス氏は悪人だということを暴けば、ママもすぐに正気に返って——ママなりにね——パパのところにもどるわ。だから、フェリックスおじさまに示すことのできる証拠をたくさん見つけることが、これまで以上に重要になったというわけ。それも、できるだけ早く」

あたしはデイジーを見つめた。目はぎらぎらして、頰はピンクに上気している。何かを計画しているときのデイジーだ。でも、カーティス氏については彼女の言うことに賛成だけど、あたしはあいかわらず心配だった。デイジーはまた、いつものやり方を通そうとしているとわかったから——見つけた証拠を、自分の願望に当てはめようとしていることが。どういう理由でカーティス氏がデイジーのママにキスしたにしても、けっきょく彼がデイジーのママにキスをして、デイジーのママだってカーティス氏にキスを返していた。ヘイスティングス卿夫妻は今週ずっと、何かにつけて口げんかしている。デイジーが何と言っても、やっぱりふたりのあいだの問題は深刻なのだ。デイジーのママがカーティス氏と駆け落ちするつもりだったら？　そうしたらデイジーはどうなるの？

「それでは、ワトソン」デイジーが言った。「ふたりで鷹の目になって、しっかりとカーティス氏のことを見張ろう。視界から逃さないようにね！」

「でも、明日はあなたの誕生日じゃない！」

「誕生日なんて忘れて！　それよりも重要なことだってあるのよ。それに、誕生日はもう何回も経験してるもの」

そこでいきなり、ドアをどんどん叩く音がした。

「なかに入れろ、カボチャ。まったく面倒くさいやつだな！」バーティが叫んでいる。

「ふざけてないで出てこい！　そこで何してる？」

「歯を磨いてるの、あたりまえでしょう！」デイジーも叫び返した。「でも、いいわよ。すぐに出るから」

デイジーがかんぬきを外してふたりで出ていくと、胸のところで腕を組んだバーティがスティーヴンと並んで立っていた。浴室から出てくるところをふたりの男子に見られてあたしは顔がかっと熱くなったけど、デイジーはただ鼻を鳴らしただけで、まったく気にしていないみたいだった。たったいま、舞踏室から姿を現したとでもいうみたいに。

「ほんとにへんなやつだな、カボチャ」あたしたちを見てバーティは言った。「話し声が聞こえたぞ。何を話してた？」

「兄さんのこと。あと、兄さんがどれほどいやなやつかってこと」デイジーはばかにしたように言った。「スティーヴンが気の毒だわ、兄さんみたいなおぞましい人といっしょにいさせられて。さあ、そこをどいてちょうだい。わたしたちのことにはかまわないで」

バーティはおそろしげな顔でデイジーを睨みつけたけど、スティーヴンはあたしに笑いかけてくれた。まだ気まずかったものの、あたしも笑みを返した。

「どうしてカボチャって呼ばれてるの？」子ども部屋にもどると、あたしは気になっていたことを訊いた。もうベッドにはいっていたビーニーが、こちらに手を振っている。

「兄さんが言うには、赤ちゃんのときのわたしは丸々と太ってたらしいの」デイジーは答えた。「もちろん、そんなのは嘘よ。わたしは完璧だったはずだから。そんなことよりね、兄さんは斜視だったから、十歳になるまで片目に眼帯をしていないといけなかったのよ。いまはすごくおもしろがって、わたしのことをあんなふうに呼んでるけど……カボチャって……。でも兄さんが婚約したら、婚約者の前で〝眼帯くん〟とでも呼ぼうと思ってるの。お相手はそれでも兄さんと結婚したがるかどうか、見てのお楽しみね」

デイジーは寝間着に着替えてベッドにはいった。彼女のからだの下でベッドが軋む。それからナイトテーブル——三本脚の珍しい形で、以前は緑色だったはずだけど、いまはすっかり変色している——の上のろうそくを吹き消すと、寝返りを打った。顔は剝がれた黄色の壁紙（サーカス団の団長がゾウやライオンといっしょに輪になり、追いかけっこをしている場面が描かれている）のほうに向けられ、眠ったみたいな息遣いが聞こえてきた。キティはビーニーのベッドにもぐりこみ、何やらひそひそと話している。デイジーは眠ってなんかいない。デイジーと話したい。でも、何を言えばいいのか、ぜんぜんわからなかった。

あたしは香港の家のことを考えた。上品な白色でまとめられた自分の寝室で、頭の上でファンがくるくるとしずかに回っている。父と母がパーティをしていて、話し声やグラスが鳴る音が階段をのぼって聞こえてくる。でも、このフォーリンフォード邸の毛布はちくちくするし、三枚もかぶっているのに、あたしは寒くて震えていた。子ども部屋の壁はどこもかしこも歪んでいて、お屋敷自体がきいきいと音を立てたり、ぐらぐらと揺れるたりするみたいだ。それに外では、何か甲高い音がしている。はじめてここで夜を過ごしたときも、そんな音が聞こえた。赤ん坊の泣き声だと思ったら、あれはキツネだとデイジーが教えてくれた。そんなことを思いだしていると、香港に帰りたくなった。

なんだかおかしな話だ。あたしは楽しく過ごしているはず。だっていまは休暇中で、なんだかんだ言ってもデイジーといっしょにいるのだから。それなのに、どんどんホームシックになっていくみたいで、急に、デイジーの誕生日パーティが終わるのが待ちきれなくなった。

第２部

捜査と誕生日のお茶会

1

つぎの日の朝、お腹の上に何かすごく重いものを感じて眠りから覚めた。

あたしは呻きながら目をあけた。

「おはよう、ワトソン」デイジーがあたしに覆いかぶさっている。彼女の髪が顔にかかってくすぐったい。「きょうはわたしの誕生日よ。ほら、起きて——正体を暴かないといけない悪人がいるんだから。はい、これを食べて捜査に備えて」

デイジーはリンゴとイングリッシュマフィンをあたしの前に落とした。マフィンからはバターとはちみつが滴っていて、手で受けとめないうちからきらきら光るとろりとした液体が染みになって寝間着に広がった。

「デイジー！」それ以上バターとはちみつがこぼれ落ちないように、マフィンを口いっぱいに頬張りながらあたしは言った。「どういうつもり？」

「朝食前の朝食よ」自分の分のマフィンにかぶりつきながらデイジーは言った。「ちゃんとわかってくれると思ったのに。探偵には滋養が必要だって」

「いったい、いま何時？」そう訊いてから、あたしは言った。「ともかく、お誕生日おめでとう」

「べつに、おめでたくない」デイジーは答えた。「もう七時半よ。ほら、早く起きて、ヘイゼル。わたしは何時間もまえから起きてるわ。ヘティとドハーティ夫人もね。それで、聞いて。すぐにはじめないといけないの。階段をのぼってくる途中、二階のカーティス氏の寝室で何か物音が聞こえたから。好きに歩き回らせてはおけないでしょう」


今朝のデイジーは幸せそうだ。幸せで輝いて見える。きのうの晩、カーテンのなかで見ていた女の子とはまるきり別人だ。その理由はわかるような気がする。デイジーはきのう起こった現実の出来事をすべて受け入れ、それから頭のなかで木製のパズルのピースに替えたのだ。あいかわらず気にはなるけど、あたしには何も言えない。そうすることでデイジーなりに書斎で見たことに折り合いをつけようとしているなら、止めることはできない。なんだかんだ言って、きょうは彼女の誕生日なのだし。

あたしたちの話し声でキティとビーニーも目を覚ました。

「どうしたの？」キティはもごもごと言いながら肘をついてからだを起こし、子ども部屋のなかをきょろきょろ見回した。「どうしてもう起きてるの?」

「お誕生日おめでとう!」ベッドからぴょんと飛び降り、小柄なバレリーナみたいにつま先立ちになってビーニーが大きな声で言った。「あたしは覚えてたわよ!」

するとデイジーはいきなりあたしの上で膝立ちになり、その格好のままベッドの頭のほうに向かった。そして窓の格子に指をからませ、顔を思い切り押しつけた。

あたしたち三人もデイジーの横に集まった。ビーニーは何事かとからだをもぞもぞさせ、キティは「こんなに朝早くに」と、まだ文句を言っている。網目状の黒い格子越しに、テニス用のシャツとパンツ姿のカーティス氏が見えた。朝の太陽の下で、黄金に輝く迷路を軽快にジョギングしている。迷路は色あせた芝地に黒い影を落とし、その影は、刈りこまれた生垣と小さな石壺(アーン)が並んだ砂利敷きの小径まで長く伸びていた。カーティス氏は迷路のなかをぐるぐる回っていたけど、芝地のそばの森で方向を変え、大きなオークの木と菜園のあるほうにもどりはじめた。あたしたちは彼が走り去るのを見つめた。

「どうしてカーティス氏のことを見てるの?」ビーニーが訊いた。

「あ、デイジーったら、彼に気(バッシュ)があるんでしょう?」キティはくすくす笑って言った。

「ありえない」デイジーは答えた。「ただ——こんな朝早く、いったい何をしているのかと思って。ふつうじゃないわ」そう言いながら肘で脇をつついてきたから、あたしは顔をしかめた。

でもちょうどそのとき、車を停めてある元厩舎からお屋敷の裏側のほうを回って、べつの誰かが芝地に現れた。

ヘイスティングス卿だ。いつもの防水ジャケット姿で、腕には銃床を折ったライフルを引っ掛けている。ミリーがそのすぐ後ろでぴょんぴょんと跳ね回り、トースト・ドッグは遅れまいと、息を切らしながらひとりと一匹のあとを追っていた。芝生の上を歩く卿は、その場に完璧に馴染んでいる。カーティス氏が奇妙に見えたのとは大違いだ。ヘイスティングス卿は両手を口元に当てて「おーい」と叫び、カーティス氏は足を止めた。ふたりはお互いに歩み寄る。あたしはとたんに、そわそわしないではいられなくなった。

カーティス氏はふんぞり返り、自信たっぷりの足取りだ。卿に何か言ったけど、あたしたちには聞こえない（なんとか聞き取ろうとデイジーががたがた揺らすと、窓はすこしだけ開いた。とはいえやっぱりここは地上からは高すぎるし遠すぎるし、何を言っているのかはぜんぜんわからない）。でも歩き方とおなじように、何か自信たっぷりなことを言ったようだ。ヘイスティングス卿の丸い顔がビーツみたいに真っ赤になり、本気で怒ったときにデイジーがするように顎を上げるると、大声でがなりたてた。あまりの大声に、言っていることはだいたい聞こえた。

「もう、たくさんだ！　わたしはずっと……だが、いまとなっては……この屋敷から出ていってくれ、いますぐに！……条件付きで、もうひと晩だと……きみはいったい何様だ！」

　信じられなかった。

ヘイスティングス卿がカーティス氏に、フォーリンフォード邸から出ていくように言っているなんて！

　カーティス氏は腹を立てるにちがいない。でなければ機嫌を悪くするか。でもその反対に、彼は頭をのけぞらせてけらけら笑った。それからひと言、何か言うと、踵でくるりと回って走り去った。ヘイスティングス卿はその場にひとり、ぽつんと残された。手を拳に握り、トースト・ドッグみたいに息を喘がせている。

「ヘイスティングス卿ったら！」キティは言った。「いまのは何だったの？　カーティス氏はほんとうに出ていかないといけないの？　お気の毒！」

「お気の毒ですって!?」デイジーがからだをびくっとさせた。でもすぐに我に返り、すっかり無邪気な表情を取り繕う。「何がどうなっているのか、考えたくない。つまらない大人の事情にすぎないのはたしかだけど。さあ、下階におりて朝食を食べましょう」

2

　アルストン先生が手配した誕生日プレゼントが山と積まれた向こう側でデイジーは燻製ニシンを切り分け、あたしはその悪臭から顔をそむけながら、マーマレードを塗ったトーストの三枚目を食べていた。そこへ、ヘイスティングス卿が勢いよく食堂にはいってきた。顔はまだうっすらと赤く、着ているものには芝の汚れがついていたけど、陽気に振る舞おうとしている。

「デイジー！」娘の姿に目を留めると、卿は声を上げた。「最高の誕生日になるように！　プレゼントはあけないのかね？」

「そうしようと思ってたところ」デイジーは答えた。「ママからは何ももらっていないけど」

「あとで渡すつもりなんだろう」卿はそう言い、くるりとふり返って自分のお皿にベーコンと卵を載せた。

ヘイスティングス卿が話していると食堂のドアがすっとあいて、サスキアおばさまがはいってきた。漂うように歩くうちにスカーフはドアの把手に引っ掛かり、イヤリングの片方が落ちる。イヤリングは食器棚の下に転がっていった（それを探すのに、チャップマンは関節炎で痛む膝を曲げて屈むはめになった）。汚れた毛皮のショールがずれて、肩がほとんど顕わになっている。そのショールの先にはつぶれた猫の頭みたいなものがついていて、あたしは心からうんざりした。見まちがえただけだと思ったけど、その頭にはちゃんと、きらきらした小さな目とぺちゃんこの鼻と髭もついていた。千年生きたって、イギリス人という人たちを理解することはぜったいにできないだろう。

「おはようございます、サスキアおばさま」ヘイスティングス卿が言った。「バーティ、塩を取ってくれないか」

バーティは手で隠すようにしながらデイジーに向かって顔をしかめ、ヘイスティングス卿に塩入れを渡した。そのとき、厨房のほうから悲鳴が聞こえてきた。みんな驚いてからだをびくっとさせ、不安げに顔を見合わせる。これ以上、どんなひどいことが起こるというのだろう。ドハーティ夫人はうろたえながら、ドア口から厨房のなかを覗いた。

「お騒がせしました」彼女は言った。「ヘティが小麦粉の袋のなかで、またネズミを見つけたようです。今週で三度目ですよ！」

「驚いたわけじゃありません！」ドハーティ夫人の向こうから、ヘティの大きな声が聞こえてくる。

チャップマンは苛立ったように眉をひそめ、ヘティの言葉を信じていないのがわかる。「殺鼠剤（さっそざい）か何かを取ってきなさい」彼は口の動きでドハーティ夫人にそう伝えた。

「ああ、たしか廊下の棚に砒素が保管してあったな」ヘイスティングス卿がせっせと卵に塩を振りかけながら言った。「大きなタブ型容器にはいっている。それごと持ってきて、ネズミはさっさと始末してくれないか」

「かしこまりました、ヘイスティングス卿」ドハーティ夫人は言い、食堂を出ていった。

彼女と入れ違いにカーティス氏がはいってきた。ジョギングのあとでお風呂にはいったらしく、髪は濡れてつやつやしていた。「お誕生日おめでとう、デイジー」

「ありがとうございます」デイジーは愛想よく言った。でも、そう言いながら鼻梁には皺が寄っている。びっくりしたのだろう。それはあたしもおなじだ。きのうあんなことをしておきながら、きょうも平気な顔で朝食を食べにくるなんて、カーティス氏は何を考えているの？　荷造りをしなくていいの？　ヘイスティングス卿はカトラリーをぎゅっと握りしめ、たったいま卵をいっぱいに頬張った口のなかで歯を食いしばったけど、何も言わなかった。あたしたちとおなじように、卿もびっくりしたのだろう。

アルストン先生は、子どもたちの勉強の準備をしないと、とかなんとか言い、食堂を出ていった。でも、あたしはそのことにほとんど気づいていなかった。それくらい、カーティス氏にすっかり気を取られていたから。

カーティス氏は、どこまでも厚かましくいようと決めたらしい。お皿に食べものを載せると、テーブルについて座った。例のすてきな金時計は自分の右側に置いた。サスキアおばさまがそれをじっと見つめる。食べてしまいたいとでも思っているようだ。きのう、キティが言っていたことがよくわかった。

「先ほどの話ですが」カーティス氏はヘイスティングス卿に話しかけた。「きょうの夕方まえに発つのは、どうも都合がよくないんですよ。今夜の九時六分の列車に間に合うよう、運転手に言って駅まで送ってもらえるとありがたいですね」

ヘイスティングス卿がナイフをさっと振り上げた、ようにあたしには見えたけど、じっさいにはぎゅっと握られたままだった。

バーティは父親をじっと見つめ、それからカーティス氏に視線を移して睨みつけた。「どうやら」バーティは大きな声で言った。「砒素を使おうにも、ここにある分だけでは足りないかもしれないいな。ネズミはそこらじゅうにいるみたいだから」

「それはまた、ひじょうに厄介な問題ですね」カーティス氏は言い、ふてぶてしいようすでベーコンを口に入れる。そのとき、バーティに向かってうすら笑いを浮かべるのをあたしはしっかりと見た。

バーティは怒りで爆発しかけ、スティーヴンはそれをなだめようとバーティの腕に手を置いた。チャップマンはコーヒーポットを落とした。

「チャップマン、気をつけなさい」ヘイスティングス卿がその音に驚いて言った。「それからカーティスさん、八時までにはオブライエンに車を用意させましょう。準備を急いでほしい」

「わかりました」あいかわらずにやにや笑いながら、カーティス氏は答えた。自分は勝った、と思っている。彼は立ち上がると伸びをして、悠然と食堂を出ていった。

デイジーはあたしの腕時計を見て慎重に時間を計り、ナイフとフォークを置いて言った。

「ごちそうさま、チャップマン。おいしかったと、ドハーティ夫人によくお礼を言っておいてちょうだい。ビーニー、キティ、ゆっくりとぜんぶ食べちゃって。わたしとヘイゼルは外で待ってるから」

それからテーブルの下であたしの脚を蹴り、あたしは口のなかに残っていた最後のマーマレードを飲み込んで言った。

「ごちそうさまでした」

「上出来」デイジーはそう言い、キティが何か言ってこないうちにふたりで逃げるようにして食堂を出た。

カーティス氏はまだ廊下にいて、一枚の絵をじっと見つめていた。黒い額縁に収められた古いもので、両手を上げてほほ笑む、すごくふくよかな裸の女性が描かれている。カーティス氏がその絵を見つめるようすは、サスキアおばさまが彼の懐中時計を見つめるようすとまったくおなじだった。やっぱり、フォーリンフォード邸にある調度品には価値がないと思っている人物にはとうてい見えない。彼はあたしたちが食堂から出てきたことに気づくことさえなく、その絵をつぶさに見つめ、小さな手帳に何か書きつけている。デイジーが肘でつついてきた。あの手帳、証拠になるんじゃない？　どうすれば中身を見られるか、何かいい方法は思いつけそう？

そのとき、べつのことに気づいた。廊下にいるのは、あたしたちだけではない。音楽室のドアがかちゃりとあいて、アルストン先生が顔を覗かせたのだ。奇妙な表情を浮かべてカーティス氏を見つめている。じっと動かず、何かを考えるようにして。彼に関することは何もかも頭に刻もうとでもいうように。先生は何をしているの？

デイジーも先生に気づいた。眉根を寄せ、カーティス氏を見てからアルストン先生に視線を移し、それからまたカーティス氏にもどす。そのとき不意に、あたしたちの後ろで食堂のドアが音を立てて勢いよく閉まったので、カーティス氏はびくっとして絵の前から跳びのいた。アルストン先生も音楽室のなかに顔を引っ込めた。

というわけであたしとデイジーは、いま目の前で起こっていた光景は何だったのかを解明することにした。

3

午前中はずっと、できるだけカーティス氏の動きを追った。デイジーの誕生日らしいこともしなくてはいけないから、キティやビーニーといっしょにアルストン先生が準備していたゲームもいくつかやった（だいたいは、デイジーが勝ってとうぜんの記憶ゲームだ）けど、おやつ休憩のさいちゅうに（この日もデイジーがおやつ休憩を取ると言い張ったのは、その時間にすこしでもお屋敷のなかを好きに走り回れるからにすぎない。でも、おかげでドハーティ夫人の焼くバターたっぷりのショートブレッドを食べられるのだから、あたしは感謝した）、二階でカーティス氏の姿をとらえた。彼は台の上の何かを見ていた。ヘイスティングス卿夫人の、宝石がちりばめられた古いブローチだ。カーティス氏の表情から、そのブローチがほしくてたまらないという強欲さが伝わってくる。

「あら、いやだ。わたくしったら、そこに置きっぱなしにしていたのね。これには価値があるのかしら？」カーティス氏の背後から、ヘイスティングス卿夫人が訊いた。

「そうですね……カットは流行遅れで、台座もそんなですし、一ポンドか二ポンドといったところでしょうね、おそらくは。最近では、こういったものの需要はないんですよ」

またただ。あんなに物欲しそうに見ていたくせに、口ではぜんぜんちがうことを言っている。とてつもなく怪しい。

もうすぐ昼食というとき、カーティス氏は音楽室の前を通って庭に出て行った。陽は陰って空には灰色の雲が厚く垂れこめていたけど、デイジーは急に、いまこの世でいちばんしたいことは迷路で遊ぶことだと気づいたらしい。髪が濡れるのをいやがるキティは、思ったとおり行かないと言い（あたしもおなじことが言えたらいいのに）、ビーニーは義理堅く、キティといっしょにいると言った。だからカーティス氏のすぐあとに正面玄関を出たのは、あたしとデイジーだけだった。外に出て左に曲がり、芝地に向かう。カーティス氏はちょうど迷路にはいっていくところで、あたしたちはすごくついていた。

「尾けるわよ！」デイジーが小声で言い、あたしたちは芝地を駆け、圧倒的に迫ってくる青々とした迷路へと足を踏み入れた。地面を踏みしめながら歩く音が聞こえるから前にカーティス氏がいるのはわかるけど、どの道もおなじように見えるし、どっちに向かえば追いつけるのかもわからない。でもデイジーはあたしの手を握り、引きずるようにしてどんどん進む。イボタノキはスカートやソックスにくっつくし、カーティス氏には尾けられていることを気づかれるにちがいないと思った。あるいは、もっと悪いことに鉢合わせるかも、と。

でも、デイジーは自分が何をしているかちゃんとわかっていて、生い茂る緑でできた平らな生垣のすぐそばでいきなり立ち止まった。するとその生垣の向こう側から、声が聞こえてきた。

「こんなところで会うとはね」苛立つカーティス氏の声だ。へつらうような調子はすっかり消えている。「わたしは人と会う約束が……」

「マーガレットと?」つぎに聞こえてきたのは、完璧に滑らかなフェリックスおじさまの声だった。「状況を考えると、それはいい考えだとはまったく思えないが、どうだろう?」

心臓がばくばくしはじめ、あたしはデイジーのほうを見ないようにした。カーティス氏とヘイスティングス卿夫人のことには触れたくないと、ずっと思っていたから。

「このわたしに警告しようというのかな?」カーティス氏は言った。

「そんなにむずかしく考えなくてもいい。ただ、そちらが警告と受け取るつもりなら、否定はしないが。できるだけ早くこの屋敷から出ていってくれれば、それに越したことはないんだ。あらゆる懸念もなくなるからね。ここに留まれば——そうだな、後悔することになるかもしれない」

カーティス氏は鼻を鳴らした。「わたしに手を出すことはできないぞ」

「そうなのか？　ところが出せるんだ。というのも、きみがここに来た目的はちゃんとわかってるんでね」

生垣の向こう側に、ものすごく冷ややかな静けさが漂った。

心臓が口から飛び出しそう。フェリックスおじさまは何の話をしているの？　カーティス氏とヘイスティングス卿夫人との関係を知っていると言いたいだけ？　その可能性はある。でもあたしには、それ以上の意味があるように感じられた。

「で、その目的とは何だ？」カーティス氏は言った。すっかり息巻いている。肩をいからせ、形のいい顎を突き出しているところが目に見えるようだ。

「自分がいちばん、よくわかっているんじゃないのか」フェリックスおじさまは言った。

デイジーは口を開いたまま、しきりにあたしのことを肘でつついている。

カーティス氏が下品な言葉を口にし、あたしの目の前のイボタノキでできた生垣も震えたような気がした。それから彼は、熊みたいによろよろと歩きはじめたようだ。ひとりでぶつぶつと何かを言いつづけ、周りの迷路が揺れた。

　カーティス氏を尾けるのはすごく簡単だった。でも、彼を追いかけて走っていると、何もかもが二重になってこんがらかっているように見えた。自分たちの足音が聞こえ、べつの足音も聞こえた。フェリックスおじさまの足音にちがいない。すぐ左側にいる。でなければ後ろかも。ところが、ひとり言を言うおじさまの声が右側から聞こえてきて、あたしはびくっとなった。なら、さっき聞いた足音は誰だったの？

　ようやく迷路を出たところで、ふと、お屋敷からこちらに向かって歩いてくる人物に気づいた。ヘイスティングス卿夫人だ。ということは、迷路で聞いた足音は彼女のものではない！　夫人は空を見上げ、ハイヒールを履いた足でよたよたと歩きはじめた。

「カーティス氏はどこ？」あたしはかすれ声で訊いた。そのとき何か音がして、あたしとデイジーはふり返った。でも、迷路から出てきたのはカーティス氏ではなく、アルストン先生だった。奇妙なことに顔を火照（ほて）らせ、腕からハンドバッグをぶら下げている。謎がひとつ解けた。

「デイジー！」先生が呼んだ。「ヘイゼル！　ここにいたのね。どこに行くつもりだったの？」

　そのとき、カーティス氏が慌てたように迷路から姿を現した。息を切らし、顔は真っ赤だ。アルストン先生に気づくと、からだをびくっとさせた。先生もおなじように、（うまく隠してはいたけど）からだをびくっとさせた。後ろめたいことでもあるみたいに。先生は何をしていたの？

　カーティス氏はすっかり腹を立てているようだ。アルストン先生を睨みつけ、怒りに任せてその顔に指を突きつけたから、先生は思わず後ずさった。

「おまえの正体はわかった」彼は唸るように言った。「何のためにここにいるのかも。まあ、わたしを捕まえようというなら、もっとうまく立ち回ったほうがいい。ふん！」

　そこでカーティス氏はヘイスティングス卿夫人に気づき、彼女のことをじっと見てからアルストン先生に視線をもどした。夫人にどこまで話を聞かれていたのか、そこから夫人がどんな結論にたどりつくのか、不安に思っているみたいに。

「何をおっしゃっているのかしら」アルストン先生はおちついた声で言った。「ふたりとも、なかにもどりましょう。雨が降りはじめたわ」

　もちろん、あたしたちは素直に先生に従うことになり、落ちてくる雨粒をよけながら歩いた。でも、興奮してあたしの心臓は跳ね回っていた。カーティス氏がアルストン先生に言っていたことはどういう意味なの？　たしかに、アルストン先生はカーティス氏のことをうさんくさそうに見ていたけど。デイジーがあたしのことをつつき、彼女もまさにおなじことを考えているのがわかった。

お屋敷にもどって石でできた壁に囲まれると、着ている服を通り抜けて寒さが迫ってくるように思えた。キティとビーニーは玄関広間をうろうろしていた。ビーニーは場違いなところにいるから気後れしているといったようすだけど、キティは機嫌が悪そうだ。「わあ、ひさしぶりね！」責めるような口調でそう言った。「すごく退屈なんだけど。わたし――」

でもそのとき食堂のドアがばんとあいて、カーティス氏とヘイスティングス卿夫人が出てきた。庭からフレンチドアを通ってお屋敷にもどっていたにちがいない。こんなにもすぐにふたりいっしょのところを目にするなんて、すごく不思議な気がする――あたしはからだをこわばらせ、デイジーはスカートの上で両手をきつく握った。

「すくなくとも一週間、考えさせて。いま行くわけにはいかないの」ヘイスティングス卿夫人の口調は熱っぽかった。でもあたしたちに気づくと、びくりとして口をつぐんだ。「みんな」夫人は言った。「デイジーまで。アルストン先生、この子たちを遊ばせておくようにと言いませんでしたっけ？」

「申し訳ありません、ヘイスティングス卿夫人」アルストン先生は青ざめながら言った。「みなさん、こんどはべつのお誕生日のゲームをしましょう」

「わあ、楽しそう」デイジーは言った。自分の母親から目を離さずに。

ヘイスティングス卿夫人は顔を赤くし、それから咳払いをして言った。

「そうしてちょうだい。昼食は一時からよ。それはそうと、お誕生日おめでとう、デイジー」

「ありがとう。それで、ママはどこかに行くの？」

「いいえ」夫人は天井を見ながら答えた。いきなりそこに、ものすごく興味深いものが現れたとでもいうように。「カーティス氏は残念ながら、お仕事で呼び戻されるの。だから、お引き留めしようと思っただけよ。あなた、何か勘違いしたのね」

「ああ、きっとそうね」デイジーは言った。「わたしはそそっかしいから」

あたしたちはゲームをするため、アルストン先生について音楽室に向かった。デイジーはカーティス氏と母親のことを見ようと、できるだけさりげなく首を後ろに巡らしていた。

「ヘイゼル」耳元でひそひそと呼びかけてくる。「カーティス氏はますます図々しくなってる。彼のことはずっと見張っていないとだめね。つぎに何をしでかすか、わからないんだもの！」

あたしにはわかるような気がする。カーティス氏は夜になったらここを出ていくつもりで、ヘイスティングス卿夫人にもいっしょに来てほしいと思っているのだ。デイジーだって探偵としての腕前を半分でも発揮して考えたら、そんなことわかったはずなのに。でも、その日はデイジーの誕生日だったし、誕生日にはあえて何かをしなくても許されることがある。

「わかった、しっかり見張ろう！」あたしはそう言い、手を差し出して彼女の指をしっかりと握った。

デイジーも握り返してきた。「それでこそ、いつものヘイゼルね！」彼女は言った。「あなたは頼りになるってわかってた」

4

昼食を終えると（コールドミート数切れとサラダだけだった。あとでお茶の時間があるから）また、誕生日のゲームをした。今回は〝サーディーン〟で、バーティとスティーヴンも言いくるめられて参加することになった。あたしたちはフォーリンフォード邸の階段をのぼったりおりたりしながら、廊下のあちこちにある奥まった場所にはいったりそこから出たり、お互いを見失ったりまた見つけたりした。そうしているあいだに、部屋を整え、デイジーの誕生日のお茶会の準備をするチャップマンやヘティと顔を合わせた。一巡目、あたしはどっしりとした革製のソファの陰にからだを押しこんだ。ソファの革は破れ、その破れ目に沿って裏地の馬の毛が飛び出ていた。するとスティーヴンが這うようにして、あたしの背後に現れた。なんだか悲しそうだし、すごくやつれて見える。

「やあ、ヘイゼル」彼はぼそぼそと言った。「調子はどう？」

よね」

「まあまあ」あたしは答えた。「こんな誕生日になって、デイジーは笑うしかないわよね」

スティーヴンは顔をしかめ、鼻に散ったそばかすがいっせいに動いた。

「ほんと、最悪だね！　あの男、カーティス氏は。ぼくは気に入らない。バーティとデイジーのご両親がずっと口論しているのは、あの男が原因じゃないか。だろう？」

「たしかに」あたしは言った。胃が口から飛び出しそうだった。

「両親が口論するのを見るのは、いやなものだ。何の役にも立たないからね。ぼくの父は――ぼくの父は亡くなってる。だから、誰の両親でも言い争ってると、そんなことしなければいいのにって思うんだ。それがどんな結果になるか、本人たちにはわからないんだろうね」

あたしはスティーヴンを抱きしめたくなったけど、彼がそういうことをするタイプかどうかわからなかったし、それよりもあたし自身が、誰もいない部屋でソファの陰に隠れて男子を抱きしめるタイプなのかもわからなかった。だからこう言った。「お父さまのこと、お気の毒ね」それから、控えめに彼の腕をぽんぽんと叩いた。

「いや、いまはもうだいじょうぶだ」彼は聞こえないくらいの小さな声で言った。「亡くなったのは何年もまえのことだから。だからと言って、これ以上サーディーンをつづけたい気分でもないな、なんとなく。すこしだけ抜け出そうか？」

あたしはすごくほっとして立ち上がった。ソファの裏側にいると、濡れて汚れた馬に顔を押し付けているみたいなにおいがしていたから（以前、ほんの五分だったけど、デイジーに乗馬をさせられたことがあった。だからあたしは、自分で何を言っているのかわかっている）。それから新鮮な空気を胸いっぱいに吸いこんだ。スティーヴンは両手をポケットに入れ、猫みたいにゆったりとした足取りで窓のほうへ歩いて行く。するとそこで、からだをびくっとさせた。

あたしも走り寄って窓の外を見た。あたしたちがいるところは古くて壊れた家具が詰めこまれた二階の予備室で、窓からは前庭の一部と石壺が並ぶ砂利敷きの散歩道、それと観賞用の茂みが見下ろせる。茂みには、カーティス氏とヘイスティングス卿夫人がいた。夫人は毛皮を羽織り、カーティス氏は金の懐中時計を手に持っている。雲はいっそう厚くなり、雨もかなり強くなっていた。お屋敷のなかにはいれば濡れずにすむのに、いったいふたりは外で何をしているのだろう。夫人は濡れるのが大嫌いなのに。でもそのとき、どうしてふたりとも雨に濡れるのも気にならないかがわかった。また言い争っているのだ。その内容が、二階まで途切れ途切れに聞こえてくる。

「……こんな急なことって、デニス」

「そうは思わないね。きみのご主人は……でもぼくたちはけっして……いいかい、宝石や絵画を持ってくるんだよ」

「でもデニス、そんなこと……できないの」ヘイスティングス卿夫人が反論をはじめる。

「きみができないなら」カーティス氏はこれまでとはまったくちがう、硬い声で言った。「ぼくからご主人に話そう……そうすれば彼が何を考えているかわかる。どうかな？」

ヘイスティングス卿夫人は息を呑み、肩にかけた毛皮をしっかりとつかんで声を上げた。「デニス！」

「お茶会が終わるまでに気持ちを決めるんだ」カーティス氏はぴしゃりと言った。「そのうえで、できないというなら――かまわないさ！」

彼は荒々しい足取りで正面玄関までもどった。夫人はまた息を呑んでから、あとを追った。

ふたりの周りで雨は土砂降りになり、遠くの丘陵のほうで雷がごろごろ鳴っている。あたしはスティーヴンをふり返った。彼は頰をさすっていて、あたしとおなじくらい驚いているみたいだった。「カーティス氏は何の話をしていたんだろう？　何か思い当たることは……？」

「ううん、ない」あたしは答えた。すごく怖かった。「デイジーとバーティには黙っていましょうね」

スティーヴンは頷いた。「ここだけのことにしよう。だけど、もし――」

「カーティス氏は何も言わないと思う。言えるわけない。お茶会のあとにはここを出て行くんだから。自分でそう言ってたの」

自信を持ってそう断言できればよかったのに。もし、カーティス氏が何かひどいことをしでかしたら？　状況はすごく悪いほうへ向かいつつあるような気がしていた。

「下階(した)におりて、みんなを探さない？」あたしは訊いた。

主階段まで行ったところで足を止め、あたしとスティーヴンは下を見た。玄関広間には誰もいなかったけど、カーティス氏とヘイスティングス卿夫人が駆けこんできたらしく、床が濡れていた。それに、サーディーンはここでも行われていたみたいで、どこもかしこもすごく雑然としていた。棚の扉はぜんぶ開きっぱなしで、絨毯には泥の汚れがつき、誰かが二階にあった剥製のフクロウを持ってきて傘立てに差していた。

「早く！」あたしは小声で言った。カーティス氏はすぐ近くにいるはずだ。彼と顔を合わせたくなんかない。ふたりで急いで階段をおり、姿を見られないよう、あたしはしてからだった。

書斎に飛びこんだ。スティーヴンが慌ててはいってきたのは、ドアが閉まってすこし

「ごめん」彼は息を弾ませ、額の汗を拭った。「パニックになっちゃって。からだが動かなかった。見つかると思って」

ビーニーが椅子の後ろから顔をひょいと出し、「ハロー!」と陽気に言った。「隠れないで何をしてるの?」

「ビーニー!」キティが予備のテーブルの下から這い出してきた。「居場所をばらしちゃだめじゃない!」

「あたしたち、勝ったんでしょう? ねえ、勝ったのよね?」ビーニーが訊いた。

そのとき、部屋の隅の信じられないくらい狭い隙間からデイジーが現れ、ビーニーは驚いて跳び上がり、金切り声を上げた。「どうやってそこにはいったの?」

これでゲームは終わったようだ。

5

あたしの腕時計で午後二時五十分に、お茶会のはじまりを知らせる鐘が鳴った。なんだか頼りない音だったのは、鳴らしていたのがチャップマンだったから。

「わーい」ビーニーが声を上げた。「お茶会よ！」

デイジーは何も言わずにただスカートの皺を伸ばし、髪を軽く叩いて整えた。お茶会を不安に思っているのがわかる。「お茶会、楽しみ！」元気づけようとあたしは言った。

「そうね。お茶会、楽しみね」デイジーも言った。

キティとビーニーはその言葉を信じた。でも、あたしは廊下に出ると彼女の手を取り、またぎゅっと握った。デイジーも痛いくらいに握り返してきた。

食堂にはいると、ちょっとした悲しさが襲ってくるような気がした。でも、どうしてかはうまく説明できない。室内の灯りはぜんぶ明るく点(とも)っていたし、テーブルにはこのうえなく華やかなテーブルクロスが敷かれ、とてつもなく大きなティーポットが置かれていたのに。ティーポットの周りを囲んでいたのは、見た目もかわいらしくて軟らかそうなロールパンや、四色のゼリー、ジャムのタルト、ハム、ゆで卵、マフィンだった。白いアイシングで〝お誕生日おめでとう、デイジー〟と書かれた、こってりとしたチョコレートクリームがあふれそうなくらいに塗られたケーキもある。

窓の外では空を切り裂くような雨が降っていて、その勢いはどんどん激しくなっていた。チャップマンは身なりを整えて背を高く見せようと努力していたけど、髪はきちんと梳かしていないし、襟には何かの染みがついている。手はいつものように小刻みに震えていた。いろんなものはすごくきらきらして見えたけど、ほんとうはぜんぶまちがっていると、あたしにはちゃんとわかった。この奇妙なイギリス人たちのあいだで、どう振る舞えばいいのだろう。ますます香港の家に帰りたくなった。何の心配もなく、何でも理解できる場所。雨さえ暖かく感じられるところ。目の前のゼリーはどれもすごくおいしそうだったけど、月餅に比べたらそのおいしさも半分くらいのものだ。

「みなさん！」芝居がかったように両腕を広げ、ヘイスティングス卿夫人が大きな声で呼びかけた。明るい緑色のドレスに着替えていて、ファッション雑誌から抜け出てきたみたいだ。「かわいいデイジーのために集まってくれて、どうもありがとう。デイジーはきょうで十三歳になります！」

「十四歳よ」デイジーは言った。

「あら、そうだったかしら？」デイジーのママはぼんやりと答えた。「ほんとうに？まあ、まちがえることもあるわ」

「いつも、そうだろう」ヘイスティングス卿が言った。「ちゃんと見ていないから」

夫人は自分の夫をひと睨みしてから話をつづけた。「それで、正しい子どものお茶会を開けば、何よりも楽しくなると思ったの。わたくしたちが子どものときしたように、お給仕も自分たちでして」

「若かったころのことなんて、記憶のかなただろう。なあ、デイジー」フェリックスおじさまはデイジーにウィンクをしながら言った。「いったいいつの話だよ！」

「ちょっと、そんなこと言って。いいから黙っててちょうだい、フェリックス！」ヘイスティングス卿夫人は文句を言った。「すべて自分たちでお給仕します。すごく楽しいわよ。それに、すっかり分別がなくなるまで食べてね。正しい子どものお茶会って、そういうものなの！」

あたしには何が〝正しい子どものお茶会〟なのか、よくわからない。それに、学校の寮の食堂で開かれるアフタヌーンティーと、どこがちがうのかも。デイジーもキティもビーニーもあたしも、戸惑ったように顔を見合わせ、デイジーは目をぐるりと回した。頬がまたピンクになって、目はぎらぎらしている。でもそれは、わくわくしているからじゃない。

それでも大人たち全員に加え、バーティとスティーヴンはずっと楽しそうだった。長いテーブルの周りに集まり、争うようにしてティーポットに手を伸ばしている。いつにも増していっそう滑らかなシルクのスカーフを身につけたサスキアおばさまは、クリームケーキをせっせとお皿に載せていた。すくなくともこの十年、口にしてこなかったみたいに。一方でヘイスティングス卿は（しゃれたツイードのジャケットを着ているけど、泥で汚れたズボンには不釣り合いだった）、大きく切り取られたハムに手を伸ばしていた。テーブルに近づいていないのはカーティス氏だけだ。仕立てのいいスーツのポケットに両手を突っ込み、格好をつけてうつむきかげんに立っている。世のなかのことなんて、これっぽっちも気にしていないとでもいうみたいに。でもほんとうは、どこであろうとフェリックスおじさまやアルストン先生のそばに近づきたくないのだ。あたしには直感でわかった。何かが進行している。迷路で耳にしたことと関係がある何かが。それが何かがわかるより先に、カーティス氏はこのお屋敷を出て行くだろうか？

　そこでとつぜん、スティーヴンといっしょに目撃した場面を思いだした。カーティス氏とヘイスティングス卿夫人が言い争っていた場面だ。あたしはおちつかない気分になり、からだをもぞもぞと動かした。カーティス氏がひとりで出て行くつもりじゃないとしたら――あるいは、ひとりで出て行くけど、言い争っているときに脅したとおり、自分と夫人との関係をぜんぶヘイスティングス卿に話すつもりだとしたら？　デイジーはどうするだろう？　あたしはまだ、あのときのふたりの会話はデイジーに話していなかった。そんなこと、できない。

「ロールパンの争奪戦がおちついたら教えてくれないか」

　カーティス氏はゆっくりとそう言い、ふかふかした椅子にからだを沈めた。ヘイスティングス卿夫人から言いつかったチャップマンが、書斎から椅子を何脚も引っぱってきてドアの近くに半円状に並べておいたのだ。腰を下ろしたカーティス氏はポケットから例の時計を取り出し、上の空で手のなかで転がした。サスキアおばさまはタルトを口に運ぼうとしていた手を一瞬、止めると、強欲そうに目をまん丸にしてその時計を見つめた。それからまた、ティーテーブルに視線をもどした。

　ティーポットの周りはあいかわらず混み合っていた。あたしもそこに加わりたくて仕方なかった。昼食にコールドミートを食べたのは、はるかむかしのことみたいに思えたから。上等な磁器がぶつかり合ってかちゃかちゃと音を立て（チャップマンは渋い顔をしていた）、みんな同時におしゃべりして、同時に紅茶のカップに手を伸ばしているかのようだ。

「チャップマン、もうすこし下がって！　わたくしは母親よ、わたくしが注ぎます！」ヘイスティングス卿夫人が大きな声で陽気に言った。「やらせてちょうだい！」

でも、誰も夫人の言うことを聞いていない——チャップマン以外は。彼はできるだけ、ティーテーブルから離れた。

「ああ、カーティスさんにもカップを渡して」夫人は誰にともなく言った。

「わたしが渡そう！」ヘイスティングス卿がカップを片手に、カーティス氏をふり返った。紅茶は縁までたっぷりと注がれていたから表面は波打ち、白地に金色の模様のはいったカップの側面を伝って雫が垂れていた。ヘイスティングス卿が慌ててカーティス氏にカップを押しつけると、こんどは中身がこぼれるんじゃないかとあたしは心配になった。

カーティス氏はカップをぞんざいに受け取った。顔を上げることも、ヘイスティングス卿にお礼を言うこともなく。それから勢いよく、ひと口、飲んだ。すると顔を歪め、ぴしゃりと言った。「まずい紅茶だな。うう！　ひどい味だ！」

「これは申し訳ない」ヘイスティングス卿が言った。唇をぎゅっと閉じている。笑いたいのを必死でがまんしているときのデイジーみたいに。それからさっさとカーティス氏から離れ、ティーテーブルにもどった。

デイジーに何か気遣いをするべきだとわかっていたけど、この時点であたしはもう、ジャムタルトを食べたいという誘惑にほとんど取り憑かれていた。サスキアおばさまも、いまにも襲いかかりそうな勢いでお皿を見下ろしている。目をぎらぎら光らせ、タルトにしきりに手を伸ばそうとしながら。

「ええ、わかった」デイジーが言った。あたしは何も訊いていないのに。「お茶の時間ね。行くわよ、みんな。がつがつ食べよう！」

あたしはほっとして、とてつもなく大きなため息を漏らした。あたしもキティもビーニーも、デイジーのこの言葉を待っていた。彼女はにっこりと笑いかけてきた。それからさっと駆けだし、あたしの憧れのタルトをサスキアおばさまの鼻の下からかすめ取って渡してくれた。

「これをずっと見てたでしょう」デイジーは言った。「ねえ、このケーキを見て！　チャップマン、あなたってほんとうにわたしのことをわかってくれているのね」デイジーは精一杯、感じよくしようと努めている。そんな彼女が誇らしかった。

「お嬢さまの好物がチョコレートだと、みんな承知しております」チャップマンが皺だらけの手でデイジーの肩をやさしく叩く。「ドハーティ夫人がお嬢さまのために、とくに腕によりをかけてつくったんですよ。お誕生日、おめでとうございます。デイジーお嬢さま」

あたしたちはつぎからつぎへと食べ、すてきなドレスを一面、食べこぼしだらけにした（大人たちもみんな、そうしていた。ヘイスティングス卿夫人でさえ。でも、誰も気にしていなかった）。なんだかんだ言って、すごく楽しいパーティじゃない。そう思っていると、誰もがとつぜん、おしゃべりをやめた。

6

カーティス氏が咳をしている。自分でも驚いているようだ。それからまた、鋭い咳。のどに詰まったものを取り除こうとしている。みんなはじめは、そう思っていた。

「チャップマンに水を——いえ、わたくしが持ってきましょうか、デニス?」

ヘイスティングス卿夫人は紅茶のカップをテーブルに置きながら言った。でもカーティス氏は首を横に振り、あけたままの口元に手を持っていった。

「舌が」もごもご言う。「何だか——」それから口のなかに指を突っ込み、じっさいに舌をつついた。

あたしはびっくりしてしまった。お茶会でこんな振る舞いをするなんて。たとえ、子どものお茶会でも(赤ん坊なら話はべつだけど、カーティス氏が赤ん坊じゃないのははっきりしている)。

「うう」カーティス氏は唸った。「うわああ!」そしていきなり椅子の上で身を屈めたかと思うと、からだをふたつに折った。紙の人形みたいに。それからまた咳きこみはじめた。さっきよりも激しく、やがてその咳は嘔吐に変わった。とても聞いていられなくて、あたし自身ものどがむずむずしてきた。カーティス氏はむかつく人だけど、苦しんでいる声を聞くのもやっぱり不愉快だ。キティは両手で口元を覆っている。ビーニーは目を。

からだを起こしたすこしのあいだ、カーティス氏はこの世のものとは思えないほどおそろしげな呻き声を上げ、その合間に吐いた。顔は真っ青で、蠟みたいになっている。

「何、これ？」ビーニーが言った。「何？　何がどうなってるの？」

悲鳴を上げながらヘイスティングス卿夫人が駆け寄り、腕をカーティス氏のからだに回した。彼は片手を口元に当て、慎みを保った。

「早く！」ヘイスティングス卿夫人はチャップマンに叫んだ。「ドハーティ夫人とヘティを呼んで！　デニスの具合が悪くなったから、部屋に連れて行くと伝えてちょうだい」

それから夫人は、まだ嘔吐をつづけるカーティスのからだを引っぱって立たせ、いっしょに食堂を出て行った。チャップマンはカーティス氏とおなじように真っ青で蠟みたいな顔をして、よろよろと夫人のあとを追った。

あたしは残された人たちを見回した。サスキアおばさまは口をぽかんとあけていて、両手で顎のあたりをつかむようにしていた。その顔は、おそろしげな仮面みたいだった。フェリックスおじさまは腕を組み、厳しい顔つきをしていた。アルストン先生はまったくの無表情だったけど、しがみつくようにしっかりとハンドバッグを抱きしめていた。バーティは、誰に怒りをぶつけたらいいのかわからないでいるみたいだった。スティーヴンは、ほんとうに具合が悪いのは彼のほうじゃないかと思うようなようすだった。それからあたしは、ヘイスティングス卿に目をやった。主人であれば具合を悪くした客を心配しなければならないと、必死にそう見せようとしていたけど、じつはその奥に、悪意のあるうれしそうな表情が見えた。そんな表情は、卿にはぜんぜんふさわしくないのに。

「カーティスさんはどうしちゃったの？」ビーニーは怯えたように、ずっとそんなことを小さな声でぼそぼそと言い続けた。「ほんと、何がどうなってるの？」

「ビーニー、黙って！」キティが乱暴に言った。

カーティス氏はどうしたの？　あたしは考えた。病気になったの？　だとしたら、あまりにも急すぎる。だって朝には、お屋敷の外でジョギングをしていたのに。何かよくないものを食べたとか？　でも、彼が口にしたのは紅茶だけだった。

腰をつねられてふり返ると、何か合図を送ろうとしているみたいに、デイジーが大きく目を見開いてあたしを見ている。その目は、〝これは重要かも！〟と言っていた。カーティス氏の周りでは妙なことが立て続けに起こっている。彼自身が引き寄せているとでもいうように。

「では」フェリックスおじさまがみんなに向かって言った。階段のほうから足音や話し声が聞こえてくる。「みなさん、ここから出てください」

おじさまはあたしたちに向かって手をひらひらとさせ、追い立てるようにして全員を食堂から出し（「どうして出なくちゃならないの」と、サスキアおばさまは文句を言った）、誰も寄せつけまいとする雰囲気をまとって戸口に立った。その腕のあいだからこっそりなかを覗くと、お茶の道具があちこちに散らばり、カーティス氏の座っていた椅子の上には例の懐中時計が残されているのが見えた。彼が受け取った紅茶のカップは肘かけのところに置かれたまま、いまにも落ちそうで――そこで視界は遮られた。脚のあいだにはいりこんだトースト・ドッグに向かっておじさまは「こら、やめなさい」と言い、犬の鼻先でドアをばたんと閉めたから。それから、大声で呼びかけた。「ドハーティ夫人！　食堂の鍵を持ってきてください！」

ドハーティ夫人は水のはいったボウルを手に慌てて厨房から姿を現し、息を切らしながら言った。

「かしこまりました。鍵は厨房の壁にかかっていますけど、まずこれをカーティスさまのお部屋に持って行かせてください」

「待っていられないな。デイジー、きみが取ってきてくれないか」戸口から動かずにフェリックスおじさまは言った。「反論は受けつけないよ」

デイジーはぼんやりとした、関心がなさそうな顔つきで厨房に向かった。でも、心のなかでは楽しくてわくわくしているのがわかる。彼女がもどってくるとフェリックスおじさまは食堂のドアに鍵をかけ、その鍵を上着のポケットに入れた。それからカーティス氏の寝室へ向かった。長い脚で、いちどに三段ずつ階段を駆けあがって。あたしは心配になった。フェリックスおじさまの言動を見ていると、何かひどくまずいことが起こっているようだったから。

「カーティスさんはどうしちゃったの？」ビーニーはなおも言い続けていた。「何かよくないものを食べたのかな？」

「わたしのおばさんは、お砂糖とまちがえてバス・ソルトを食べたことがあって」キティが言った。「それであの人、ところかまわず吐いて回ったの。だからそのあとは何日も、家じゅうがひどくにおったわ」

「カーティスさんはバス・ソルトなんか食べてないじゃない」デイジーは意地悪く言った。「へんなこと言わないで。お昼に食べたものがよくなかったんじゃないかしら。あのお肉、いくらか傷んでたのよ」

デイジーはほんとうにそう思ってるの？　あたしは怪しんだ。でも彼女の顔をひと目見て、そんなことは思っていないとわかった。

「ちょっと待って！」ビーニーが悲しげな声を上げる。「ということはあたしたちもみんな、具合が悪くなるの？」

「その可能性は高いわね」デイジーは言った。完全に邪悪なデイジーになっている。

「そんなこと言ってるから、わたしまで具合が――」

ビーニーは金切り声を上げ、自分のお腹を押さえた。「助けて！」そう叫びながら浴室へと駆けて行く。キティはデイジーに向かって目をぐるりと回し、ビーニーのあとを追った。

「デイジー！」あたしは言った。「そんなの嘘でしょう？　あたしは具合悪くないもの。すくなくとも、自分ではそう思わない」

「わかってる。わたしも悪くない、じつはね。もっとはっきり言えば、キティとビーニーに嘘をつかなかったことなんてなかったかも」

あなたが嘘をつかないときなんてあるの？　そう訊きたかった。でも訊けない。

「それで？」

「それでって？　ヘイゼル、わたしたちきょうはずっと、何かおかしなことが進行してると話してたわよね？　カーティス氏が邪まな目的を持ってこの家に滞在しているのはあきらかで、そのことははっきりさせたじゃない。さっきのことだって、パパに今夜じゅうにこの家から追い出されないようにするための作戦にすぎないわ。具合が悪いなら、ここにずっといられるもの」

「でも、仮病には見えなかった」あたしは反論した。

「ええ、たしかにそう。でも、ほんとうに具合が悪いほうがずっと、おもしろい。どんな可能性だってあるし、それを調べるのが、わたしたち探偵倶楽部よ。結論を出すのはそのあと。これまでにわかってることは何？　急いで、誰もいないうちにおさらいしましょう！」

「カーティス氏の言動は奇妙だった」あたしは言った。「それに、彼は具合を悪くした。しばらくはベッドで休むつもりなのかも」

「でも、ほかの誰にも具合が悪そうな症状は出ていない。みんな、昼食におなじものを食べたのに」デイジーは指摘した。「ついさっきのお茶会のときも、そう」

「でも、カーティス氏は何も食べなかったじゃない！　紅茶を飲んだだけで」

「よく観察してるね、ワトソン！　すばらしい。では、その紅茶はみんなが飲んだ紅茶とおなじポットから注がれ、ミルクもおなじ容器から入れられたのなら、カーティス氏だけ具合が悪くなったのはどうして？」

ちょうどそのとき、フェリックスおじさまがそばを走り抜けていった。レインコートを羽織り、防水用のオーバーシューズを靴にかぶせて。

「外出するの？」デイジーが訊いた。

「オブライエンと一緒に、クーパー医師を呼んでくる」おじさまは手短に答えた。「カーティス氏の容体がおもわしくないんだ。それなのに、この嵐のせいで電話が通じなくなっている。ひとりで行かないほうがいいと思って」

あたしはフェリックスおじさまのこともオブライエンのことも、ぜんぜん羨ましくなかった。外のようすは、それはひどいものだったから。ぐらぐらと沸騰するやかんが鳴るみたいな雷の音がずっと聞こえていたし、雨は窓枠を激しく叩きつけている。雷が落ちるたび、窓の外はすさまじく明るくなっていた。

「三十分してももどらなかったらボートを出してくれるね、気が利く姪御さんなら」

デイジーはおじさまににやりと笑いかけ、手を振って送り出した。でも、ドアがばたんと閉まったとたんに真剣な表情をつくった。ふたりで顔を見合わせ、雨の音と上階(うえ)から聞こえてくるおそろしげな呻き声に聞き入る。すでに外は漆黒の闇だ。このお屋敷が木でできた箱で、あたしたちはみんなそこに閉じこめられたまま、暗い海を漂っているみたいだった。

「いま、しなくてはいけないのは」外の嵐に負けないようにデイジーが声を張り上げた。「カーティス氏のそばに行って、何か見つけられないか確かめることね」

7

階段をのぼって二階に行き、カーティス氏の寝室の外で身を潜めた。ヘイスティングス卿夫人とドハーティ夫人が、なかでせかせかと動き回っているのがわかる。あたしとデイジーはここにいるべきではないとわかっていた。それに、自分がほんとうはここにいたくないと思っていることも。カーティス氏はもだえ苦しみ、おそろしげに呻きつづけている。外の嵐の音もかき消しそうな勢いだ。稲妻が光っては廊下のあちこちに影をつくり、そのたびにあたしはびくっとした。

「ほんとうのことを言うとね、ヘイゼル」デイジーの声には何の感情もこもっていない。あたしとおなじように不安になりはじめている。

そのとき、村からお医者さまを連れて、フェリックスおじさまがもどってきた。髪から雨粒が滴り、びしょ濡れのズボンが泥で汚れていても、おじさまは上品に見えた。お医者さまは禿げ頭で太っていて、ひどく息を切らしている。

「ちょっと通してくれないかな、お嬢さん方」そう言いながら、あたしたちの脇を走り抜けていった。

フェリックスおじさまはあたしたちの隣で足を止めた。あたしもデイジーもからだをこわばらせたけど、彼は眉をひそめただけで、濡れたポケットチーフで単眼鏡のレンズを拭った。

「オブライエンは村に残してきた」おじさまは言った。「この天候だ。自宅にいたほうがいいと思って。ともかく、クーパー先生には来てもらえた」

「カーティス氏はどこが悪いの、フェリックスおじさま?」これをいい機会と見て、デイジーは訊いた。「すぐによくなりそう?」

「その手には乗らないよ、デイジー。きみには何も教えるつもりはない」

デイジーはショックを受けたみたいだった。「でも、おじさま!」

「デイジー、これはお遊びじゃないんだ。真面目に対処しないと。さあ、ふたりとも子ども部屋に行って、いいと言われるまでそこにいなさい。わかったね?」さっきポケットチーフで拭っていた単眼鏡はまた左目に嵌められていて、おじさまはそのレンズ越しにあたしたちを睨んでいる。それからカーティス氏の寝室のドアをぐいと押しあけ、なかにはいった。

デイジーは息ができないみたいに立ちつくしていた。「わからない……ここに来てからのおじさまに何があったのか、ぜんぜんわからない！　わたしを追い払うようなことはぜったいに言わない人なのに！」

そういえばフェリックスおじさまは迷路のなかで、カーティス氏に「後悔することになるかもしれない」と、何だか人を不安にさせるようなおかしなことを言っていた。でも、デイジーに対するこの態度は何？　単に大人らしく振る舞っているだけ？　それとも……おじさまには後ろめたいことがあるの？

「どうしようか？」あたしはデイジーに訊いた。「言われたとおり、上階に行く？」

「行くわけないじゃない」デイジーは答えた。「あそこに大きなスペイン櫃があるでしょう。蓋はあいてるし、細かく格子状になっているところは空気孔として完璧。あのなかにはいれば、ここにいてカーティス氏の寝室のようすに聞き耳を立てられるわ」

あのなかにはいりたいなんて、ぜんぜん思えなかった。でも、何が起こっているかはどうしても知りたい。「わかった、やろう」

あたしたちは櫃にもぐりこんだ。暗闇のなかで、お互いの肘や膝がぶつかる。ものすごく暑苦しいし、閉所恐怖症になりそうだ。でも、デイジーの言ったとおりだった。

櫃の側面には小さな穴があいていて、そこから息をすることができる。それに、外のようすも（目を細めれば）だいたい見られた。雷はごろごろと鳴り響き、雨は窓を叩きつけている。カーティス氏は呻きに呻いていた。

するとその寝室のドアがあいて、誰かが飛び出してきた。ヘイスティングス卿夫人だ。ただ泣きわめいている。涙の筋だらけの顔にハンカチを押し当て、自分の寝室へ駆けこむと、そこでむせび泣いた。それからしばらくして、あたしはまた自由にからだを動かせるようになるだろうかと心配しはじめたちょうどそのとき、ふたりの人物がカーティス氏の寝室から出てきた。

8

　クーパー医師とフェリックスおじさまだった。駆け足ではないし泣いてもいないけど、すごく厳めしい顔をしている。おじさまがカーティス氏の寝室のドアを閉めると、ふたりは顔をくっつけ合うようにして立った。デイジーに肘で脇腹をつつかれ、あたしは息を止めた。

「容体は深刻です、ミスター・マウントフィチェット」クーパー医師が言った。「ひじょうに深刻です。悪い知らせを伝えることにならなければいいと思いますが、いまはもう……最悪の事態に備えてください。この症状は以前も何回か診たことがあります。嘔吐や痙攣(けいれん)といった段階まで来ると、もはや望みはほとんどありません」

「この症状を以前も何回か診たですって？」フェリックスおじさまは先生のことばをくり返した。「でしたら診断はつきますよね、先生？」

「赤痢です」クーパー医師は答えた。「きわめて明白ですな。脱水症状、胃の痛み。

さっきも言ったように、以前——」

「赤痢？　たしかですか？」フェリックスおじさまの声は鋭い。

「たしかですよ。詳しく診るまでもありません——その——排泄物を。お望みでしたら、いかようにでも診断しますが。つまり、こちらは立派なお家柄ですから」

フェリックスおじさまの肩が緊張し、あたしの隣ではデイジーがいきなり、からだをこわばらせた。ふたりとも、正体不明の音を聞いたみたいだった。

「どうしたの？」できるだけ小さな声であたしは訊いた。

「しー！　あとで！」デイジーは声をひそめた。

「納得させてください」おじさまが言った。「検体を採取してほしい。明日、ロンドンの研究所に持って行きます」

「明日？」クーパー医師は言った。「それは無理だと思いますよ。フォーリンフォード村と周辺一帯は水浸しですから。あそこまであふれたら、水が引くのに何日もかかることはご存じでしょう。それにどのみち、患者に残された時間があと数時間あるかどうかもわかりません。いくら水分を補給しても、からだから失われる分には追いつかないのです。何をどう鑑定をしても意味はありません」

「それでも検体は採取してください。そして、わたしに渡してください。よろしいですね？」

「そうまでおっしゃるなら。ただし、研究所へはわたしが送りましょう」クーパー医師は言った。「わたしはただ――申し訳ない、患者のところにもどらないと」

「そうですね。ひとまず、ありがとうございました。では、わたしはこれで」

フェリックスおじさまは自分の寝室にもどり、クーパー医師はカーティス氏の寝室にもどった。ふたつの部屋のドアが閉まるとすぐ、デイジーはびっくり箱をあけたみたいにぴょんと櫃から飛び出した。頭の上に空間が広がり、あたしは大喜びで空気を思い切り吸いこんだ。でも、デイジーが何をするつもりなのかはわからない。誰かが現れて見つかったらどうするの？

「デイジー！」あたしは櫃からからだを半分起こしながら呼びかけた。

「ほら、時間がないわよ。ヘイゼル！　急いで！　いちばん重要な手がかりをつかめたじゃない。すぐに書斎に行くの！」

いまはまさに、デイジーの好きにさせることがだいじなときだ。だからあたしは櫃から這うようにして出て、あとを追った。デイジーは転がるように主階段を駆けおり、玄関広間を突っ切って書斎にはいった。ありがたいことに、そこには誰もいなかった。

デイジーはトラみたいに跳ねながら革装の本が並ぶ棚まで行き、目当ての一冊を取り出すと床に放り投げた（彼女は本が大好きだけど、その扱い方は誰よりもひどい）。それからじっくりと目を通しはじめ、「あった！」と声を上げた。「ここ、読んで！」

あたしはデイジーが開いている医学書のページを覗きこんだ。砒素中毒について書かれたページだ。

症状：しびれ、吐き気、嘔吐および下痢（多くの場合、潜血も見られる）、痙攣（けいれん）（多くの場合、程度は激しい）、重度の脱水症状、重度ののどの渇き、腹部の痛み。

　症状は砒素の摂取後、十五分から三十分後に現れる。口のなかやのどに熱を感じ、渇きはじめる。つづいて吐き気や腹部の痛みが起き、その後、激しく痙攣しはじめる。早い段階から吐き気を催すが、四グレーン（約〇・二五グラム）以上摂取した患者は、通常、死に至る。わずか二グレーン（約〇・一三グラム）でも致死的であると知られている。摂取後、二時間から四十八時間までのあいだに、循環虚脱（中毒によって血液の循環が妨げられ、極度の脱力状態になること）によって死亡する。

注：赤痢の症状とまちがえられることが多い。

からだじゅうが冷たくなった。そんなはずは……。デイジーはまた、想像力をたくましくしているだけ。

でも、カーティス氏以外、具合が悪くなっている人はいない。あたしが見た症状はぜんぶ――それに、クーパー医師が話していた症状も――たったいま医学書で読んだ症状と一致する。廊下の棚にはネズミ退治用の砒素の容器が保管されていて、誰もがそのことを知っている。

ぜんぶ、ぴったり辻褄が合う。

あたしは息を呑んでデイジーを見た。デイジーが見上げてくる。驚きながらもわくわくしたように、口をO(オー)の字にあけたまま。

「わたしは正しかった」彼女は声を上げた。「わかってたの、クーパー先生が赤痢って言った瞬間から。何かの本で読んだことがあったから。ヘイゼル、事態は深刻よ。カーティス氏はただの病気じゃない。砒素を飲まされたの！」

あたしはごくりと唾を呑んだ。のどの奥に何かの塊が詰まっているみたいな気がした。自分の頭のなかの声が聞こえないくらい、雨の降る音がうるさい。叩きつけるように降っていて、建物を壊しそうな勢いだ。お屋敷のなかにも降らそうとでもいうように。ここに閉じこめられたらどうしよう？　いきなり、そんな考えが頭に浮かんだ。ここまで水が上がってきたら、そしてデイジーがほんとうに正しかったら？

「ヘイゼル、今回の件はすごく興味深くなったわね。本物の毒殺よ！　しかもわたしたちはその場に居合わせて、いつでも捜査をはじめられるの！　すぐに食堂のドアの鍵をあけないと――」

「ここにいたのね！」背後から声が聞こえた。

ふたりともびくりとして、デイジーはさっと本を閉じた。アルストン先生が戸口にいた。髪が乱れ、いつにも増してぼさぼさになっている。顔色も悪く、疲れているみたいだ。

心臓がばくばくしはじめた。横目でデイジーを見たけど、表情からは何もわからない。こういうとき、あたしはデイジーみたいに冷静でおちついたように見せるなんてことはぜったいにできないと思い知らされる。

「すみません、アルストン先生」デイジーは言った。スカートを破ったことを謝っているみたいに。

「上階に行きましょう。キティとビーニーは、あなたたちがどこに行ってしまったのかと心配してるわ」先生は言った。

「はい、わかりました。アルストン先生。すぐに行きます」

あたしたちは子ども部屋に連れて行かれた。そうするしかなかった。食堂の捜査はお預けだ。

頭の上で、雨が屋根を打ちつけている。いまにも屋根を突き破って、直接、降りかかってきそうなほどの勢いだ。ビーニーはベッドのなかで丸まり、ぶるぶる震えていた。「ほんとに、お豆ちゃん」部屋にはいっていくと、キティはビーニーを慰めていた。「カーティスさんはすぐによくなるって！」

あたしとデイジーは顔を見合わせるしかなかった。

9

ヘティが夕食をトレイに載せて運んできてくれた。彼女もアルストン先生とおなじように疲れているみたいで、メイド帽からちりちりの赤毛が飛び出している。夕食はゆで卵とニシンの燻製だった。「ちょっと、何よこれ」デイジーがうんざりしたように言った。「わたしたちは病気じゃないのよ。どうしてこんな病人食を食べさせられるの？」

「デイジー！」アルストン先生が諫め、デイジーは口を閉じた。でも、あたしも密かにデイジーとおなじことを思っていた。本のなかではいつも、何かひどくおそろしいことが起こると人は食欲をなくしているけど、現実の世界ではそんなことはまったくない。状況が悪くなればなるほど、あたしはお腹がすく。それはどうにもできない。いまは夜の八時近くで、お腹はどうしようもないくらいにぐうぐう鳴っていた。また盛大なお茶会があれば、何でも食べられそうだ。

「でも、カーティスさんはよくなる」ビーニーはそうくり返していた。おしゃべり人形みたいに。みんな、何も聞こえないふりをした。

デイジーは書斎で知ったことを話したくて仕方ないみたいだったけど、そんな機会はなかった。アルストン先生がずっとそばにいたから。先生は何もかもわかっていて、あたしたちを子ども部屋に留めておきたいと思っているみたいだった！　すごく腹立たしい。

すると、ノックの音がしてアルストン先生が呼ばれた。先生は外に出ると部屋のドアを閉めたけど、廊下で誰かと話す声は聞こえた。相手はヘティだ。これでまた、先生に知られずにどこかに行ったり何かをしたりすることはできなくなった。窓に嵌められた格子をじっと見つめながら、あたしは必死で、おちついて冷静でいようとしていた。去年とおなじことがまた起こりはしない。カーティス氏は死んでいない。明日、目を覚まして窓から外を見たら、彼はまた庭をジョギングしているだろう。それから、ここを出て行く。予定どおりに。そうなったらあたしたちはよろこび、すべてはまた日常にもどるはず。

ドアがまたあいて、アルストン先生がもどってきた。異様な表情をしている。あたしたちはみんな動きを止めて、先生に注目した。

「みなさん」先生は言った。「残念なお知らせです。カーティスさんが亡くなりました」

第3部

ほんとうに砒素(ひそ)だった

1

きのうの夜はずっと、何があったかを事件簿に書いていた。あたしとデイジーは、ほんとうに事件の捜査をすることになった。それに比べたら、寝ることなんてどうでもいい。カーティス氏の身に起こったことを聞かされてビーニーはとうぜんのようにヒステリーの発作を起こし、あたしたちは彼女の周りに集まってなだめ、あなたはだいじょうぶと言って聞かせなければならなかった。ビーニーはだいじょうぶだから。

「でも、あたしたちもみんな死んだら？」泣きじゃくりながらビーニーは訊いた。

「キティ、あなたが死ぬなんていやよ」

「やめてよ、ビーニー。そんなことにはならないから」

「だって、そんなのわからないでしょう？」ビーニーは泣きながらそう言い、それから二十分、泣きつづけた。

あたしは自分のベッドにうずくまって、猛烈な勢いで事件簿を書いた。急いで書き留めないといけないとわかっていたから。細かいことを忘れてしまわないうちに。カーティス氏はいやな人だった。それでも、ひとりの人間だった。彼に何があったのか、あたしとデイジーの考えが正しかったら、彼がもう息をする人間でなくなったのは誰かがその息を止めたからで、そんなひどい話はない。この数日であたしたちが見てきたことが、とつぜん、ものすごく重要になった。そのどれもに、何か意味があるのかもしれない。そしてそのどれもが、カーティス氏が殺されたことをあきらかにするのに役立つかもしれない。

というのも、あたしにはすでにわかっていることがあるから。謎の殺人者が外部から侵入し、カーティス氏の紅茶に砒素を入れると闇に紛れて消えたなんて考えるのは、まったくばかげているということだ。きのうの午後、カーティス氏とヘイスティングス卿夫人が雨のなかからお屋敷にもどったとき、床に濡れた跡を残していたのをあたしはこの目で見た。そして、そういう跡はほかにはどこにもなかった。つまり、ふたりのあとでお屋敷にはいった人はいないし、カーティス氏の具合が悪くなったときに食堂にいたのは、この週末の滞在客とチャップマンだけということ。雨のおかげで、犯人はフォーリンフォード邸の内部にいるということがはっきりした。そう考えると、すこし気持ちが沈んだ。

殺人犯は自由の身でいる。まただ。それも、すぐ近くで。犯人を追いかけても、あたしたちは安全でいられる？

雨はまだ降りつづいていた。事件簿にも書いたけど、その降り方は激しく、屋根を拳で叩きつけているような音が聞こえる。雨漏りがして、そっと歩くときの足音みたいなリズムを刻みながら、子ども部屋の床に置いたバケツにどんどんと水が貯まっていく。ここに閉じこめられたらどうしよう？　フォーリンフォード邸は丘の上にあるけど、周辺の一帯は水浸しになっているとクーパー医師は言っていた。警察がここまで来られなかったら？　あたしはそんなことを事件簿を書きまくった。でもほんとうは、デイジーと話したかった。

2

ようやく、ビーニーとキティがしずかになった。ふたりいっしょに、ビーニーのベッドで丸くなっている。ビーニーは小さな寝息を立てていた。デイジーは寝たふりをしていたけど、ビーニーの寝息が聞こえはじめるとすぐにベッドの上でからだを起こした。目を大きく見開いている。

「ワトソン！」デイジーは口の動きだけで言った。「探偵倶楽部の会合だ。外に出て。早く！」読唇術の訓練をしておいてよかった。

あたしはベッドからおりた（子ども部屋の古い床の半分は傷だらけで、足を着くとみしみしと鳴った。あたしはデイジーに、「ごめん」という顔をしてみせた）。それから、ふたりいっしょに部屋を出た。アルストン先生の小さな寝室からはいびきが聞こえる。寝返りを打ったのか、ベッドが軋んだ。

まだ夜も明けきらないときで、すごく寒かった。外で吹き荒れる嵐にすっかり取り囲まれていたけど、このお屋敷はちょっとした安全地帯だ。デイジーが手振りで使用人用の階段を示した。暗闇のなかでは秘密の通路そのものに見えて、おりたら最後、二度ともどってこられない。そんな考えが頭に浮かんだ。もちろん、そんなふうに考えるなんてばかげている。学校のおちびちゃん（シュリンプ）なら怖がりそうだけど。あたしは深呼吸をして、デイジーのあとについて慎重に二十段をおりた。二十一段目で（ちゃんと数えていた）デイジーは立ち止まり、あたしは暗闇のなかで彼女にぶつかった。

「ここまでで半分ね」デイジーはひと息つくと、懐中電灯を点（つ）けた。光が彼女の顔を不気味に照らし、あたしはびくっとなった。「完璧。ドハーティ夫人もヘティもチャップマンも、みんな眠ってる。ほかは誰も、この階段があることを忘れているみたいなの。ママはこの階段があると考えるのもいやがってる。手入れされていないから、見るのが耐えられないんですって。だから誰にも邪魔されないはず。座って、ヘイゼル。事件についてわかってることをおさらいするわよ」

「うん」すごく硬くて座り心地が悪そうだったけど、あたしは階段に腰を下ろした。

「カーティス氏が亡くなった」懐中電灯を持っていないほうの手の指を折って、デイジーはわかっていることをひとつひとつ挙げていく。「そこに議論の余地はない、と。そしてわたしたちは、彼は殺されたと考えている。クーパー先生の言葉から、砒素中毒だと思われる。一階の廊下の棚に砒素があったことはみんな知っていて、砒素中毒が引き起こす症状はカーティス氏に現れた症状と一致する。死因はその砒素だと考えて、まずまちがいないわね。でも、どうやって証明すればいい？　それが事実なら、そんなことをしたのは誰？」

「カーティス氏が砒素を飲まされたのなら、このお屋敷にいる人の犯行よね」あたしは言った。「おそろしいけど、それ以外に考えられない。朝食か昼食のときに飲まされたとしたら、ずいぶん時間がたってから具合が悪くなったことになる。だから、砒素はお茶会のときに入れられたにちがいない。そのときにはもう雨が降っていたけど、床が雨で濡れた痕はどこにもなかった。あたしたちが食堂に行くまえに、誰かがフレンチドアから忍びこんでお茶の道具に砒素を入れていたら、床は濡れていたはずよね？　それにカーティス氏は何も食べなかったし、紅茶もあのカップからしか飲まなかった。彼以外には誰も具合が悪くなっていないから、砒素はティーポットではなくカップそのものにはいっていた。つまり、犯人はカーティス氏が紅茶を飲んだとき食堂にいた人にちがいない、ということ。みんなティーテーブルの周りに集まっていたから、カーティス氏にカップが渡るまえに、そこに何かを入れることは誰にでもできた、でしょう？　全員が容疑者よ、デイジー！」

ここまで話すとあたしは口を閉じ、思い切り息を吐いた。こんなに長く話すのは、あたしにしては珍しい。話しているあいだ、胃がぐるぐる回っていた。だって、デイジーの家族の誰かが殺人犯だと、デイジー本人に言っているのだから。怒鳴られないかとか、そんなのまちがっていると言われないかとか考えてびくびくしていた。友だちになって一年以上たつけど、デイジーが物事をどう受け取るか、まったくわからないでいるから。

「ねえ！」デイジーはひと息おいてから言った。「そうよ、カーティス氏はまずい紅茶だと言っていたの、覚えてる？」

「たしかに言ってた」あたしはそう答え、すごく小さく安堵のため息を漏らした。

「おそろしいけど、あたしの説は正しいということね。それで、どうしようか？」

「どうしようかって？　ちょっと、ヘイゼル。おばかさん（チャンプ）なんだから。そんなの決まってるじゃない。ほんと、あなたって考えることはできても、何か行動を起こすとなるとまったくだめになっちゃうのね。わたしたちは犯行現場を特定して、殺害の手段として犯人が砒素を使ったことも突き止めたのよ。すぐに食堂に行って、そのカップを回収しなくちゃ。砒素の痕跡がまだ残ってるはずだから。それに、犯人の指紋も付いてるかもしれないじゃない」

あたしはデイジーの顔をまじまじと見つめた。「でも、ドアには鍵がかかってるわよ！」

「そんなこと、わかってる」デイジーは言った。「それに、その鍵はあいかわらずフエリックスおじさまが持ってることも。でも、それを使う必要はないわ。家じゅうの鍵という鍵が、傘立てのなかに隠してあるの。仕事を終えたドハーティ夫人が家に帰ったあと、食品貯蔵室に忍びこむときのために。行くわよ、傘立てのなかを探しさえすれば、あっという間に食堂にはいれるわ」

こういうことに関しては、デイジーはいつも正しい。でも、立ち上がって彼女のあとから階段をおりながら、心配しないではいられなかった。あたしたちは探偵として捜査に乗り出した。去年もそうだったけど、行く先にはこんどもまた、本物の殺人犯がいるのだ。その殺人犯がいろいろ探られていることを知って、あたしたちを狙いはじめたら？　去年の事件のことを思いだしてからだが震えた。あんなおそろしい思いはもうしたくない。でもとうぜん、そんなことはデイジーには言えない。危険が迫るほど、彼女はうれしくなるのだから。

3

お屋敷の奥にある人目につかない階段を、あたしたちはゆっくりとおりた。デイジーは紳士泥棒のラッフルズみたいに、踵からつま先の順に足を着けながら優雅に。あたしは子どものゾウみたいによろよろと。それから、息を止めながら二階の廊下を通り抜け、つぎに主階段をおりた。

こんどもまたゆっくりとおり（あたしはよろけていたけど）、ようやく一階の廊下に辿り着いた。振り子時計がちくたくと時を刻んでいる。心臓が鼓動するみたいに。フォーリンフォード邸はいろんなものであふれかえっているから、明け方の薄暗いうちにそのなかを縫って歩くのはすごく危なっかしかった。家具はそこかしこに置かれているし、絨毯はあちこちでほつれている。そのせいで壁という壁におそろしげな影が映って、それが目の端に見えるたびに心臓が口から飛び出しそうになった。騎士の鎧が暗闇に潜む人影に見えて、思わず息を呑む。でも、デイジーはずっとおちついたままだ。彼女はまっすぐに傘立てに向かい（ゾウの脚を象（かたど）ったものだ。じつは本物のゾウの脚でつくられていて、全体ががさがさにひび割れている）、あたしは食堂のドアのそばで不安な気持ちで待った。ただ時間をつぶそうとして把手を押すと、ものすごく驚くことになった。ドアがすうっとあいたのだ。

「デイジー！」あたしは小声で呼びかけた。「見て、ドアがあいた！」

デイジーはふり返った。手はまだ、傘立てに伸ばしたままだ。「やだ！」彼女も驚いたように言った。「フェリックスおじさまはちゃんと鍵をかけなかったのね。まあ、おかげですごくやりやすくなるわ」

食堂のなかは、あたしたちが出たときのままだった。カーテンは引かれていないし、お茶の道具はテーブルに置きっぱなしにされている。ケーキやサンドウィッチの残りがぼんやりと見え、パンくずや食べこぼしがテーブル一面に落ちているし、紅茶のカップはあちこちに転がり、淡い色のテーブルクロスに紅茶の濃い染みが点々と付いている。それを見たら、胃がひっくり返った。一瞬、自分も毒を盛られたんじゃないかと、ばかなことを考えたから。紅茶を飲んで命を落とすなんて、死に方としてはすごくひどい。大好きなものに裏切られたみたいで。

テーブルクロスの上に紙片が落ちているのに気づき、あたしはびくびくしながらも手に取って指で探った。何かが印刷されていて、最初は新聞かと思ったけど、触ると新聞にしては紙質が厚いし滑らかで、本の一ページみたいだ。何が書いてあるか確かめようと、目を凝らした。でもそのときデイジーに腕をつかまれ、紙片はそのままポケットに突っ込んで彼女のほうをふり返った。

「ヘイゼル！」カーティス氏が座っていた椅子を指差しながら、デイジーは声を抑えて言った。「見て！」

言われたとおり、目を細めて見た。すると、しずかだった食堂が一変した。あちこちで紅茶が振る舞われ、家具はきのうの午後にあったところにもどっている。でも、ふたつのものが見当たらない。カーティス氏が紅茶を飲んだカップと、彼の金の懐中時計だ。アルストン先生の記憶ゲームがこんなところで役に立った。

「カーティス氏の具合が悪くなったとき、誰かが持って行ったのかな？」そうは言ったものの自信はない。でも、フェリックスおじさまがここのドアに鍵をかけたとき、そのふたつがカーティス氏が座っていた椅子に置いてあったことは覚えている。それに考えれば考えるほど、フェリックスおじさまはきちんと鍵をかけたと、はっきり思いだしてきた。

デイジーは懐中電灯を点け、ダイニングテーブルや、カーティス氏以外の人が座っていた椅子や、補助テーブルを照らしたけど、カーティス氏の立派な金の時計と、繊細で高級な紅茶のカップはどこにもなかった。

「デイジー、そのふたつがここにないということは……」

最後まで言う必要はなかった。つまり、全員がこの食堂を出てから、誰かがやってきてカーティス氏の金の時計と紅茶のカップを持ち去ったのだ。時計とカップだけを。そしてそれは、あたしたちの疑いが正しいことを意味する。カーティス氏はほんとうに砒素を飲まされた、と。

あたしは気持ちをおちつけて深呼吸をした。そのとき、部屋の奥で何かがさっと動いた。

4

デイジーの懐中電灯以外に頼れるのは、外から射しこむ、雨に濡れた明け方の月の薄明かりしかなかったけど、それで見分けられるのは黒い影の輪郭だけだった。食堂は細長く、テーブルや椅子でいっぱいだったから。

「誰？」デイジーが訊いた。彼女は並はずれて勇敢になるときがある。あたしは口が利けないでいた。あたしも何か言いたかったのに。

雨がぱたぱたと打ちつける音が聞こえるだけで食堂はしずまりかえっていたけど、誰かが――それが誰でも――じっとしたまま音を立てず、奥のほうにうずくまっているのがわかる。ドアに鍵がかかっていなかったことを思いだし、悪寒が背骨を這いおりていく。

「そこにいるのは誰？」デイジーはもういちど言った。

その誰かが椅子をひっくり返した。

あたしたちは叫び声を上げた。それからくるりと方向転換すると、獰猛(どうもう)な犬に追い立てられたみたいに走りだし、食堂のドアを出て子ども部屋までずっと階段を駆けあがった。そのあいだ、階段はみしみしと音を立てていた。食堂にいた誰かにその音が聞こえるんじゃないかと、あたしは気が気ではなかった。でも、激しく降る雨がその音を消してくれたはずだ。

ぶるぶる震えながら、あたしとデイジーは浴室に飛びこんだ。今回の事件では、ここがまさに探偵倶楽部の本部になりつつあるみたい。デイジーがドアにかんぬきを通し、ふたりともそこに寄りかかってずるずると沈みこんだ。すこしのあいだ、お互いに黙ったままでいた。

「叫び声を上げるなんて信じられない、ヘイゼル」ようやくデイジーが口を開いた。「あそこにいたのがわたしたちだって、ばれるところだったじゃない!」

あたしは腹を立て、言い返そうと口を開いたけどまた閉じた。デイジーはデイジーらしくしているだけで、悪意はすこしもないのだ。

「叫び声って言うけど、ものすごく小さかったわ」声を震わせながら言った。「あたしの声だなんて、わかるはずない」

「ヘイゼル」またしばらく黙ってからデイジーは言った。「この事件、とんでもなくおもしろくなってきたと思うの。わたしとあなた以外の誰かが、夜も明けきらないうちに食堂に忍びこんでカーティス氏が紅茶を飲んでいたカップを持ち去ろうとするなんて、理由はひとつしかない。その誰かがカーティス氏を殺したのよ。だから証拠を隠したいんだわ」

「でも、どうやってドアをあけたの？」あたしは訊いた。「傘立てに鍵が隠してあることは、あたしたち以外、みんな知らないんでしょう？」

「パパとバーティは知ってる」デイジーは言った。「それに、フェリックスおじさまがいないときに寝室に忍びこんで、上着のポケットから鍵を抜き取ることは誰にでもできるわ。ただ、厄介なことにもういまごろは、その鍵ももどしてあるでしょうね。傘立てのなかか、おじさまの寝室にだったらドアの下の隙間から滑りこませて。となると、食堂ではもう何も見つけられないわ」

「つまり、その誰かはこのお屋敷にいる人なのね！　それに、あたしたちに追われていることも知っている」あたしは息を呑んだ。去年の秋へとまた引きもどされた。そんなふうに感じはじめていた。あれとおなじことが、また起きている。正体のわからない殺人犯がいて、しかもその人物はあたしたちが事件を調べていることに気づいている。

「まあ、それは仕方ないわ」デイジーは言った。「探偵というものは、時に危険に立ち向かわないといけないのよ。ヘイゼルったら、前向き（バックアップ）に行こう。それで、重要なことを考えましょう。これが殺人事件だと気づいたわたしたちは正しかったんだから！」

べつのことが思い浮かんだ。「犯人が食堂にいた理由がカップを取りもどすためだったら、どうして時計も持っていったの？」あたしは訊いた。

「ああ、たしかにそうだね、ワトソン！　捜査の過程でその線を追うのは重要だと思うよ」デイジーは言った。「殺人犯がカップを取りもどそうとする理由は、はっきりしてる。指紋とか砒素の残りとかが付いていて、自分の不利になるかもしれないからよ、もちろん。でも、時計も持ち去ったのはどうしてか？　たぶん――」

ドアノブががちゃがちゃと鳴った。パニックになり、あたしたちは弾かれたように立ち上がった。心臓が口から飛び出しそうだ。どうしてこんなにも早く、殺人犯に見つかったの？

「カボチャ！」バーティの声だ。「またこんなところに閉じこもって、何をしてるんだ？　ばかなことはやめて出てこいよ。ぼくは……」

殺人犯じゃなかった。あたしたちは安全だ。でも、だからどうというわけでもない。おずおずと浴室から出ると、ナイトガウン姿のバーティが苛立たしげに立っていた。

「ごめんなさい」あたしは謝った。

「謝る必要はないわ」デイジーが舌を突き出しながら言った。

バーティは不愉快そうな顔であたしたちの脇をすり抜け、浴室にはいった。

あたしとデイジーは子ども部屋のベッドにもどり、あたしは横になって考えた。殺人犯はどうして時計も取りもどさないといけなかったの？　それとも、価値のあるものだから持って行っただけ？

前日、サスキアおばさまがその時計をじっと見つめていたことを思いだした。まさか彼女でも、時計ほしさに人を殺すなんてことはしないわよね？　いくらそれがすばらしいものだからといっても。でも、どんなことも断定はできない。なんだかんだ言って、殺人犯はこのお屋敷にいる誰か、それも、デイジーの家族の誰かにちがいないのだから。

真実は、あたしたちが思っているよりずっとひどいものかもしれない。そのことが、だんだんとはっきりしはじめた。

5

すっかり夜が明けても、あいかわらず雨は降っていた。ざんざん降りつづき、もう止まないんじゃないかとさえ思える。ベッドの上で膝立ちになって格子越しに窓の外のようすを見ると、茶色く濁った水がうねっていた。ここはフォーリンフォードの丘の上だから、ほんとうにボートに乗って荒れる大洋を航行しているみたいだ。

「すごいわね」デイジーが隣にやってきて、おなじように膝立ちになった。「この調子だと、数日はここから出られそうにないかな。うう。カーティス氏が腐りはじめたらどうしよう?」

デイジーがそんなことを言うから、気持ちが悪くなった。あたしたちはまた、死体を相手にしている。デイジーのミステリ小説にどう書いてあろうと、死体というものはおぞましいとあたしは知っている。いくら死んだばかりとはいえ。でも、たしかに死体は気味が悪いけど、フォーリンフォード邸に閉じこめられて最悪なのは、ひとつのお屋敷のなかに殺人犯といっしょに囚われていることだ。

食堂はまだ立ち入り禁止だから、朝食は応接間で食べた。トーストに卵料理にベーコンにソーセージ。いつもとかわらず、食べるものは山ほどあった。とはいえ、食べる場所がちがうから何もかもが奇妙でまちがっているように思えたし、誰もが口数が減ったようだった。でもすくなくとも、食べものの味はおなじだ。

バーティは猛烈な勢いでトーストの山を次つぎに平らげ、一方でスティーヴンは自分のお皿を見つめるだけだった。サスキアおばさまはからだを丸め、ポーチドエッグに挑んでいた。お皿の横にあるバターナイフには、ちらりとも目を向けていない。アルストン先生は梨をどんどん切り分け、最後にほとんどなくなっていた。フェリックスおじさまがかじりついていたのはベーコンではなくナプキンだったけど、気づいてさえいないようだった。ヘイスティングス卿だけはケジャリー（魚の身、炊いた米、豆などをカレー粉やバターといっしょに炒め合わせたもの。元はインド料理で、この時代のイギリスでは朝食の定番）を食べていた。顔は青ざめ、椅子の上でやたらとからだをもぞもぞ動かしている。雲の上にでも座っているみたいだ。チャップマンのようすもおかしかった。ヘイスティングス卿をじっと見つめては目をそらしている。何度も何度も。何か言いたくて仕方ないけど、それを口に出せないでいるとでもいうように。

雨は窓を激しく打ちつけ、いつも冷え冷えとしている応接間は薄暗い灯りのなかで、陰気な空気に包まれていた。誰もがなんとか会話をしようとしても、毎回、長続きしないで終わった。家を歩き回っていろんな部屋のドアをあけるたび、その先にはいつもおなじ気味の悪い光景が広がっているという夢を見ているみたいだ。ついにヘイスティングス卿が天井を見上げて言った。「きょうは教会に行く日だ、そうだった」

「わたくしは行きませんよ」夫人はきっぱりと言った。目は真っ赤で、髪はぼさぼさだ。それに、ブランのはいったボウルにはまったく手をつけていない。「わたくし――わたくしは警察を呼ぶわ」

サスキアおばさまはフォークを落とし、「やめておきなさい」と言った。

「ママ！」バーティが言った。「いったいどうして……」

「デニスが死んだのよ！」夫人は大きな声を上げた。「〝どうして〟なんて、どういうつもりで言ってるの？」

「ぼくはただ、警察はふつう食中毒になんか興味を示さないと言いたかったんだよ！ほんと、警察を呼ぶようなことじゃないよ」

「食中毒なんかじゃないわ」夫人は言い張った。「フェリックスとクーパー先生が話しているのを聞いて、ピンときたの。フェリックスは、誰かが何かをしたと思っているのよ」

この爆弾発言に誰もが凍りついた。

「マーガレット」フェリックスおじさまが厳しい声で言った。「これはわたしに任せておきなさいと言っただろう？」

「ええ、たしかに。でもわたくしは、ちゃんとした警察に来てほしいの」夫人は言った。あたしはまた不思議に思った。デイジーのおじさんである以外に、このフェリックスという人は何者だろう、と。「デニスは死んだ。そしてフェリックスが話していたことを聞いてから、わたくしはこの家にいる誰のことも信じられなくなったの。兄であるあなたのことさえね、フェリックス。あのすてきな警官に電話するわ、前にここに来てくれたじゃない……ほら、去年、デイジーの学校で不幸な出来事があったあとで」

ビーニーがきゃっと声を上げ、デイジーの顔がぴくっと引きつった。あたしは声を出してしまわないよう、足にフォークを突き刺さなくてはならなかった。学校での殺人事件がいまだにつづいている！　このお屋敷で、プリーストリー警部とまた顔を合わせると思うと気が重くなる。でも、うれしくもあった。彼にはいちど命を救われているけど、また、おなじことをしてくれる？

「ああ、そうだね」ヘイスティングス卿が陰気な声で言った。「すてきな警察官には、何らかの形で関わってもらったほうがいいだろうね」

「あら、口を閉じていてくださいな。わたくしは彼に電話します、それで決まり。あなたは教会へ行って、悲しんでいるふりをすればいいわ」

でも、誰も教会に行けないことがわかった。チャップマンが現れて、ヘイスティングス卿の耳元で何かささやいた。

「村につづく道路が冠水しているらしい」顔を上げ、咳払いをしてからヘイスティングス卿は言った。「オブライエンは今朝、ここに来るのにボートを出さなければならなかったそうだし、家畜の牛もいまは牧草地に取り残されている。助け出さないといけないから、わたしが行って指示しよう――そうすると、教会に行くまえにボートをずっと使うことになるな」

「まあ、そうなったら警察に知らせたところで意味はないでしょう」フェリックスおじさまがヘイスティングス卿に言った。「フォーリンフォード村が水に浸っているなら、ナッシントン・ロード全体が閉鎖されているはず。警察だって通ることはできません」

「ということはぼくたち、ここに閉じこめられたんだね！」バーティが言った。すごく楽しそうだ。「死体といっしょに閉じこめられたんだ」

デイジーの目がきらりと光った。ビーニーはわっと泣きだした。

「ビーニー！」キティが言った。「だいじょうぶよ、だいじょうぶだから！」

「あたし、いやよ——死ぬ——なんて！」むせび泣きながらビーニーが言う。

「死ぬですって！」ヘイスティングス卿夫人が声を上げた。「ただ死んだんじゃないわ。殺されたのよ。それも、ここにいる誰かに！」そう言うと夫人は優雅な動作でハンカチを投げ落として椅子を後ろに押しやり、泣きながら応接間から出ていった。

ビーニーはキティにしがみついていた。恐怖で顔が真っ青だ。キティまでも、かなり気分が悪そうに見えた。

「こんなこと、ばかげてる」立ち上がって単眼鏡を嵌めながら、フェリックスおじさまが言った。「カーティス氏は赤痢でした。クーパー先生とはそう話していたんですよ。マーガレットは何か誤解したんでしょう。ですから、警察を呼ぶ必要はありません」

おじさまがどうして何も知らない振りをしているのか、あたしにはわからない。クーパー医師が赤痢だと言っても、ほんとうかと確かめていたのに。そもそも、デイジーとあたしがカーティス氏の死因が砒素中毒だと突き止められたのは、おじさまがクーパー医師の診断に納得していなかったからなのに。赤痢だなんて言って、彼はただみんなをおちつかせようとしているの？　それとも、嘘をつかなければならないべつの理由があるの？

デイジーはずいぶんと疑わしそうな視線をおじさまに向けて訊いた。

「赤痢なの？」

おじさまは涼しい顔でデイジーのことを見つめ返した。片方の眉をわずかに吊り上げ、何を考えているのか、その表情からはわからない。最近、デイジーが鏡の前でそんな表情をつくる練習をしているところを、何回か見かけたことがあった。

「もちろん、赤痢だ」おじさまは言った。「ほかに何だと言うんだい？」

6

デイジーが言うように、子どもでいることはひどく腹立たしい。デイジーもあたしも、応接間に残って大人たちがつぎに何をするのかを知りたかったのに、朝食が終わるとすぐアルストン先生に急きたてられるようにして子ども部屋へもどされた。先生はとにかくあたしたちを追い払いたかっただけのようで、そのあとの勉強についての話は何もしなかった。それどころか、あたしたちを引き連れて階段をのぼるあいだもぼんやりしていた。大きなハンドバッグを腕にかけ、流行遅れの髪型をもつれさせたまま。あたしは先生をまじまじと見て、その頭のなかに何がよぎっているのだろうと不思議に思った。

でも、デイジーはべつの人物のことを考えていたようだ。

「フェリックスおじさまの言うことは信じない！」彼女はぼそぼそと言った。「まったく、このわたしに嘘をつくなんて！」

キティがこちらをふり返り、目を細める。あたしはとっさに、いつもと変わらないふうを装った。そうすれば、頭のなかで探偵としていろんなことを考えているなんて怪しまれずにすむから。それはうまくいったと思っていた——子ども部屋にもどり、ドアが閉まるまでは。そして、なかにはいったとたん、キティが飛びかかってきた。

「ふたりで何か企んでるでしょう。わかってるわよ。カーティス氏と関係があることね、ちがう?」

「どうしてそう思うの?」表情を変えずにデイジーが訊いた。「わたしたち、アルストン先生はほんとにみっともないって話してただけなのに。そうよね、ヘイゼル?」

「えっと」あたしは答えた。「そうよ」

「そんなはずない!　わたし、ばかじゃないのよ。ふたりでカーティス氏のことを話してた。また探偵ごっこをしてるのね」キティは言った。

探偵倶楽部のことを知っている人はいるのかと考えることもあるけど、じっさいに誰かがその話をすると、やっぱり何ともいえない気持ちになる。いまも、キティに神聖なものを蹴飛ばされたみたいに感じてしまった。

「何のことだかわからないんだけど!」デイジーが言った。「探偵ごっこ?　たとえカーティス氏のことを話してたとしても、それはごっこなんかじゃないし、あなたは知らなくていいの」

「やだ、そんなにびっくりしないで。探偵倶楽部のことはみんな、とっくに知ってるわ。去年、ベル先生のことがあってからは。みんな、すくなくともビーニーとわたしは知ってる。でも、くだらないって思ってるかな。でなければ、わたしたちも仲間に入れてって頼んでるわよ」

「くだらない？」デイジーが吐き捨てるように言った。「わたしたち、殺人事件を解決したのよ！」

キティは鼻を鳴らした。「解決したのは警察よ。あなたのママが話してた、あのハンサムな警部さんが」

デイジーの顔はピンクに染まっていた。デイジーは猛烈に腹を立て、こんどばかりは何も言い返せないようだ。

「ということは、ほんとうなの？　あなたのママが朝食のときに話していたことは」キティは訊いた。「カーティス氏は殺されたのね？」

「ちがう！」さすがのデイジーも我を忘れたように怒鳴った。「出て行ってくれない？あなたがいると、何もかも台無しになるから！」

「ほんとうなんだ！」キティは勝ち誇ったみたいに声を上げた。「わたしもわかってたけど！　ふん！」

　ビーニーの口元がわななきはじめる。

「ちがうの！」あたしも必死だ。「ちがうの、聞いて！」

「いいえ、そっちが聞きなさいよ」キティが遮る。「何か楽しそうなことがこのフォーリンフォード邸で起こってるなら、わたしたちだって交ぜてよ。のけ者にするなんてフェアじゃないわ。交ぜてくれないならデイジーのおじさまのところに行って、ふたりが何か企んでいることをきっちり話すから。そしたらおじさまはぜったい、かんかんに怒るわね！」

「キティは交ざってもいい。でも、ビーニーはだめよ」何かにすがろうとするみたいにデイジーは言った。「いいわね、ビーニー？　すごく危険なの。死ぬかもしれないんだから！」

「死なないわ！」あたしはすぐさまビーニーに言った。「でも、デイジーの言うことも正しい。危険なのよ」

　ビーニーは深呼吸をした。いろいろと頭のなかで考えているのだろう。

「あたし……」ようやく口を開いた。「みんなが探偵みたいなことをするなら手伝いたい。あたしじゃ無理かな？」ビーニーは大きく目を見開き、雨のなかに置き去りにされた猫みたいな目でデイジーをじっと見つめた。

デイジーは何も答えない。やがて、ため息をついて言った。「いいわ、わかった。でも、ふたりとも倶楽部の臨時のメンバーというだけよ。助手になってもらうわ」

「助手って！」キティは顔をしかめて大声を上げた。

「何か問題ある？　シャーロック・ホームズには使い走りの少年がいるけど、それだって助手みたいなものじゃない。とにかく、押しかけてきておいてすぐに重要な仕事ができるなんて思わないで。ヘイゼルだって、副会長になるのにまるまる一学期かかったんだから」

「デイジー！」あたしは声を上げた。気が進まなくたって、キティにもビーニーにも秘密を打ち明けたのだから、ふたりにはやさしくしないといけないのに。

「そうだ、いいことを思いついた。秘密諜報員と名乗ってもいいわ、そのほうがいいなら。それでも助手ということに変わりないけど」

これはデイジーなりの譲歩だ。まったく譲歩になっていないとはいえ。

キティはまた大きな声を上げた。ただし、こんどはうれしくて。

デイジーは目をぐるりと回した。「そんなに興奮しないで。探偵倶楽部の一員になったからには、わたしが言ったことには何でも真面目に取り組んでね。だって、わたしは会長だから。ヘイゼルは副会長で、秘書でもあるの。つまり、彼女はあらゆることを事件簿に記録するし、事件解決の助けになってくれるということ。あなたたちは、探偵倶楽部のことは口外しないと誓ってもらうわ。わたしたちがしていることをほんのすこしでも人に話したら、どこまでも追いかけて中世の拷問器具で拷問するから、覚悟しておいてね」

「中世の拷問器具の話は嘘よ」あたしはすぐに訂正した。ビーニーの目が、顔よりも大きくなりそうな勢いで見開かれていたから。

「嘘じゃない！」デイジーは言った。「あなたはよくできた副会長だから脅す必要はなかっただけで、だからといって拷問器具が存在しないことにはならない。でも今回の件では、警告しないといけないと思うの。キティ、ビーニー、誓いの準備はできてる？　できてないなら、わたしたちを手伝えないわよ」

「わたしはできてる」キティは腕を組んで言った。

「あたしだって」ビーニーも答えた。「だから拷問しないで、お願い！」

「よろしい。では、倶楽部の誓いを読み上げるから、最後に〝はい、誓います〟と言わないとだめよ。いい？　ちゃんと聞いてね」

「あなたは優秀で賢い探偵倶楽部のメンバーになり、大人たち、とくに警察は当てにせず、持てる賢さのすべてを使って目の前の犯罪を論理的に調べると誓いますか？」

デイジーはキティをつついた。彼女はびくっとしてから答えた。「誓います」

「誓います」ビーニーもすぐにつづいて答えた。

「重要な証拠はけっして探偵倶楽部の会長と副会長に隠さず、ふたりに言われたことにはそのとおりに従うと、厳粛に誓いますか？」

「それ、いま思いついたんでしょう！」キティが大きな声を上げた。「ええ、いいわ。誓います」

「あたしも誓います！」ビーニーも言った。

「倶楽部のことは、生きているうちも死んでからも誰にも言わないと、中世の拷問器具で拷問される痛みにかけて誓いますか？」

「誓います」キティとビーニーは声をそろえて誓った。

「すばらしい」満足げにデイジーは言った。「では、事件について話しましょう」

7

「で、これまでにわかってることは何?」キティが訊いた。

「カーティス氏は赤痢で死んだんじゃなくて」芝居がかったようにデイジーが言った。「殺されたの」

「あら、それはみんな知ってることでしょう。あなたのママがそう言ってたから」

「たしかに。でも、わたしたちはそれを証明したのよ」デイジーは言った。キティの反応に苛立っているのがわかる。彼女は相手が誰でも、出し抜かれることが大嫌いだから。「フェリックスおじさまがクーパー先生と話しているのを聞いて、ちゃんと確かめようといろいろ調べたの。カーティス氏は砒素を飲まされた。お茶会のときにね。犯人は廊下の棚にしまってある容器から中身を持ち出して、彼のお茶に入れた。わたしたちはそう考えてる」

「それを示す証拠は手にはいるのかな」キティがそう言い、扱いにくい助手という一面をさっそく見せる。「そう思いこんでるだけかもしれないじゃない」

「そんなことない！」デイジーは言った。「いいから聞いて。きのうの夜、わたしたちは食堂に忍びこんでカーティス氏の紅茶のカップを探したの。でも、そこにいた誰かが持ち去ったあとだった。懐中時計もね！　わたしたち、その誰かに捕まるところだったんだから。急いで逃げなくちゃいけなかったわ」

「でも、彼を殺そうなんて誰が思うの？　かわいそうなカーティスさん」ビーニーは言った。

「理由はいくらでもあるわ！　でもいちばん重要なのは、カーティス氏がわが家に来たのは絵画や調度品を手に入れるためだということ。カーティス氏が死んだときには、わたしとヘイゼルはすでに彼のことを調べていたの。やたらと屋敷のなかをうろついていたし、いいものがあればじろじろ見ては、どれくらいの価値があるかぶつぶつ言っていたし。それなのにママには嘘をついて、ほとんど価値のないものばかりだと言っていたのよ。ほかにも……ほかにもある出来事があって、彼がママの好意につけ込もうとしているとはっきりわかった。ママを騙してうちの絵画や調度品を二束三文で売らせるために」

「あら、キスでもしてたの？」キティが訊いた。「気になるわね」

あたしは顔をしかめ、すぐさま言った。「ヘイスティングス卿もフェリックスおじさまもバーティも、ふたりの間がどうなっているか気づいてる。だからみんな、カーティス氏に腹を立てているの。きのう、みんなの機嫌が悪かったのはそのせいよ」

「それだけじゃないけど」デイジーが言った。「でも、それがいちばんの理由ではある。じゃあ、さらに捜査を進めるまえに、この話し合いを探偵倶楽部の公式な会合にするわよ。ヘイゼル、事件簿は持ってる？　この事件にはどんな名前をつけたの？」

「〝カーティス氏毒殺事件〟」あたしは事件簿を取り出しながら答えた。

「いいじゃない」デイジーは言った。「では、はじめるわよ。この会合の参加者は以下のとおりです。会長のデイジー・ウェルズ、副会長兼秘書のヘイゼル・ウォン。そして探偵倶楽部の臨時メンバーで助手の、キャサリーン・フリーボディとレベッカ・マーティノー。

被害者はカーティス氏。死因は砒素中毒。ただし現段階では、ひじょうに高い確率でそう推察するに留まっている。死体に近づくことができないから。今回もね！　ほんと、どうしていつもこうなのかしら？

つぎ。砒素が混入された時間はお茶会のとき。それより早い可能性はない――わたしとヘイゼルが読んだ医学書によると、砒素中毒の症状が出るまでほんの十五分ほどだとわかっているから……でも、ちょっと考えてみて。わたしたち、まさに殺人が行われた現場を目撃したのよ！」

あたしはからだを震わせ、ビーニーはひっと叫び声を上げた。

「砒素が混入された状況は、さっき話したとおり。その状況に疑いがないことは、なくなった紅茶のカップが証明してる。犯人には、そのカップが重要な証拠になるとわかってるのね。だから持ち去った」

「でも、その犯人というのは誰なの？」ビーニーがおそるおそる訊いた。

「いい質問ね！」顔を輝かせながらデイジーは言った。「食堂に侵入していることから、犯人はこの屋敷にいる誰かにちがいないと、わたしとヘイゼルは推理したわ。じつは、傘立てのなかにいろんな部屋の鍵が隠してあるの。そのことを知っていた、あるいはフェリックスおじさまの寝室に忍びこんでポケットから鍵をくすねることができたのは、たったひとりだけ」

ビーニーはすっかり怯えている。だいじょうぶ、と言ってあげたかった。でも、どうしてもできなかった。だいじょうぶじゃないかもしれないから。キティとビーニーを捜査に引きこんだりして、あたしとデイジーはとんでもないことをしでかしたんじゃない？

「容疑者のリストをつくったほうがいいわね」あたしは言った。前回の殺人事件から学んだように、リストをつくればずっと安心できる気がする。いろんなことも事件簿に書かれたら、パズルみたいに思えるから。あたしたちにもなんとか対処できるものに。怖いものではなく楽しいものに。

「そうしましょう!」デイジーが言った。「犯人が誰か、心当たりはあるから」

あたしはデイジーを見つめた。目はぎらぎら光っているし、全身で抜け目なく手がかりを追っている。カーティス氏はどこか遠くのお屋敷で、まったく知らない人によって殺されたとでも思っているみたいだ。あたしはフェリックスおじさまのことを考えた。みんなの前で、カーティス氏が毒殺されたことに気づいていないふりをしている。つぎに、サスキアおばさまのことを考えた。ヘイスティングス卿夫人に、警察に連絡しないでと言っていた。それから、パーティ。金曜日の夜、カーティス氏とヘイスティングス卿夫人にものすごく腹を立て、ふたりに怒鳴っていた。デイジーはほんとうに、自分の家族の誰かを疑って楽しんでいるの?

「誰なの?」あたしは用心深く訊いた。

「やだ、カーティス氏がやってきてからとくに態度が怪しげな人物なんて、ひとりだけじゃない」

あたしたちはその先の言葉を待った。

デイジーはため息をついてつづけた。「アルストン先生よ、とうぜんでしょう」

8

キティは息を呑んだ。もちろん、あたしにはデイジーの言いたいことがちゃんとわかっている。カーティス氏が来てからというもの、アルストン先生はいっそう奇妙になっていたから。先生が迷路から姿を現したときのことを思いだした。カーティス氏は先生に向かって、何だかおかしなことを言っていた。あたしたちが知らない何かを知っているみたいに。でも、前回の事件でデイジーがあまりにも早くある人を容疑者と決めつけたせいで起こったことを考えると、不安になる。

「本気でそう思ってる?」あたしは訊いた。

デイジーは目をぐるりと回した。「ううん、そこまでは思ってない。仮説のひとつよ。でも、いい線を行っていることは認めてもらわないと。カーティス氏が先生に言ったことを聞いたでしょう? 先生がフォーリンフォード邸にいるのは、家庭教師という以外にも理由があるはずと問い質してたじゃない。それはほんとうだと思うの。

アルストン先生はすごく怪しいところがある。ぜったい、何か秘密があるはず。先生を見張って、その謎を突き止めるのはすごく重要だわ。だから、アルストン先生の名前は容疑者リストに書いて。それで、ほかに誰かいる？」

あたしから先にデイジーの家族の誰かの名前を挙げるのは気が引けた。だからいったんは口を開いたけど、また閉じた。するとキティが訊いた。

「サスキアおばさまは？　カーティス氏の紅茶のカップといっしょに、懐中時計もなくなったのよね。彼女はその時計をじっと見ていたでしょう？　それを手に入れたくてカーティス氏を殺したのかも。あと、警察に電話するのはやめてって、あなたのママに言ってたし」

デイジーは目をぱちぱちさせてから顔をしかめた。

「ちょっと言ってみただけ」キティは弁解した。「ほかに犯人の心当たりはあるかって訊かれたから」

「そうよ」デイジーは言った。「まさにそのとおり。あの時計がなくなっていることはわかっているし、サスキアおばさまがしょっちゅう人のものを持ち去ることは、みんなが知っている。おばさまは泥棒じゃない。わたしたちみたいな一族は、ということよ。けど、たしかに……ちょっとした問題を抱えているわ。おばさまが持ち去るのは、なくなってもそれほど困らない細々したものだけ。でも、あの時計がほしくてたまらないと思っていたら、手に入れるためにばかなことをしでかしたかもしれないわね。ヘイゼル、そのことも書いておいて」

「じゃあ、フェリックスおじさまは？」あたしは話に加わった。タブーはもうなくなったとはっきりしたから。「あなたがおじさまのことを好きなのは知ってる。でも、おじさまも何だかおかしな振る舞いをしていることは認めてくれないと。カーティス氏が毒殺された件で嘘をついているのはどうして？　検体を採ってほしいとクーパー先生に頼んでいたのを聞いたから、あたしたちはおじさまがカーティス氏の死に何か疑いを持っていることを知っている。それに、迷路で聞いた会話のことは覚えてる？おじさまはカーティス氏に、ここから出て行かないなら後悔することになるかもしれないと言ってた。それが、彼を殺すという意味だったら？」

「おじさまはそんなことしない！」デイジーは熱くなって言った。「おじさまは……おじさまのことを知らないくせに！」

「あなたが話してくれないからでしょう！　おじさまについて噂されてることはほんとうなの？」

デイジーの顔が赤くなった。「教えるつもりはない」ようやく彼女は言った。ほんとうは、〝わたしも知らないの〟と言っているような気がした。「でも、おじさまは――まあ、いいわ。とりあえず、フェリックスおじさまの名前もリストに書いておいて。でも、すぐにわたしが消してあげる。見てなさい」

9

ちょうどそのときドアがあいて、バーティがはいってきた。すぐ後ろにはスティーヴンもいる。バーティはあいかわらずウクレレを鳴らしていた。降りつづく雨の湿気のせいで調律がずれ、調子はずれの耳障りなメロディが響く。バーティはいつものように不機嫌そうで、あたしは彼も怪しいんじゃないかと思った。何にでもすぐにかっとなるのは事実だし、何より、カーティス氏と自分の母親との間の出来事を知っている。

デイジーは彼を見て鼻に皺を寄せた。「出ていって。わたしたちは忙しいの。ところで、それは何を弾い(プレイ)てるつもり？」

「葬送行進曲だ」バーティはそう言い、ウクレレで不愉快な音を鳴らした。「じゃあ、ぼくもおなじ質問をさせてもらうぞ、カボチャ。おまえたちは何をして遊ん(プレイ)でるんだ？」

デイジーはバーティを睨みつけた。「ゲームよ。兄さんは興味を持ちそうにないゲーム」

バーティは目を細めた。デイジーもおなじような顔をすることがあるけど、それにそっくりだ。おかしいのか気味が悪いのか、あたしは決めかねた。

「ぼくはおまえの秘密をぜんぶ知ってるぞ、カボチャ。でもおまえは、ぼくの秘密は何ひとつ知らない。ありがたいことにね」

「何？」デイジーは鋭い口調で言った。「こんどは何をしたの？」

「そうだな、ママはああ言ってるけど、カーティス氏を殺したのはぼくではない、とか。もっと言えば、ほかの誰かが殺したとも思っていない。だろう、スティーヴン？」

スティーヴンの顔が青くなった。「さあ、どうかな」議論するのはいやみたいだ。彼のことがすごく気の毒になった。

「ほら、な？」バーティは話をつづけた。「こいつは、そんなことを訊かれるのもばからしいと思ってるんだ。ほんと、ママはどこからそんな考えを仕入れたんだろう？たしかに愚かなことをしでかすときもあるけど、今回はそれとは話がちがうからね！」

「ママはおっちょこちょいだから」デイジーは言った。「クーパー先生の話を聞きちがえただけよ」

バーティは鼻を鳴らし、スティーヴンまでも顔をしかめた。

「さあ、もう行って」デイジーはもういちど言った。「でないと、いっしょにお人形ごっこをしてもらうわよ」

「冗談じゃない！」バーティはそう言い、苦々しい表情でウクレレを激しく鳴らした。

スティーヴンと目が合った。これまでになくそばかすが目立っているけど、にっこりと笑いかけてくれた。あたしはすぐに気分がよくなった。スティーヴンは何とか持ちこたえている。だから、あたしにもできるはず。

「よかった」ふたりが出て行くとデイジーは言った。「ほんとうにお人形ごっこをするはめになるところだった。さあ、容疑者リストにもどるわよ。ほかに誰をリストに載せられる？　載せなくていい人はわかってるけど。砒素がカーティス氏のお茶にはいっていたなら、犯人はそのお茶が淹れられたとき、食堂にいた人物のはず。彼のカップに砒素を混入するためにね。ポットというのはありえないから。ヘティとドハーティ夫人はあそこにいなかった。だからふたりはリストに載せなくていい——それはうれしいわね。ああ、それと！　みんな、ママがチャップマンにティーテーブルから離れるように言ったことを覚えてる？　彼はまったく、そこに近づかなかった。チャップマンがカップに何かを入れられるはずがない。だから彼もリストに載せなくていいわ！」

いきなり、あることが頭に浮かんだ。「犯人は容器から持ち出した砒素を、どうやって紅茶のカップに入れたのかしら？」あたしは訊いた。

「たぶんハンカチに包んでいたのよ。でなければ紙みたいなものに。そんな話を本で読んだことがある」デイジーが答えた。「そうして、カーティス氏のカップに入れた。誰も見ていないときにね」

あたしはポケットに手を入れ、前日の夜に食堂で見つけた紙片を引っぱり出した。

「紙って、これみたいな？　きのうの夜、食堂で見つけたの。でもまさかこれが……いままで忘れてたの。カップがなくなっていたことに気を取られて」

「ヘイゼル！」デイジーは喘ぐように言った。「すばらしいわ！　証拠よ、本物の証拠！」

四人でその紙片を覗きこんだ。何かの本からページを半分、破り取ったもののようだ。隅に青白い粉が付いている。もう疑いようがない。犯人はこれに砒素を包んでいたにちがいない。それからみんなで、ページに書いてある文章を読んだ。

漕いだ、
だが、巨大な絶壁はますます背丈を伸ばし、
私と星空とのあいだに聳え立ち、絶え間なく、
規則正しい足取りで、生き物然として
私を追ってきた。わななく

「うう。何、この詩」デイジーは言った。「これを破り取ったからって、殺人犯を責められないわね。それでもやっぱり、これはすごいわ！　どの本を破ったのか、突き止めないと。捜査を前進させるにはすごく重要な作業よ。さて、容疑者リストの作成をつづけましょう。ほかには誰かいる？」

「ヘイスティングス卿」あたしは言った。どうせ誰かが言わないといけないのだから。

「卿は知ってたから……あなたのママとカーティス氏とのことを。だから仕返ししたかったのかもしれない。なんと言ってもきのうの朝、カーティス氏に腹を立てていたし」

「ここから出て行くようにと言ってただけじゃない！　それにパパは、カーティス氏がきのうのうちに駅に行くことを知っていた。それなのに、どうして殺さないといけ

ないの？」

「でもね、デイジー。怒鳴りつけていたのはたしかでしょう。みんなも聞いてるし」

「ええ、わかった。パパをリストに載せないわけにいかないことは認める」デイジーはぴしゃりと言った。「パパはちょうどいいタイミングでティーテーブルのそばにいたし、カーティス氏を嫌う理由もある。だからリストに載せるわ、いまのところは。ああ、それともうひとり」デイジーはすぐにヘイスティングス卿の話を終わらせた。手のなかで熱くなった炭をはたき落とすみたいに。「バーティは？　バーティもリストに載せないと――そんなことをしたら、めちゃくちゃに腹を立てるだろうけど。兄さんはものすごい癇癪を起こすことがあるの。隠れ殺人愛好家だったとしても、わたしはべつに驚かないわ。みんなだって、兄さんがカーティス氏を死なせるところを想像できるでしょう？」

「ほんとうにそう思ってるの？」ビーニーが訊いた。

「思ってるわけないじゃない。わたしの兄さんなのよ。でもいまは、誰もが容疑者リストに載せられる候補なの、でしょう？　それを判断するには、全員を疑ったほうがいいに決まってる。だからよ。パパ、バーティ……ほかに誰かいる？　ああ、そうそう。スティーヴンも」

「彼にどんな動機があるっていうの？」そう訊きながら、自分の頬が赤く染まっていくのがわかる。「彼はカーティス氏のことを知らない、そうよね？　それに、ヘイスティングス卿夫人のことで腹を立てるはずがない」

「あらあら」キティは言った。「ヘイゼルはスティーヴンが好きなのね！」

デイジーに見つめられて頬がいっそう熱くなる。どうしようもなかった。

「バーティがスティーヴンの過去をちょっとだけ話してくれたの。お父さんは亡くなってるし、お母さんはとても貧しいらしいわ。だからカーティス氏を殺して時計を盗み、それを売ろうとしていたとしたら？」

「それは痛ましいわね！」キティは楽しそうに言った。

「かわいそうなスティーヴン！」ビーニーもつづけて言った。

「お金の線は悪くない考えね。それも書いておいて、ヘイゼル」

デイジーに言われたとおりに書き留めてからあたしは言った。「ひとり、忘れてる。ヘイスティングス卿夫人は？」

そんなことを言うなんて自分でもひどいと思うけど、ついさっきデイジーにあんなことを言われて、あたしだってちょっと仕返しをしたくなったのだ。

「でも、夫人はカーティス氏のことが好きだって、あなたが言ったんじゃない？」ビーニーが恥ずかしそうに言った。「どうして好きな人を殺すの？」

「あたしたちは——あたしは——きのうの午後、夫人がカーティス氏と言い争ってるところを見たの」自分が見たことをデイジーに知らせるのは気が進まなかったけど、もうほかにどうしようもないとわかっていた。「カーティス氏は夫人に、いっしょに逃げてほしいと言ってた。それに、宝石や絵画も持ってきてほしいと。夫人がそんなことはできないと答えると、カーティス氏は腹を立ててたわ。それで、ヘイスティングス卿に話すって。そうさせないために、夫人が彼を殺したのだとしたら？」

デイジーは顔をしかめた。「そのときすぐに話してくれればよかったのに！　重要な情報じゃない！　それでもやっぱり、カップに毒を入れるみたいなことを計画できるほど、ママは賢くないと思う。たとえそうしようとしても、すぐに誰かに気がつかれそう。それはたしかよ。でも、あなたが目撃したことからすると、ママも容疑者リストに載せないわけにはいかないわね。とりあえずは加えておきましょう」

1

アルストン先生
動機：不明。ただし何かしら秘密の過去があり、カーティス氏はそれを知っていたと思われる。
機会：まさに犯行が行われたときに、ティーテーブルのそばにいた。廊下の棚から砒素を手に入れることはできた。
注意：迷路の外でカーティス氏に脅されていたところを、デイジー・ウェルズとヘイゼル・ウォンが目撃。ほんとうは何者で、このフォーリンフォード邸で何をしているのか？　調べる必要あり。

2

サスキアおばさま
動機：カーティス氏の金の懐中時計を手に入れるため。
機会：まさに犯行が行われたと思われるときに、ティーテーブルのそばにいた。廊下の棚から砒素を手に入れることはできた。
注意：ずっと怪しげな振る舞いをしている。警察が関わるのをいやがった。とはいえ、それは過去に犯した盗みが理由だとも考えられる。カーティス氏の時計が見つかるかどうか、寝室を探すべき？

3

フェリックスおじさま

動機：ヘイスティングス卿夫人のことで、カーティス氏に激怒している。迷路のなかでカーティス氏を脅しているのを、デイジー・ウェルズとヘイゼル・ウォンに聞かれた。

機会：まさに犯行が行われたと思われるときに、ティーテーブルのそばにいた。廊下の棚から砒素を手に入れることはできた。

注意：カーティス氏の死について嘘をついていることはわかっている。その理由は？

4

ヘイスティングス卿

動機：嫉妬。

機会：まさに犯行が行われたと思われるときに、ティーテーブルのそばにいた。廊下の棚から砒素を手に入れることはできた。

注意：土曜日の朝、カーティス氏にフォーリンフォード邸から出て行くようにと怒鳴っているところを目撃されている。

5

バーティ・ウェルズ

動機：ヘイスティングス卿夫人のことで、カーティス氏に激怒している。

機会：まさに犯行が行われたと思われるときに、ティーテーブルのそばにいた。廊下の棚から砒素を手に入れることはできた。

6

スティーヴン・バンプトン

動機：家が裕福でない。カーティス氏の時計を盗み、売ろうとしていた？

機会：まさに犯行が行われたと思われるときに、ティーテーブルのそばにいた。廊下の棚から砒素を手に入れることはできた。

7

ヘイスティングス卿夫人

動機：カーティス氏に脅されていた。脅しをやめさせるために殺したかもしれない。

機会：まさに犯行が行われたと思われるときに、ティーテーブルのそばにいた。廊下の棚から砒素を手に入れることはできた。

「さて」デイジーは言った。「会合はこれで終わり」

「これからどうするの？」ビーニーが訊いた。

「もちろん、証拠を集めるのよ。容疑者一人ひとりのことを調べてね。たとえば、アルストン先生の過去をあきらかにできるものがないかを確認するの。手紙とか推薦状とかを見つけられないかな？　何か持ってるはずよ。寝室を調べるのがいいかも。書類はそこに置いているだろうし。つぎに、ヘイゼルの見つけた紙片を調べましょう。どの本から破り取られたのか？　それと、チャップマンやドハーティ夫人やヘティにも話を聞いたほうがいいわね。その三人の犯行でないことはわかってるけど、使用人の証言というのはいつも、いちばん重要なの。彼らを蚊帳（かや）の外に置くなんてことをしたら、それこそ探偵としてはまぬけというものよ。うまくいけば、警察が来るまえに事件を解決できるわ」

　探偵になるという例のわくわく感が、からだのなかで湧き上がってきた。デイジーは現実の出来事を解かないといけないパズルに替えて、あたしをけしかけている。そうはいっても、カーティス氏のことを殺された実在の人としてではなく、パズルだと見なすことはよくないのかどうか、あたしにはわからない。そのことを考えると、どうしようもない気持ちで胸がいっぱいになる。わくわくした感じなんかではなく。

「何からはじめようか？」キティが言った。彼女もやっぱり、探偵熱に浮かされているみたいで、額にかかった髪を後ろに払い、目をきらきら輝かせている。

「まず、アルストン先生の寝室からね」デイジーは言った。「みんなといっしょに下階にいるうちに。いまのところ先生がいちばん犯人らしく思えるけど、もっといろんなことを調べないと。書類だけじゃなく、紅茶のカップや懐中時計も探しましょう」

10

みんなでそっと廊下に出た。誰もいない。心臓が激しく鳴っている。これからアルストン先生の寝室に押し入ろうとしているなんて、あたしは信じられないでいた。もし先生が現れて見つかったら？

ドアはしっかりと閉まっていた。デイジーがつま先立ちで近づき、把手を回して慎重にあけた。

とんでもなくまちがっている気がした。アルストン先生はあれほどの秘密主義者だから、あたしたちは先生のことを何ひとつ知らない。先生の寝室を覗いたことなんてもちろんなかったけど、それを言えば、ほかの誰の寝室だって覗いたことはない。この寝室の戸口は見えない境界線で、ここを越えたらかりかりになるまで焼かれるか、死ぬまで凍えさせられるかもしれない。あたしはそんなことを考えた。

「ああ、だめ！」デイジーが注意深く足先を戸口から部屋のなかに入れると、ビーニーが小さな声でそう言って顔をそむけた。あたしとおなじように、気まずい思いをしているのだ。

「何よ、ビーニー？」ふり向きもしないでデイジーは言った。

「こんなことして、違法行為じゃない」ビーニーは声をひそめ、神経質そうに言った。

「わたしだって違法行為だと思ってるわよ！　でも、これは捜査なの。捜査をすれば、何もかも丸く収まるから」

「あたし、なかにはいるのはいや！」ビーニーの顔がくしゃくしゃになった。

「わかった、それならここにいて！　無理強いはしない。見張り役でもしていればいいわ。アルストン先生が階段をのぼってきたら、口笛を吹くとか叫ぶとか、何かしてちょうだい。ヘイゼル、キティ、あなたたちは来るでしょう？」

　ビーニーは廊下でぶるぶる震えているから、デイジーに従うしかない。緊張しながら目と目を見合わせると、キティとあたしはゆっくりと進み出て、アルストン先生の寝室と廊下を隔てている一線を越えてなかにはいった。焼かれはしなかった。でも、決まり悪さが一気に押し寄せてきてからだがかっと熱くなり、指先までひりひりした。

　部屋のなかは、あらゆるものがきちんと整理されていた。引き出しは閉められ、ベッドは軍隊並みにきっちりと整えられ、教科書はきらきらと輝きを放ちながら表題のアルファベット順に並べられている。あまりにもきちんとしているから、あたしはまた、すごくおそろしくなった。押し入った痕跡を残してしまったら？　先生が殺人犯でなければ、ものすごく腹を立てるだけだろう。だけど、もし殺人犯なら……からだが震えた。

でも、デイジーは何も心配していないみたいだった。

「ねえ、ちょっとこっちに来て」アルストン先生のたんすの引き出しをぐいと引っぱって開けながら、デイジーはひそひそ声であたしたちを呼んだ。「いつまでも腰抜けでいたら、謎を解くことなんてぜったいにできないわよ。なんだ、ただの下着（コンビー）じゃない」

「デイジー！」あたしは声を上げた。半分はデイジーのしていることに驚いたせいで、もう半分はアルストン先生の白い下着を見たせいで。

「ほら、来て。急がないと。探すの！　書類、紅茶のカップ、懐中時計、覚えてるでしょう？　早く！」

デイジーは引き出しの中身をかき集め、やぼったい茶色のスカートやジャンパーをぽんぽん放り投げては、散歩道の下生えから慌てて飛び立った鳥みたいに宙を舞わせる。でも、何の成果も得られなかった。

「ここには何もないわ」不満げに言う。「ほら、ヘイゼル、急いで！　キティ、この服をたたんでくれると助かる」

あたしは探した。きっちりと。本は一冊一冊、順番に広げて見た。そうしていると、新しい本のにおいが髪の周りに漂った。ベッドの下から光沢のある茶色のスーツケースまで引っぱり出し、内張りに指を這わせて探った。なんだかんだ言っても、小説のなかで人は、こういうところに盗んだ宝石を隠すから。でも、何もなかった。時計も、紅茶のカップも、推薦状も。というか、書類の類は一通もなかった。部屋の隅から隅まで探したけど、アルストン先生に関する個人的なものは何ひとつ見つからない。家族の写真もなければ、友人からの手紙もない。先生はどこまでも謎だった。

「先生ってほんと、こわいくらいに秘密めいてる」あたしはデイジーに言った。「家族さえいないんじゃない？　誰の写真もないもの」

デイジーは膝を折ってぺたんと座りこんだ。「家族はいるはずでしょう。誰にだっているもの。ただし——ちょっと待って、ヘイゼル！　あなた、いいことを言ったかも！」

あたしとキティは待った。

「この部屋を見て」デイジーは先をつづける。「ここにあるものをよく見て。持ち物を見れば、その人についてわかるものでしょう。でも、この部屋を見てわかることは？　何もないわ。本は新しくて、書きこみはない。服もぜんぶ新品よ。洗ったことさえなさそう。ここに来るのに、うわべを取り繕うために新調したんだわ。といっても、下着まで新しくするほどの余裕がないのはたしかね。それでもほかはやっぱり、新品ばかり！　スーツケースだって新しい。ほら、見てよ！　名札はないし、革は擦り切れていない。何もかもきっちりしているところがおかしいわ。完璧すぎるの！　どれもこれも個人の持ち物じゃない、映画の小道具よ」

「ということはつまり？」あたしは訊いた。デイジーが正しいことはわかる。この部屋のどこからも、ふつうなら感じられるはずの、その部屋を使う人の個性がまったく感じられないから。アルストン先生という人は実在しない。

「つまり」デイジーは言った。「ちゃんとした証拠は見つけられなかったけど、アルストン先生の秘密にうんと近づいたのよ。自分はこういう者ですって名乗っていても、それはほんとうの姿じゃないということがわかったんだから。先生は家庭教師なんかじゃなくて、その役を演じてるにすぎないの。パパとママにどんな書類を見せたのか、知る必要があるわね。それに、どうやってこの家に入りこんであたしたちに教えることになったのかも。ヘイゼルとわたしがきのう聞いたことからすると、カーティス氏は先生が知られたくないと思っている何かを知っていた。それが何か、あきらかにしないと」

「どうやって?」キティが訊いた。「先生に訊いたところで、教えてくれるはずがないでしょう」

デイジーはぐるりと目を回した。「直接、訊くわけないでしょう。誰にも訊かない。ママとパパに送った手紙を探すのよ。家庭教師の職に応募したときの書類を」

11

ビーニーはまだ寝室の外に立っていた。表情は引きつり、これまでになく不安げにしている。

「最高の見張り役ね、お豆ちゃん」キティが言った。

「ほんと、探偵の素質がある」ビーニーをろくに見もしないで、デイジーが付け加えた。「つぎに行くわよ、いい？」

「デイジー」すごく小さな声でビーニーが呼びかけた。

「寝室の捜索では成果なし」デイジーは言った。「パパの執務室に行って、もっと役に立ちそうなものがあるか、たしかめましょう」

「デイジー」ビーニーはもういちど呼びかけた。

「何よ、ビーニー？　わたしたちがいけないことをしたって、まだ心配してるんじゃないでしょうね？」

「そうじゃなくて」どこまでも消え入りそうな声でビーニーは答えた。「ただ……これを見つけたの」

ビーニーは背中で組んでいた手をほどき、あたしたちに見えるように前に持ってきた。その手に、黒い小さな手帳を握っている。

「廊下に立ってみんなを待っているあいだに」ビーニーは話しはじめた。「あたりを見回していたの。誰かが後ろから近づいてきて、びっくりしないように。そのときちょっと下を見たら、これがあったの。階段をのぼり切ったところに落ちてたんだけど、ここはすごく暗いし手すりもやっぱり黒っぽいから、見逃すところだったのよ。誰かが落としたにちがいないわね」

「で、何て書いてあったの？」デイジーはそう訊いたけど、軽くあしらう気満々だ。

「それが、あたしもまだちゃんと見てない。見るのが怖くて」

デイジーはため息をつき、ビーニーの手からさっと手帳を奪い取った。

「どうせ、チャップマンの〝やることリスト〟よ。でなければ、アルストン先生の授業進行表かも。そうに決まってる」

でもそのとき、デイジーはぱっと目を見開いた。その目はどんどん大きくなっていって、はっと息を呑んでから口をあけた。

「何の手帳？」キティが訊いた。「あら、ずいぶん使いこまれてるわね」

ほんとうに使いこまれていた。あちこちが折れ曲がったり擦り切れたりしているし、元は黒かったはずの革も、端の部分が灰色に変色している。

「ヘイゼル、これをよく見て、わたしの頭が完全におかしいのかどうか教えて」デイジーは顔を上げずに言った。

キティとビーニーが羨ましそうに見つめるなか、あたしはその手帳を受け取ってなかを開いた。〝持ち主：デニス・カーティス〟最初のページにそう書いてある。あとのページはぜんぶ、単語で埋めつくされていた。どの単語も信じられないくらい小さな字でくっつき合うようにして書かれていて、つぶれた黒い塊みたいに見える。それは名前を記した長い長いリストで、ひとつひとつの名前のあとに注意書きも細かく添えられていた。

ヘンリー邸、一九三二年八月十六日に訪問／マイセンのティーセット／価値は不明。十ポンドで引き取ると提案。一九三二年八月一八日／百三十ポンドで売却。

アボット邸、一九三二年十月二日に訪問／ダイヤモンドとルビーのネックレス。

アボットのかわいらしい妻がしていたものを、直接、奪う。温室の鉢植えのなかに落としたのでは、と言ってみる。みんなで捜すことになってしまい、楽しくなかった。一九三二年十月五日／八百ポンドで売却。

シュルツ邸、一九三三年一月二十八日訪問／引き出しのなかに絵画の傑作を発見。くすねてスーツケースに入れる。四百六十ポンドで売却。

あたしはどんどんページをめくっていった。どのページにも名前が書いてあった。フェラーズ、ディグビィ＝ジョーンズ卿、マッキントッシュ、ペトレイ下院議員――この国の重要人物の半分が記されているみたいだ。それと、彼らの貴重品についても。最後のページまでくると、恐怖という火花がからだじゅうを駆け巡った。

ウェルズ邸（ヘイスティングス卿）、一九三五年四月十二日訪問／明朝の壺。ただし、持ち去るには大きすぎる。チッペンデールの家具、ひじょうにすばらしい絵画も何枚か。一階の廊下には絵画の傑作。運がよければ宝石類も。持ち主である卿のかわいらしい妻は、どの宝石の価値も知らない。ぼろもうけだ。

「デイジー」あたしは言った。「これ、きのうカーティス氏が持っていた手帳よ！　あたしたち、正しかったのよ」

「すごい！」デイジーが声を上げた。「そう！　わたしたち、はじめからそう言ってたのよね！　カーティス氏は犯罪者で、いまその証拠をつかんだわ！」

「でも――」キティが何か言いはじめた。

「疑問をはさむ余地はないわ、キティ。この手帳を見ても、カーティス氏が卑怯なことをして盗んだものを記したリストじゃないなんて言えるなら、言ってみなさいよ。さあ！」

デイジーは手帳をキティの顔の前に突きつけ、キティは眉をひそめながら、ぱらぱらと見ていった。

「うん……。うん、たしかに言えない」

ビーニーは息を呑んで訊いた。「でも、どうしてわざわざ自分の名前を書いておくの?」

「わたしだったら何かいけないことをしても、それについてノートに書いておいたりしないけど」キティが言った。

「あたしは暗号化して書くかな」

「ああ、あなたならそうしそう」デイジーはあたしに向かって言った。「だって、あなたは賢いもの。カーティス氏は愚かで虚栄心が強いから、こんなことをするのはいかにも彼らしいじゃない。こんな——きざなことをするのは!」

「誰かに見せる?」ビーニーが訊いた。

デイジーはしばらく考えてから言った。「いいえ。もっと証拠をつかむまで待ちましょう。それに、誰が殺人犯かをみんなに発表できるようになるまで」

数日まえ、デイジーはカーティス氏を怪しいと思っていることをすごく熱心にフェリックスおじさまに話していたけど、あれから状況は変わった。おじさまはあたしたちの味方かどうか、いまははっきりとはわからない。おじさま自身が、今回の件で罪を犯していないかどうかということさえも。

デイジーはもういちど小さな手帳に目を通すと、顔をしかめた。

「厄介ね! 書いてあるのは日付順で、アルファベット順じゃないなんて。それに、すごく字が小さい！　怪しいと思っている人の名前がここに書いてあるかどうか、どうしたらわかるっていうの？　ヘイゼル、声に出して読んでちょうだい」

ちょうどそのとき、下階が騒がしくなった。どこか奥のほうから声が聞こえてくる。ずいぶんと苛立っているようだ。手帳を読むのは後回しにしないと。あたしとデイジーは顔を見合わせ、デイジーはみんなを下階に向かわせた。

12

みんなでいっしょになって、主階段をゆっくりとおりた。あたしはこれまでいちばん不安になっていたし、いつものことだけど、探偵の任務についているときに誰かに会うと、そのとたんに何をしているのか知られてしまうと思いこんでいた。スカートのポケットのなかの手帳がものすごく熱く、やましいものに感じられる。でも、これもまたいつものことだけど、気を揉む必要なんてなかった。玄関広間に着いてもみんな自分のことで手一杯で、誰もわざわざあたしたちのことなんか気にしなかったから。

そこにいたのはヘイスティングス卿夫人、サスキアおばさま、フェリックスおじさまの三人で、お互いに怒鳴り合っていた。

「いいか、マーガレット。すべてはしかるべく対処されているんだ！」フェリックスおじさまが言った。顔は真っ赤で、ジャケットのポケットからぶら下がった単眼鏡が、身振り手振りをするたびにゆらゆら揺れている。「カーティス氏の寝室と食堂は閉鎖した。クーパー医師はカーティス氏の検体を採取したから、水が引いて道を通れるようになり次第、すぐにロンドンに送ることになっている。警察が来たところで――まあ、こんなにも水位が高いとぜったいに来られるわけはないが――ほかにすることなんて何もないんだ」

「話を聞くことはできるじゃない」ヘイスティングス卿夫人が言った。「警察ならわたくしの言うことを信じてくれるはずよ。あなたが信じているとはいまでも思っていませんからね、フェリックス！」

「警察を呼ぶなんてだめって言ったじゃない、マーガレット！」サスキアおばさまが差し迫ったようすで言った。毛皮のショールに指をぎゅっと絡め、ピンで留めた髪がいく房か落ちて肩にかかっていた。イヤリングは片耳にしかなく、ショールの先の猫の頭みたいなものが、ボタンでできた目であたしのことをじっと見ている。「つまり、体裁がよくないと言いたいの。わたしたちのような身分の者は、警察のお世話になんかならない。自分たちで解決できるはずよ、そう思わない？」

「彼女、見るに堪えない」キティが耳元でひそひそとささやいた。

「もうたくさん。頭がおかしくなりそう！」ヘイスティングス卿夫人が言った。「みんな、どうしたの？　カーティスさんは亡くなったのよ。それなのに、誰も彼のことを気の毒に思わないなんて！　いいわ、いますぐにわたくしが警察に電話します。何を言っても無駄よ、誰にも止められませんからね！」

夫人は跳ねるように電話に向かった。

「きのうの夜から電話は通じないままじゃないかな」フェリックスおじさまはそう言ったけど、じっさいは通じた。おじさまの顔に、煩わしそうな表情がふっと浮かんだ。

「オペレーター！」ヘイスティングス卿夫人は声を張り上げて呼びかけた。「ディープディーン警察につないでちょうだい。いますぐに」

サスキアおばさまはショールをからだに巻きつけた。フェリックスおじさまはポケットのなかで拳を握りながら、その場で行ったり来たりした。あたしたち四人はお互いに顔を見合わせた。キティはとりわけ、この場面を楽しんでいる。

「もしもし！」夫人が話しはじめた。「もしもし！……ヘイスティングス卿夫人です。殺人があったことをお知らせしたくて。もしもし？　なんですって？……まさか、作り話なんかじゃありません……ばかなこと言わないで！　あたりまえでしょう、わたくしはヘイスティングス卿夫人です。フォーリンフォード邸のヘイスティングス卿夫人で、滞在客のひとりが殺されたんです」

「まさに映画を観てるみたいね」キティがわくわくしながら小さな声で言った。

「ですから、プリーストリー警部につないでくださらない？　彼のことは知っています。いいですか、滞在客のひとりが殺されたと言ってるの。この電話を直ちに警部につながなかったら、あなたをクビにしますよ……もしもし？　ちょっと、もしもし？……あら、プリーストリー警部。よかった……ええ、わたくしです……ええ、ほんとうに殺人が――フォーリンフォード邸です……どのように、ですって？　毒か何かですよ。きのうのことです。ただただ、ひどい話ですわ。すぐに来てくださらないと……ええ、水はものすごくあふれていますけど……まあ何ですって？　ボートがない？……でしたら、来られるようになったらすぐに来てください。申し上げたように、人ひとりが殺されたんですから！　よろしく」

夫人は受話器を叩きつけるように置いてふり返った。「さあ、これでいいわ。では、わたくしは失礼します。書斎でひとりになりたいの」

「わたし、ここを出て行く」サスキアおばさまが言った。「いますぐに。耐えられないもの――」

「よくおわかりかと思いますが、わたしたちはみんな、ここに閉じこめられているんですよ」フェリックスおじさまが言った。

おばさまははっと息を呑み、言葉に詰まった。それから逃げるように、あたしたちの脇をすり抜けて階段に向かった。そのあいだにショールはずり落ち、ブレスレットはじゃらじゃらと鳴り、そのブレスレットがビーニーのからだをかすめた。

「ということは！」ビーニーが声をひそめて言う。「パパが明日迎えに来るのも無理かな？」

「さて」フェリックスおじさまがこちらを向いた。あたしは驚いて、からだがびくっとなった。おじさまもデイジーとおなじように、周りのことを見ていないようで、ちゃんと見ているタイプだと思い知らされたから。「四人おそろいで、何をしているのかな？」

「何も」デイジーは素っ気なく言った。「パパはどこかな、と思って。そしたらおじさまたちがいたから、ここで待ってたの。三人で怒鳴り合っているところをこそこそ通るなんて、できるわけないじゃない。でしょう？」

「ふむ。いつものことだが、うまい言い訳を思いつくものだね」

「おじさま、カーティス氏の寝室にもきちんと鍵をかけた？」デイジーが訊いた。

「もちろん、かけたよ」単眼鏡越しにデイジーを見下ろしながら、おじさまは答えた。

「死体になって、お嬢ちゃんたちにあれこれ調べられたいなんて誰も思わないだろう」

「お嬢ちゃんって、わたしは十四歳よ！」

「それはともかくとして。デイジー、余計なことをしないほうがいいときもあると学ぶことも必要だ。今回の件は、何をしているかわかっている人たちに任せたほうがいい」

　その言葉でどれほどデイジーが打ちのめされたことか。彼女は口をあけ、一歩、後ずさった。「それって警察のこと？」また息ができるようになると、デイジーは訊いた。「でも、プリーストリー警部には来てほしくないんでしょう？　それなのに何かおかしなことが起きているとは考えてる。わたしにはわかるんだから！　きのうの夜、聞いたもの――」

「きのうの夜、何を聞いたって？」おじさまの声は、なんだかすっかり滑らかになっていた。きのう、迷路で聞いたときもそうだったように。危険な感じがして、あたしはおじさまからすこし離れた。デイジーさえも、わずかにたじろいだようだ。

「何も」デイジーはとぼけた。「まったく何も聞いてない」

「もう行くんだ、デイジー。行きなさい。探しているのがほんとうなら、ヘイスティングス卿の執務室はあっちだよ」

「あら、よくご存じね」デイジーは言った。「わかった。急いで行ってみる」

13

ヘイスティングス卿は執務室にひとりきりで、暖炉のほうを向いている擦り切れた革製の肘かけ椅子に座っていた。スリッパを履いた足を、盛大にいびきをかきながらボールのように丸まって眠るトースト・ドッグの背に乗せて。ミリーはといえば、卿の膝の上で膝かけのようにからだを伸ばしていた。壁には何枚もの絵画や、あらゆる種類のこまごましたもの——羽根飾りや、紙でできた工芸品のようなもの——が飾られている。

アルストン先生がここにいなくてよかった。はじめはそう思った。あたしたちがここに来た目的が目的だから。でも、そのことについてよく考えると、なんだかおかしいような気がしてきた。あたしたちといっしょでなく、ヘイスティングス卿のところにもいないなら、先生はどこにいるの？　それが先生の仕事なのに。だったら、何のためにこのお屋敷にやってきたの？

「やあ、デイジー。それに、お友だちも」すこしだけ陰気な声でヘイスティングス卿は言った。「何か用かな?」

「退屈してるの」デイジーは答えた。「ずっと雨が降ってるし。パパのご機嫌うかがいに来たってわけ」それからあたしをふり返ると、呼吸をするくらいの小さな声で言った。「机。早く。わたしはパパの気を引いておくから」それからミリーを卿の膝からどけ、椅子の肘かけに腰を下ろした。

「パパ。何かしない?　でも前みたいに、トースト・ドッグにサーカスの芸を仕込むのは、なし。どうせ無駄だってよくわかってるもの。それに、わたしはもう八歳じゃないし」

「そうだな」ヘイスティングス卿は言った。「宝探しも子どもっぽいかな?」

「すごくいい考えではないわね」デイジーはそこでふり返り、あたしに目を見開いて見せた。キティとビーニーを目隠しにして、あたしはヘイスティングス卿の机にそっと近づいた。そこはとにかく書類だらけで、紙の束がいくつも積み重なっていた。どうすればお目当てのものを見つけられるか、わからない。あたしは紙の束をずらしはじめた。できるだけ慎重に。領収書、土地証文、家系図などなど、ウェルズ家所有の書類ぜんぶが、ここに集まっているみたいだ。キティとビーニーはあたしの前でうろうろしている。ビーニーはみつ編の先をかじりながら、不安げにからだをもぞもぞ動かしていた。ここを探しても無駄だということは、はっきりとわかる。ヘイスティングス卿はこちらではなく、デイジーを見ている。でも、あたしがしていることにいまにも気づくんじゃない？　そのとき、デイジーが言った。

「アルストン先生は宝探しがすごく得意よ。それは認める。でも、教えてくれる勉強はとてもつまらないの」デイジーはその気になれば、天才的な嘘つきになれる。「すごく退屈な人よ！　ほんと、どこで見つけてきたの？」

「それが奇妙な話でね」トースト・ドッグに乗せた足の位置を変え、ヘイスティングス卿は話しはじめた。トースト・ドッグはぐるぐると寝息を立てている。「彼女のほうから手紙をくれたんだ。家庭教師を探していることを聞いた、とね。でも、派遣されたのは紹介所を通してで、たしか……〝H〟だか〝R〟だかではじまる名前の紹介所だった。推薦状もちゃんと持っていた」

「それって三月のこと？」デイジーは訊いた。

「そうだ、〝R〟ではじまる名前のところだよ、デイジー。〝M〟ではない。えっと、なんだったかな。そうそう。三月かそれくらいの話だ。すごくいいタイミングだったね。募集広告さえ出していなかったのに」

「じゃあ、そんなに前のことじゃないわね」デイジーは言った。「ということは、下のほうにはなさそう。筋道を立てて考えていけば、パパも思いだしてくれるとわかってたわ」彼女の声がすこしだけ大きくなっていた。何かメッセージを送っているのがわかる。あたしは書類の束にもういちど目をやった。これが日付順に積まれているとしたら、最新のものはいちばん上になっているはず。それなら一九三五年の三月分だけを見ればいいということだ。四月分があった。ほとんど息を止めながら、あたしはまた書類を移動させた。

リバティ百貨店からの請求書。食料品店からの請求書。旅の行程表。そして公式文書らしい書類があり、レターヘッドに〈レピュタブル紹介所〉と書いてあった。

一九三五年三月十五日

親愛なるヘイスティングス卿

こうしてお手紙を書いておりますのは、家庭教師として……

この手紙は、ほかに二枚の書類といっしょに綴じられていた。あたしは光の速さで三枚とも手に取り、カーディガンの下に押しこんだ。ビーニーが小さく悲鳴を上げる。キティはあたしを見た。それからデイジーとヘイスティングス卿のほうに目をやり、こう言った。「ねえ、デイジー。ゲームをするなら楽しそうなのがひとつあるわ。書類を探すゲームで、〝見つけた〟っていうの」

キティの隣でビーニーが何か言いたげに口を開いた。でも、すぐに理解したみたいだ。興奮していまにも目が顔から飛び出しそうで、両手をぎゅっと握った。

「そんなゲーム、聞いたことないな」ヘイスティングス卿は言った。

「最新のゲームよ！」デイジーはそう言ってにやりと笑った。「キティ、あなたって頼りになる。いいことばっかり思いつくんだもの。さあ、みんな、もう行こう！ありがとう、パパ。パパと話してすごく楽しかった。おかげでみんな、元気が出たわ」

「うれしいことを言ってくれるね」デイジーのパパは言った。「しばらくはいい子にしているんだよ」

「あら、いつもいい子でしょう」デイジーは最高に無邪気な声でそう言い、全速力であたしを執務室から連れ出した。あたしは深呼吸をして、必死で笑いを抑えた。

14

応接間には誰もいなかったから、みんなでそこに駆けこんだ。デイジーはドアを閉め、そのままもたれかかった。あたしはもういちど深呼吸をした。書類がカーディガンから滑り出て、絨毯の上に落ちる。

「ねえ、なんて書いてあるの？」息を弾ませてビーニーが訊いた。

書類を広げ、みんなで読んだ。

一九三五年三月十五日

親愛なるヘイスティングス卿

こうしてお手紙を書いておりますのは、家庭教師としてデイジーお嬢さまのお役に立ちたいと思ったからです。その職が空(あ)いていることを知り、デイジーお嬢さまに知識を授けるのに、わたくしはこのうえなく適任であると思いました。レピュタブル紹介所には登録したばかりですが、このイギリスで何年にもわたり、社会的地位がおありになるいくつかのご家庭で家庭教師を務めて参りました。申し分のない推薦状もあります（添付しました）。掲載した私書箱宛てにお返事をいただければ幸いです。すぐにはじめられます。

よろしくお願いいたします。

ルーシー・アルストン（ミス）

「なんだ」キティはがっかりしたようだ。「本物の家庭教師なのね」

「何を言ってるの？」デイジーが言った。「アルストン先生はパパとママに嘘をついたって、この手紙を読んではっきりしたじゃない。まず、レピュタブル紹介所って何？ 信頼(レピュタブル)できるって？ ぼんやりしすぎて、実在するとは思えない。それに、登録したばかりと書いてあるけど、じゃあ、その前はどこの紹介所に登録していて、どうしてそこを辞めたの？　それほどまでに家庭教師として適任で優秀なのに。三つ目、うちの家庭教師の椅子が空いていることをどうやって知ったの？　それについては何も書かれていない。パパは募集広告を出していないと言ってたのに。そして四つ目。熱心すぎる。〝すぐにはじめられます〟？　ひどく怪しいわ。さあ、こんどは推薦状を見てみましょう」

推薦状は二通あった。一通は金色のレターヘッドのついた厚手のクリーム色の紙に、手書きされたもの。もう一通は青みがかった砂目の紙にタイプされたものだったけど、こちらのほうがお粗末だった。一通目はレディ・イヴリーが、二通目はロジャー・フォックス＝トロッテンハム教授が書いていて、どちらもさかんにアルストン先生の適性と指導能力を褒めそやしている。〝彼女のことはただちに雇われるよう、拝薦いたします。〟レディ・イヴリーはそう書いていた。〝よき友人であるダットン卿から、アルストン先生を雇うようにと拝薦されました。それについて後悔したことは、一秒たりともありません〟フォックス＝トロッテンハム教授はそう書いていた。

「デイジー！」あたしは困惑して言った。「見て、これは両方とも――」

「どちらも〝推薦〟と書くべきところを〝拝薦〟とまちがえてる！」デイジーは声を

絞り出すように言った。「それに署名も、ほら！」一見すると、ぜんぜんちがうように見えた。でも、そうではない。フォックス＝トロッテンハム教授の〝g〟もレディ・イヴリーの〝g〟も、下の部分がおなじように大きく輪を描いている。

あたしは膝を折ってぺたんと座りこんだ。

「思うんだけど」デイジーは言った。興奮して頬がピンクになっている。「この二通の推薦状はおなじ人物が書いたのね！」

「まさか！」キティは声を上げた。そうは言っているけど、彼女自身も知らず知らずおなじように考えていることがわかる。ビーニーの目は、見たこともないくらいまん丸になっていた。

アルストン先生の推薦状は偽物だった。先生は嘘をついている。嘘をついてまでここにやってきた。でも、どうして？　フォーリンフォード邸で何をしたいの？　どうすればそれを突き止められる？

「どうすればいいかな？」ビーニーが、まさにあたしが思っていることを口にした。あたしはすっかりお手上げ状態だった。でも、もちろんデイジーは、何があっても長く悩んだりしない。問題に直面すると、その周りでぴょんぴょん跳ねながら真実を追いつづけるから。デイジーはあたしたち三人を見つめ、にっこり笑って言った。「そんなの、はっきりしてるじゃない。この家で何が起こっているか、知っていそうな人物にずばり話を聞くの。ドハーティ夫人とヘティに」

15

あたしたちは応接間からこっそり出ると、誰とも顔を合わせることなく廊下を通って厨房に向かった。厨房はすごくすてきなところだ。ヴィクトリア女王がご健在だったころから何ひとつ変わっていないと、自信を持って言える。あらゆるものが御影石とつややかな真鍮(しんちゅう)でできていて、頭の上からは木製の大きな棚がぶら下がっている。道具類を乾かすためだけにそういう造りになっていることを知らないと、すごく異様に思えるけど。とはいえ、料理人のドハーティ夫人はこの厨房を温かみのある、食べものであふれる場所にしていた——思い通りに焼けなかったタルトのかけらが散らばり、トレイの上で冷ましてあるビスケットのうち、誰かに食べてもらおうと一枚か二枚がよけてあるのはいつものことだ。ドハーティ夫人はすごく小柄で、笑顔を絶やさない。髪留めでまとめた銀髪のうえにコック帽をかぶり、ちょこまか動く。きょうもあいかわらず時間に追われている、とでもいうみたいに。

あたしたちが厨房にはいっていくと、ヘイスティングス卿が夫人に贈った色とりどりだけど萎れかかった花に囲まれながら、ドハーティ夫人はニンジンの皮をむいていた。包丁が素早く動き、オレンジ色の物体が彼女の周りでひらひらと舞っている。ヘティは両手を流しに沈めて洗い物をしていた。

デイジーが咳払いをすると、ふたりとも顔を上げた。

「こんにちは、デイジーお嬢さま」ドハーティ夫人が言った。「もう、おやつの時間ですか？　お腹がすいてらっしゃるなら、糖蜜のタルトがありますよ。表面を焦がしてしまったので、昼食にはお出ししないほうがいいと思って。あと、マカロンもあります。きのうつくったんですけど、お茶会のときにお出しするのを忘れてました」

きのうの誕生日のお茶会の話が出て、心臓が跳ね上がった。でもそれと同時に、口のなかに唾があふれてくるのはどうしようもできなかった。お皿に重ねられたマカロンは丸々として立派で、すごく魅力的だ。

「わあ」デイジーが言った。「さすが、ドハーティ夫人。どっちも食べていい？」

「もちろんですとも」にっこり笑いながら夫人は答えた。「それでこそ、お嬢さまですわ」

「みんなも食べるといいわ」デイジーはあたしたち三人に言った。「いっしょにいるんだし」

ココナッツ味のマカロンの生地をかじると、天国みたいな味がした。タルトはこってりとして濃厚だ。どちらもすごくしあわせな気持ちで味わいながら（マカロンをひと口かじって、つぎにタルトをひと口かじる、というように。そうすればずっと、口をよろこばせてあげられるから）、デイジーの話に耳を傾けた。

「アルストン先生、なんだかへんだと思わない？」マカロンの端をきれいにくるくると円を描いてかじりながら、デイジーは何気なさを装って言った。「どうしてうちに来たのか、ということ。パパは何の前触れもなく応募してきたと言ってたけど、それにしてもねえ！　わかった！　わたしの天賦の才を聞きつけたにちがいないわね」

ドハーティ夫人は声を出して笑った。「お嬢さまの天賦の才、ですか？」そう言い、ヘティに片目をつぶってみせる。

ヘティも笑顔を返し、パン皿をクロスで最後にもうひと拭きすると、それを脇に置いて言った。「そうですね、お嬢さまは誰にも負けないくらいに有名ですもの。気をつけていてくださいね。つぎは王さまが現れるかもしれませんよ」

あたしは心のなかで笑った。デイジーはたしかにそのとおりのことを考えているところがあって、いつか王さまに祝福される日が来ると思っているから。

「でも、アルストン先生はすこし奇妙ですね」ヘティは話をつづけた。「つい先日も、ドハーティ夫人とあたしでそんな話をしていたんですよ。人目を忍んでいるとでもいうか。彼女のお部屋には個人的なものが何ひとつないんです！　そういうものはぜんぶ、あのハンドバッグにしまいこんでるにちがいありませんわ。そして、ぜったいに手元から離そうとしない」

「そうなの？」デイジーは訊いた。いかにも驚いたという雰囲気を漂わせながら。ビーニーはタルトをのどに詰まらせた。

「それに、着ているものも新品ばかりです。身分を隠したお姫さまなんじゃないかしら。ドハーティ夫人はスパイだと思っているようですけど」

「もちろん冗談ですよ」ドハーティ夫人はそう言ってまたニンジンの皮をむきはじめたけど、その目は自分の手がしていることを見てはいなかった。「でも、先生にはたしかに、おかしなところがありますね。カーティス氏のことを尋ねようとしたら、貝みたいに黙ってしまったんですよ」

「よけいにおかしくなったのは……カーティス氏のことがあってからですね」ヘティはキティとビーニーを見やった。「あたしが行くところ、どこにでも現れるんです。気のせいだと思おうとしたんですけど、ドハーティ夫人も気づいています」

「ほんと、この週末ときたら！」ドハーティ夫人が言った。「アルストン先生はお屋敷のなかをあちこち、こそこそと動き回るわ、サスキアおばさまはティースプーンをくすねるわ、バーティお坊ちゃまはあの不愉快な楽器を四六時中、鳴らすわで。それに、お坊ちゃまのお友だち。かわいらしいけれど貧しくて、お名前にふさわしい服もお持ちでないなんて。ヘティは密かに、あの方の靴下をひどくけなしているんですよ。そしてこんどは、お客さま用の寝室に死体！　掃除をしようにも、ヘティはあそこにはいれないでいます。ほんと、ひどい話ですよ。フェリックスさまが食堂に入れさせてくれないから、お茶会の後片づけもできませんし。せっかくのお菓子が覆いもされずに放っておかれて、どんなひどいことになっているのか、想像することしかできません。これまで以上にネズミが走り回るようになっても、仕方ないですよね」

キティは目を大きく見開き、たまらないというように口をO（オー）の字にあけて聞いている。彼女にとってこれ以上は望めないほどのゴシップを聞かされているのだから。

「スティーヴンが貧しいって、どうして知ってるの？」デイジーが訊いた。

あたしは気まずくなって、からだをもぞもぞさせた。デイジーったら、彼のことは放っておいてあげればいいのに。

「きのう、財布が玄関に落ちてたんです」ヘティは言った。「とうぜんですが、どなたのものか確かめようとなかを見ました。そうしたら、二ペンス硬貨しかはいっていなかったんです。お嬢さまたちは小額の硬貨なんて、水みたいにそこらじゅうに落としても気にしませんよね。何のために存在しているかもご存じないでしょう。二ペンス硬貨を取っておくなんて、その価値をちゃんとわかっている人がすることですよ」

「ヘティ、すごくいい情報だわ！」

「わたしが読む探偵小説のなかに、よく書いてあります」ドハーティ夫人が言った。

「どれほど些細なことでも、ひとつひとつのことが重要だと」

「警戒を怠るな！」ヘティとデイジーが声をそろえて言い、お互いに顔を見合わせて笑った。

ドハーティ夫人が〝ひとつひとつのこと〟と言ったとき、あたしは紅茶のカップと懐中時計、それに紙片のことを思いだした。これまでのところ、カーティス氏の身に起きたことを事件として考える根拠にしているのはその三つだ。すくなくともそのひとつについて、いまならもっと情報を得られるかもしれない。

「紅茶のカップ！」あたしはデイジーに言った。彼女はすぐに、その意図をわかってくれた。

「何のカップですって？」ドハーティ夫人が訊いた。

答えなくてもいいように、あたしはまたタルトにかじりついた。

「ヘイゼルはきのうのお茶会の道具のことを心配してるの。だって、ネズミが大嫌いだから」デイジーがすかさず言った。「道具はぜんぶ、まだ食堂にあるの？　片づけてない？」

ちょうどこのとき、チャップマンがグラスを載せたトレイを持って厨房にはいってきた。グラス同士がぶつかり合い、ちりんちりんと鳴っている。彼は何かお小言を言いたげに、あたしたちのことをじろりと見渡した。「デイジーお嬢さま、こんなところで何をなさっているんですか？」

「べつに！」デイジーは慌てて答えた。「ドハーティ夫人やヘティとお話ししてただけ……紅茶のカップのことで」

トレイの上のグラスがいっせいにぶつかり合って調子の外れたベルみたいな音を立てて、後ずさったチャップマンも食器棚にぶつかった。デイジーに刃物を突きつけられたとでもいうように。

「その話はもう、たくさんです」彼は言った。まるでデイジーが、〝紅茶のカップ〟ではなく〝殺人〟と口にしたとでもいうみたいだ。「お嬢さま、お友だちを連れてすぐにここを出てください。ドハーティ夫人とヘティは昼食の準備をしなくてはなりませんから。それに、わたしもすごく忙しいんです！　さあ、お嬢さま！」

またもやあたしたちは、ぞろぞろと移動しなくてはならなくなった。考えなくてはいけないことが山ほどあるのに。でもたったいま、また新しい証拠を手に入れられたような気がしていた。チャップマン自身がカーティス氏の死に関わっていることはないだろうけど、〝紅茶のカップ〟と聞いたときの彼の振る舞いからは、それがすごく気にかかっていることがわかる。でも、どうして？

16

　厨房から廊下に出ると、またべつの騒動に出くわすことになった。金曜日とおなじ鮮やかな緑色のドレスを着て、やけに大げさな毛皮のショールをまとったヘイスティングス卿夫人が、擦り切れた絨毯の上でフェリックスおじさまに何やら叫んでいたのだ。

「わたくしは喪に服してるんです」夫人はわめいた。「どうして誰もそのことをわかってくれないの？　ああ、わたくしの家族はみんな人でなしばかりだわ。たったいま、バーティが言ったことを聞いたでしょう。あの子、デニスが死んでママはよろこぶべきだ、なんて言って。〝よろこぶべき〟って！」

「大げさに考えるんじゃない、マーガレット」フェリックスおじさまは言った。「じっさい、よく知らなかったじゃないか」

「よく知らなかったですって！」夫人は声を上げた。「彼はわたくしのすべてだったの、そのことを知るといいわ！」

隣でデイジーが息を呑んだ。顔が真っ青だ。「そんなの嘘よ！」デイジーは母親に向かって叫んだ。ふだんの冷静さが木っ端みじんに吹き飛んでいた。「ママのすべてはパパでしょう！　どうして何もかも壊さないといけないの？」

「デイジー！」こちらに顔を向け、ヘイスティングス卿夫人は言った。「こんなところで何をしているの？　遊んでいなさいと言わなかった？　アルストン先生！　アルストン先生！」

「いいから、デイジー。おちつくんだ」フェリックスおじさまが言った。「みんな、頭を冷やさないといけない」

デイジーは彼を見上げた。「わたしはおちついてる。おじさまは？」

「ほんと、この家族ったら！」ヘイスティングス卿夫人は芝居がかったようすで両手を上げ、階段を駆け上がっていった。

そのとき、アルストン先生が音楽室から出てきた。名前を呼ばれたからとうぜんだけど、先生の姿を見るとやっぱりぞっとする。デイジーは凍りつき、キティは息を呑み、ビーニーは怯えたように小さな悲鳴を上げた。

「ずいぶんと賑やかですね」アルストン先生は言った。「いったい、どうしたんですか？」

　あたしは光沢のある茶色いハンドバッグをじっと見て、これを先生から取り上げることはできるだろうかと考えた。

「妹がすこし取り乱しましてね」そう言ってフェリックスおじさまは、アルストン先生にもの言いたげな視線を向けた。何だろう、これは、とあたしは一生懸命に考え、はっと思い当たった。言葉に出さずに考えていることを伝えようとするとき、デイジーはこんな顔――友だち同士のあいだで見せる顔をする。でも、あたしの知るかぎり、おじさまと先生はこの週末にはじめて顔を合わせたんじゃなかった？

「アルストン先生」フェリックスおじさまは言った。こんどもまた、もの言いたげな表情で。「この子たちは退屈しているんだと思います」

「わたしたち、退屈なんてしていない！」デイジーは言った。「何の問題もないわ。キティとビーニーはドハーティ夫人を手伝って昼食の準備をするところで、わたしとヘイゼルはちょっと庭を散歩してこようかと思ってたの。そうよね、ヘイゼル？」

「えっと」あたしは言った。「そうね」

「待ってよ――」キティが腹を立てたように口を開きはじめる。

「ドハーティ夫人を手伝うなんて、すごく楽しそう」デイジーはすかさず言った。

「そこでどんなに役立つことを学べるか、考えて。さあ、わたしたちは散歩に行くわよ、ヘイゼル」

デイジーはあたしの手首をしっかりとつかみ、玄関へと引っぱっていった。見かけはすごくおちついているけど、震えている。あたしはふり返って、アルストン先生とフェリックスおじさまを見た。まだいっしょに並んで、こちらを見ている。これもまた怪しい。このとき、あたしはふたりのことしか考えられないでいたけど、デイジーの頭のなかには母親のこと以外、何も入りこむ余地はなかった。


あたしたちはどっしりとした石造りの正面玄関から、急いで外に出た。雨はいまのところ止んでいたけど、寒さにからだが震えた。お昼だから何か食べたかった。昼食の準備を手伝えるなんて、キティとビーニーがすごく羨ましい。でも、前みたいにまたデイジーとふたりきりになれるのだから、うれしく思わないといけない。

デイジーは鼻に皺を寄せ、立ち止まることなくどすどすと芝地に向かって歩いて行く。地面はぬかるんでいて、靴が芝に沈んだ。靴が汚れないよう、つま先立ちになったけど無駄だった。あたしはすぐにあきらめて、デイジーのあとをのろのろと歩いた。

「ママなんて大嫌い」しばらくしてデイジーは言った。「そんなふうに思っちゃいけないことはわかってる。でも、大っ嫌い。あんなふうに、カーティス氏のことをかわいそうに思うなんて！　パパよりもあの人のことが大切だなんて言って！　ほんとに不愉快。ああ、もう！　ママにはがっかりだわ。たぶん、殺人犯はいいことをしてくれたのよ。カーティス氏を消してくれたんだから。これでママがあの人のことを忘れてくれたら、すべては元通りになるのに」

「でも、カーティス氏は死んでるのよ」こんもりしてとくに滑りやすくなっている芝に足を取られながら、あたしは言った。

迷路を通り過ぎ、水浸しになっているところまでどんどん進んだ。小高い場所に建つフォーリンフォード邸が、背後で小さくなっていく。こんなふうに簡単に、あそこから永遠に逃げ出せたらいいのに。

「それがどうしたの？」デイジーは言った。「生きてちゃいけない人もいるのよ」

あたしは手をぎゅっと握って足を止めた。「デイジー！　そんなこと言わないで！　ほんとうはそう思ってないことは、自分でもわかってるんでしょう。たしかにカーティス氏はいやな人だったし、彼とあなたのママはとんでもないことをしてた。だからといって、死んでいいことにはならないの！　そんなことは口にしたらだめよ」

「でも、誰かは死んでいいと思ったのよ」デイジーは答えた。「ほんと、今回の事件はどうかしてる。何もかもおかしなほうを向いてるんだもの。死んだのが、まさに不愉快な人だけなんて。わたしたちにはいいことだけどね。ちがう?」

そのとき背後のお屋敷の小さな窓がぱっとあき、人形みたいに見える人影が顔を出して叫んだ。一瞬、また何かおそろしいことが起こったと思ってぞっとした。でも、その人形みたいな人影はキティで、何か叫んでいるのが聞こえてきた。

「昼食の準備ができたわよ!」大きな声でそう言っている。キティ自身はすごく小さく見えて、すごく遠くにいるように感じられる。「もどってきて!」彼女はそう言い、手旗信号みたいに腕をくねくねと動かした。あたしはほっとして、お腹がぐうと鳴った。

「面倒くさいわね」デイジーは言った。「たかが食事じゃない。どうしてみんな、わたしたちの邪魔ばかりするの? いいわ、探偵倶楽部のちゃんとした会合は昼食のあとに開く。そのときに、これまでにわかったことを話し合いましょう。秘密の木(シークレットツリー)で。あそこなら、バーティとスティーヴンにまた邪魔されることはないから。そういうことでいいかな、ワトソン?」

「キティとビーニーも参加するんでしょう?」あたしは訊いた。秘密の木というのはお屋敷の外にあるように聞こえたけど、ぜんぜんかまわなかった。外はまだびしょ濡れとはいえ。

「もちろん、あのふたりも参加するわよ」デイジーはため息をついて言った。「あなたがそう言うなら。ほんとうはいなくてもいいけど。だって、あのふたりはあなたじゃないもの」

「そんな」急に、すごく温かい気持ちになった。カーディガン越しに冷たい風に吹かれているのに。

「何も言わないで」デイジーは言った。「握手だけしましょう」

あたしたちは探偵倶楽部式の握手をすると、ぴちゃぴちゃと水をはね上げながら走って昼食にもどった。

17

昼食はラムと野菜と滑らかなマッシュポテトで、デザートはチェリーの載った、ぷるんぷるんのブラマンジェだった。ラムを食べているあいだ、バーティが殺人をする人たちのことでジョークを言った。それを聞いたチャップマンはトレイを落とし、その後片付けをヘティに手伝ってもらっていた。フェリックスおじさまとアルストン先生はあいかわらず視線を交わしていて、ますます怪しい。この週末はいったい、どこまでおかしなものになるのだろう。あたしはまた、そう考えていた。

「それでは」昼食の三十分後、デイジーは言った。

あたしたち四人は、オークの大木の太い枝が分かれているところに、ぎゅうぎゅう詰めになって腰を下ろしている。秘密の木と呼ばれるその木は塀に囲まれた家庭菜園のすぐそばに立っていて、そこからは嵐のせいで早熟の果実をぜんぶ落としてしまった木々が見渡せた。朽ちかけた板で急ごしらえのベンチと屋根らしきものが造られていたけど、板に生えたコケはにおうし、そのコケでつるつる滑るし、あたしが座っているところは快適とはいえない。からだを動かすたび、膝や腕が汚れて黒くなった。空は灰色でいまにも雨が降りだしそうだけど、なんとか持ちこたえている。

「静粛に！　静粛に！　ここに、探偵倶楽部の会合の開会を宣言します。ビーニー、くすくす笑うのはやめて」

「ごめん、デイジー。もう笑わない」

「デイジー、すごくおちつかないんだけど」キティが言った。「ほんとに、ここでないとだめなの？」

「あたりまえでしょう。ここなら誰が来てもわかるもの。殺人犯がこっそり近づいてきてもいいの？」

「あたし、今回の殺人事件のことはすごくいやなの」ビーニーが浮かない顔で言う。「何ひとつ起こらなければよかったのにって思う」

「まあ、あなたがいやでもいやでなくても、もう起こってしまったんだから」デイジーが言った。「そこで、殺人犯が誰かをあきらかにするのは、わたしたちにかかっているの」

「わかってる。ただ、いやだと思っただけ」

デイジーはキティに向かってぐるりと目を回し、キティはにやにやと笑った。ちょっとひどいんじゃない、とあたしは思った。ビーニーが言いたいこともすこしわかるからだ。あたしは捜査するのは大好きだけど、安心していられることも大好きだ。デイジーは悪いことはすぐに忘れられる。学校で起こった殺人事件で彼女が覚えているのは、その事件を解決したという栄光だけ。真夜中に殺人犯に追いかけられたことなんて、すっかり忘れてしまっている。あたしはいまだに、頭のなかであのときのことを思いだすこともあるのに。

「それでは」デイジーはもういちど言った。「いまから検討するのは、前回の会合のあとで集まった情報についてです。いま手元にある手がかりや証拠は何か？　紅茶のカップと懐中時計が消えたこと。本から破り取られたページの紙片。それに、偽造された書類です。まず、紅茶のカップと時計から。紅茶のカップについてはもう検討したけど、どうして時計まで消えたのか、ますますわからなくなっているわ」

「すてきだし、価値があるものだからじゃないの？」ビーニーが言った。

「ありえるわね。それが理由だとすると、いちばん疑わしいのはサスキアおばさまということになる。時計を隠していないか、おばさまの寝室を調べないと。でも、もっとちゃんとした動機がある人物がべつにいる。スティーヴンよ」

あたしは唇をぎゅっと噛んだけど、それでもやっぱり小さく呻き声を漏らしてしまった。

デイジーはぐるりと目を回した。「彼がそんなことをするはずないとヘイゼルは思ってるの。とうぜんよね。でも、ヘイゼルだってまちがえることはあるわ。それに、ヘティとドハーティ夫人がはっきりさせてくれたじゃない。彼は貧しいって。あの時計はどう見たって、おそろしいほど高価よ。スティーヴンが借金を返したくて盗んだとしたら？」

「でも、どうやって確かめるの？」あたしは訊いた。

「そんなの簡単。つまり、あなたの出番ってこと。こんど近づく機会があったら、探りを入れてちょうだい。彼がお金を必要としているか。なんだかんだ言っても、あなたは気に入られてるから。正直に答えてくれるんじゃないかな」

そんなこと、するもんですか！　あたしは思った。絶対にしない。デイジーのためであっても。でもそこで、ほかの容疑者たちは誰かということを思いだした。デイジーが進んで自分の家族を疑うなら、あたしだって彼女のお兄さんの友だちを容疑者リストから消すために勇敢にならないと。

腰を下ろしている板に生えたコケをいじった。指先についたコケは真っ黒だった。

「うん、わかった」ようやくあたしは言った。「訊いてみる」

「そうこなくちゃ」デイジーは言った。「ただし、時計は目くらましかもしれない。殺人犯はただの思いつきで持ち去ったのかも。でなければ、うっかりしたとかね。さて、もうひとつの証拠も検討しましょう。食堂のテーブルクロスの上でヘイゼルが見つけた紙片についてよ。詩集のページから破り取られたもので、字が滲んでいることから考えて、犯人はカーティス氏の紅茶に入れる毒をその紙片に包んでいた可能性が高い。でも、ここまでわかっていても、じつはそれほど役に立ちそうな証拠には思えないわね。ママもパパもそんなに本を読むタイプではないけど、それでも書斎に行って何かの詩集のページを破り取った可能性だってあるでしょうから。それに、まさに犯行が行われたとき、ほかの誰が本を持っていたっておかしくないもの」

「でも、ちゃんと本を読む誰かだと考えるほうが、可能性はずっとありそうじゃない？」あたしは訊いた。「たとえば……フェリックスおじさまとか」

デイジーは眉をひそめた。「わたしもそう思う。ええ。それになんて言うか、おじさまはこのところずっとおかしいことも認めないといけないわね……らしくない振舞いばかりしてるから。カーティス氏の身に起こったことをどう考えているかについても、いまだに本当のことを言っていないし。ママに警察に電話させないためなら、何でもしてるし」

「それにデイジー」あたしは言った。「おじさまはアルストン先生のことを知っている気がするの。ついさっき、ふたりが顔を見合わせてたようすにしても、今回はじめて会ったなんて、とても思えない」

「その判断の根拠が、そう見えるからというだけなら――」デイジーが話しはじめたのをキティが遮った。

「そうなの、わたしも思ってた。昼食のまえに見かけたとき、ふたりはものすごく親しげだった。でしょう？」

デイジーはすっと目を細めて、あたしとキティのことを見た。二対一。彼女は数で負けることに慣れていない。「ふむ。かもね。フェリックスおじさまのことも見張らないと。ぜひ、そうしましょう。まあ、おじさまが犯人のわけないけど。おじさまは立派な人だって、みんなわかってるもの。カーティス氏が悪い人だと、みんなわかってたのとおなじように」

あたしは顔をしかめた。みんながそのことをわかっていたわけじゃない。

「それから、犯人はママだという可能性はなさそう。わたしが感覚だけで捜査を進めるだめな探偵なら——」ここにいるみんながそうだと言ってるんじゃないわよ——彼女はそう言って、あたしたちのことを睨みつけた。「ママのことは容疑者リストから外すわ。カーティス氏の死にものすごく動揺してるし、誰もしたがらないのに、ママだけは警察に連絡しようとしていたから。もちろん、ひたすら厳格にならないといけない。だから、ママが無実だという証拠は必要よ。いまのところはないけど。でも、現場を再現したら何かわかって、ママを——それに、ほかの人も、容疑者リストから外せるかもしれない。だから、現場の再現は〝やることリスト〟に入れるわ。では、つぎは偽造された書類にいきましょう。すごく重要な証拠の見本みたいなものよ、これは。だって、アルストン先生は見かけどおりの人ではないことを裏付けているんだもの。あの人はこのフォーリンフォード邸で、別人になりすましてる。でも、どうして？　ヘイゼルとわたしは土曜日の朝、迷路を出たところでカーティス氏が先生を脅しているのを目撃したわ。どうやら、先生が何者かを知っているみたいだった。ママとパパに秘密をばらされないように殺したのかしら？」

「アルストン先生のほんとうの身元をはっきりさせないと。ドハーティ夫人が言ってたことからすると、先生のハンドバッグを手に入れて中身を確認するのがいちばん手っ取り早そう」

デイジーはそう言って大きな目であたしたちを見回し、みんなは頷いた。

「では、会合はこれで終わりにするけど、新しい情報で何か抜けてるものはなかった？」

「えっと」あたしは言った。「チャップマンを見張ったほうがよくない？　彼の振る舞いも、なんだかすごくへんだもの。もし、何かを知ってたら？」

「ああ！」ビーニーは言った。「あれでしょう？　きょうの昼食のとき、トレイを落としてたから？」

「そう！　それに、ほかにもいろいろ」

「いい意見だわ、ヘイゼル！」デイジーは言った。「何だろう、誰かを守ろうとしているのかも。たとえば……」

でも、デイジーはそこで口を閉じた。彼女にもあたしにもわかったのだ。チャップマンが誰かを守ろうとするなら、それは誰かということに。デイジーの一族の誰か、フォーリンフォード邸に住む誰か。つまり、ヘイスティングス卿夫人かバーティ、でなければ、ヘイスティングス卿だ。殺人のあった日の朝、卿がカーティス氏を怒鳴りつけているところはみんなが見ている。

「誰？」目を見開いてビーニーが訊いた。「誰のことを考えてるの？」

デイジーとあたしが顔を見合わせたちょうどそのとき、ありがたいことに雨が降りだした。最初は、ずっと高いところにある木の葉っぱをやさしく無言で打つ程度だったけど、やがてその勢いはため息になり、ひゅーっという声になり、最後には大声で叫ぶような降り方になった。

「なかにもどろう！」デイジーが言い、キティは髪が濡れないよう、両手を上げて頭を守った。ビーニーはおそろしいくらいに鈍感なところがあって、デイジーもそのことはわかっている。雨のおかげで彼女の質問に答えずにすんで、あたしとデイジーは救われた。

あたしたちはもつれるように秘密の木からおりた。滑ったり転がったり、コケや泥で両手をひどく真っ黒にしながら。「会合はこれでおしまい！」デイジーが金切り声を上げる。「ここから捜査はつぎの段階に進むわよ。容疑者リストを消していくの！

ああ、わたし、捜査のこの部分は大好き！」

激しく降る雨のなか、あたしたちは芝地を突っ切った。髪が霧のように顔にまとわりつく。雨に打たれて正面玄関まで突進しながら、あたしはまた考えていた。ほんとうに、カーティス氏に何があったかを知りたいだろうか？　けっきょくのところ、彼は不愉快な人だった。誰が殺したにしても、その人はカーティス氏なんかよりずっといい人で——そして、デイジーにとってはすごく大切な人だ。こんなふうに考えるなんて罪悪感を覚える。でも、カーティス氏を殺した人は、どうしてその報いを受けないといけないの？

第4部

状況がかなり不穏になりはじめる

1

騒がしく声を上げたり雨のしずくを石敷きの床に滴らせたりしながら、みんなでよろよろと玄関までたどりついた。デイジーが犬みたいに金髪をぶんぶん振ったちょうどそのとき、興味深い場面が目にはいった。アルストン先生が主階段の下で、スティーヴンと何か話しているところだ。先生はやけに熱心なようすで身を乗り出し、彼をじっと見つめている。声を抑えているけど、何を言っているかはどうにか聞き取れた。

「何か見ていたら……」

スティーヴンは怯えていた。顔は真っ青で、そばかすが赤くなってやけに目立つ。あたしは不安になった。先生がいま言ったことは、どういう意味？　デイジーはどう思っているのかと、目を大きくして彼女のほうを見た。こんなことをしているなんて、アルストン先生はますます怪しい。スティーヴンを脅しているみたいじゃない。どうして？　カーティス氏の死の謎のことで、スティーヴンが何を見たと思っているの？

彼が知っていることを聞きだそうとしているの？　でなければ、口をつぐんでいるようにと説得しているの？

アルストン先生がふり返り、あたしたちをじっと見た。茶色いハンドバッグを胸元にしっかりと抱えている。いつものように。デイジーはいったいどうして、あれを先生から取り上げられるなんて思ったんだろう？

「何の騒ぎ？」先生は訊いた。「こんなにも雨が降っているのに、外で何をしていたの？　ひどい風邪を引いたら命取りになりますよ！」

ビーニーは甲高い声を上げ、キティにばしんと叩かれた。あたしも小さく喘がずにはいられなかった。アルストン先生のことをいろいろ話し合ったあとで〝命取り〟という言葉を本人の口から聞くなんて、こんな不吉なことはない。先生が殺人犯なら、あたしたちの〝命を取る〟ことは願ってもないことだから。その先生といっしょに座って勉強を教えてもらうと考えたら、とんでもなくおそろしく思えてきた。

あたしたちを見るアルストン先生の目が細められる。あたしはどうにか自然に呼吸しようとがんばった。

「ふむ」ようやく先生は言った。「ドハーティ夫人を呼んで、からだを拭いてもらったほうがよさそうね。そのあとはお勉強ですよ、みなさん！　デイジー、あなたのお母さまだって、ただぼんやり座っていればいいなんて思っていませんからね」

「ぼんやりなんかしていません」デイジーはすぐさま言った。「わたしたち、いろいろと忙しいんです。もうあと二、三時間、好きにさせてもらえませんか？　いまは勉強に集中できそうにないので」

アルストン先生は短くため息をついてから言った。「ええ、わかりました。では、二時間ね。ただし、五時きっかりに音楽室に来てもらうわよ。さもなければ、どこにいても見つけ出しますから」

あたしたちはみんな、後ずさった。アルストン先生が怖い顔をしているから。

「ドハーティ夫人！」先生に呼ばれてドハーティ夫人が厨房から現れた。

彼女はあたしたちを見てひっと悲鳴を上げ、それから大声で叫んだ。「まったく、何てことでしょう！　ヘティ、すぐにタオルを持ってきてちょうだい！」

あたしたちはかすかに馬のにおいがする古いタオルで、何重にもくるまれた。

「いったい何をなさっていたんです、お嬢さまったら？」デイジーの髪をごしごしこすりながらドハーティ夫人は訊いた。

アルストン先生はあたしたちが世話を焼かれているのを眺めていたけど、それから階段をのぼっていった。いつものように、ハンドバッグを腕にさげながら。先生がいなくなってよかった。でも、どこに行ったの？　五時まで何をするつもり？

　スティーヴンも立ち去ろうとしていた。「スティーヴン！」そう呼びかけてから、できるだけ小さな声で訊いた。「あなた……その、だいじょうぶ？」ほんとうは「アルストン先生に脅されてたの？」と訊きたかったけどできるはずもなく、口から出てきた言葉は弱々しくてなんだか奇妙だった。

「ああ、だいじょうぶだ」スティーヴンはそう言ってこちらに歩いてきたから、誰にも聞かれることなく話ができた。「どちらかといえば、学校にもどるのが待ちきれないよ。あんなことがあったからね」

　あたしは力強くうなずいた。どれほどおなじ思いをしているかは、伝えきれなかったけど。

「おかしいよね」にっこり笑いながら彼は話をつづけた。「自分がこんなことを言うなんて、思いもしなかった。だって、ぼくは奨学金を受けているから。学校の寮で伯爵ふたりに子爵ひとりとおなじ部屋というのは、けっこうたいへんなんだ。バーティと親しくなっていなければ、何年もまえに逃げ出していたよ」

「奨学金を受けているのは知らなかった」あたしは言った。心臓が早鐘を打っている。スティーヴンはお金を必要としていると思っていたのに、そんなことはまったくないなんて。「この先……大学はどうするの?」

「また奨学金をもらえるんだ。先月、そう聞かされたばかりでね。まったく、ものすごくラッキーだよ、ほんと」そう言ってスティーヴンはおかしな顔をしてみせた。半分は恥じているような、もう半分はよろこんでいるような。「みんなが裕福というわけじゃないよ。ここの一族みたいには。でも、どうにかやっている。だろう?」

顔が熱くなった。あたしの父はウェディングケーキみたいな家だけでなくヨットも持っているし、香港の中心地にある自前のビルに仕事場を構えている。使用人の数はデイジーのところの十倍だ。でも、そんなことはあたしがイギリス人じゃないという事実の裏に、簡単に隠しておける。

「えっと、そうね」あたしは答えた。自分のことがすこし嫌いになった。「もちろん。とにかく、あなたがだいじょうぶで安心したわ」

スティーヴンは笑顔を見せ、パーティを探しに急いで階段をのぼっていった。あたしは自分の運の良さが信じられないでいた。スティーヴンはいま奨学金を受けているし、来年、大学に行ったらまたべつの奨学金を受ける。お金を必要としていない。あの時計を盗む理由はないというわけだ。それはつまり、カーティス氏を殺す理由もないということ。ほっとした思いでいっぱいになった。

2

ドハーティ夫人とヘティも行ってしまうと、デイジーはくるりとふり向いてひそひそと言った。「急いで！　いまのうち！　この機会を逃す手はないわ！」

「何をするの？」キティが訊いた。

「もうすこし捜査をするの！」デイジーは小声で答えた。「サスキアおばさまの寝室を調べることにしたじゃない。忘れた？」

息をひそめ、お互いにぶつからないよう気をつけながら、あたしたちはこっそりと階段をのぼった。そうするあいだ、あたしはデイジーのシャツの袖をつかんでいた。

「デイジー！　ついさっきスティーヴンが話したこと、聞こえた？　彼はいま奨学金を受けてるの。来年、大学に行くときはまたべつの奨学金をもらうみたい。だから、彼にお金は必要ないのよ！　容疑者から外してもいいわ」

デイジーはあたしをじっと見た。例の皺がまた、鼻に現れている。

「もっと、よろこんでもいいんじゃない」すこしむっとしながら、あたしは言った。とはいえ、そう口にしたとたん、よろこんでいるのはあたしだと気づいた。あたしだけだと。スティーヴンでなければ、殺人犯はデイジーの家族の誰かだという確率が高くなるのだから。顔がかっと熱くなり、彼女のシャツから手を放した。

サスキアおばさまの小さな寝室は主階段のすぐ横にある。でも、そこに向かおうとして廊下の先のカーティス氏の寝室が目にはいり、あたしは思わず身震いした。閉じられたドアの向こうには死体があるから。

おばさまの寝室のドアに鍵はかかっていなかった。デイジーが押すと、ドアはぎいっと音を立ててあいた。窓にはカーテンが引かれたままで、真っ暗だ。

「ちょっと！」キティがささやくように言った。「何、これ！」

シルクのスカーフやしわくちゃになったスカートが床に散らばったり、椅子の背から垂れ下がって緑色の絨毯をかすめたりしている。そこらじゅうにあるお粗末な毛皮は、死んだ動物みたいで不気味だ。化粧台の上のあらゆる容器には、汚れたハンカチや化粧用のパフが被さっている。

フォーリンフォード邸のほかのところもかなり乱雑だと思っていたけど、ここに比べたら何てことはない。おばさまがまだ二日しかこの部屋で過ごしていないなんて、信じられなかった。

「それでは、探偵のみんな」デイジーが言った。「捜索開始。目的は話し合ったとおり、カーティス氏の時計と紅茶のカップを見つけること。それにできれば、ページの破り取られた本も」

あたしは部屋を見回した。でも、どこから手をつけていいのか、まったくわからなかった。アルストン先生の寝室のときとおなじようになんて、できそうもない。このスカーフやスカートの下に、いろんな時計や紅茶のカップが大量に隠されていることだってありそう。でもデイジーはいかにも楽しそうにブラウスの山に飛びこみ、そのあとすぐキティもつづいた。ビーニーは口紅を拭き取った何枚ものティッシュを不安げに指先でよけながら化粧台の上のものを動かし、あたしは枕の下を覗くことからはじめた。ベッドはお年寄り独特のにおいがして、あたしは気味が悪くて鼻に皺を寄せた。

「ほら急いで、ヘイゼル」デイジーはそう言いながらあたしの隣に来ると長枕を脇によけ、マットレスの下に指を這わせた。

「ここには何もないわね」低い声でそう言いながらさらに奥までずっと探っていって、とうとう肩が重いマットレスに吸いこまれたみたいになった。「ない……ない……あら。これは何かしら？」

あたしたち三人は捜索の手を止め、デイジーに目をやった。

「時計を見つけたの？」キティが訊く。

「ちがう！　すくなくとも――探してる時計とは形がちがうけど……ちょっと待って！」

マットレスの下から後ろ向きに這い出てきたデイジーの手から、きらきらした宝石や輝く金色のものや、じゃらじゃらともつれ合ったネックレスやイヤリングやブレスレットがこぼれ落ちた。

「ママのネックレスだわ！」デイジーが声を上げた。「パパのカフスボタンも！　それに、ねえ見て。おばさまは銀製のデカンタータグまでくすねてる！　なんてこと、盗んでるのはスプーンだけかと思ってたのに！」

「カーティス氏の時計は見当たらないわね」あたしは言った。

「それは、ここにはないからよ」デイジーが手を動かしながら言う。「何なの、これ。なんていうか、時計以外のあらゆるものがここにあるみたい。よその家のものまで！　まったく、おばさまがここまでひどかったなんて」

「どういうこと？」キティが訊いた。

「つまり、ママが警察に電話をするのをおばさまがいやがった理由がはっきりしたということ。おばさまには盗癖があるのよ！」

「ものを盗むのをやめられないことよ」ぽかんとして額に皺を寄せているビーニーに、あたしはささやいた。

「警察がこれを見たらどう思うか、考えてみて！　パパだって、おばさまが逮捕されるのを止められないわ。もう完全にたがが外れてるのはあきらかだもの。ものすごく高価そうなものもあるし。どれもおばさまにとっては、とてつもなく大切なのね。以前は無理だったけど、いまなら想像できる。ほしいと思ったもののために、おばさまは人を殺せるって。そして、おばさまがこの時計をほしがっていたのは、みんな知ってた」

キティとビーニーは不安げに顔を見合わせた。キティは震えている。人というのは、とんでもないことをする。あたしは思った。探偵でいると、ほんとうにおそろしい犯罪と向き合わなければならない。

「でも、時計とカップがここにないなら、おばさまは容疑者リストから外してもいいんじゃない？」ビーニーが訊いた。

「悪運が強いわね」デイジーは言った。忙（せわ）しなく足を踏みかえている。「どこかべつのところに隠しただけかもしれないけど。もう、面倒くさいわね！　容疑者と思われる人たちのことを知れば知るほど、もっと怪しくなっていく。その逆はなし。どうすればいいの？」

これは、誰かが答えていいような質問ではない。でも、キティはそのことを知らないからこう言った。

「犯罪現場を再現すればいいんじゃないかしら。人の部屋をあれこれ探るより、ずっといいような気がする。じっさいに部屋を探れば、宝石を見つけられる可能性はあるにしても」

「それもそうね。違法なことをするのは、しばらくやめにしない？」ビーニーが言った。「人を騙してる気分になるの。ぜったいに捕まっちゃうわよ！」

「探偵倶楽部の助手が――」デイジーはあたしに向かって顔をしかめた。「思いつくアイデアというのも、まったくひどいものばかりではないのね。ほんとうのことを言うとね、キティ。あなたが言ったことを、わたしもまさに提案しようとしていたの」

「でも、どうやって？」去年、学校の室内運動場でおなじようなことをしたことを思いだした。「食堂にはいったら、見つかっちゃうかもしれないのに！」

「本物の食堂にはいるわけじゃない」デイジーは言った。「たまたま、秘密兵器があるの。八歳の誕生日に、ママがフォーリンフォード邸そっくりのドールハウスをつくってくれてね。すばらしい出来栄えの、完璧なレプリカよ。家具も使用人用階段もついてるし、わたしやママやパパやバーティそっくりのお人形がそのなかに住んでるの。いまも子ども部屋にあるわ」

「あ、知ってる！」ビーニーはにっこりと笑った。「デイジーがいないとき、キティが遊んでた」

「遊んでない！」キティは声を張り上げた。顔が赤くなっている。「すごいなと思って見てただけ」

「とにかく、そのレプリカの食堂で殺人現場を再現すればいいわ。サスキアおばさまとフェリックスおじさまのお人形もあるの。それに、チャップマンも。スティーヴンとアルストン先生とカーティス氏は、ほかのお人形に代役をさせる」

いい計画だし、そうすればもう、サスキアおばさまの寝室にいなくてもよくなる。その点は何よりも重要だ。デイジーは見つけた宝石類をまたマットレスの下にもどし、それからみんなで主階段を駆けあがって――今回は、しずかにする必要はない――子ども部屋に向かった。

3

ドールハウスは子ども部屋の隅に追いやられていた。木製のどっしりとした正面部分が壊れかけ、なんだかわびしげだ。外の壁の塗装も剥がれている。まさに、小さくなったフォーリンフォード邸だ。すっかり古びているけれど、どこまでも完璧なお屋敷。階段やドアやいろんな部屋が重なり合っているのを見下ろすと、自分がガリバーか神さまに、というかガリバーにも神さまにもなった気がした。

みんなが見つめるなか、デイジーはドールハウスの前にしゃがみ、かちゃかちゃと音を立てながら忙しなく備え付けの家具を移動させた。

「できた！」デイジーがようやくそう言ってお尻をぺたんと床につけると、あたしたちは彼女の肩越しに小さな食堂を覗きこんだ。土曜日の午後がそっくり再現されている。小さな椅子、小さなランプ、小さなテーブルの上にはおもちゃのお茶のセットまで。あたしの指の爪よりも小さなお皿にはケーキが載っている。それに紅茶のカップ。

吹き飛ばしてしまうといけないから、息をするのもためらわれる。見つめていると、時間を遡(さかのぼ)っているみたいな気持ちになって背中がぞくぞくしてきた。誰か大人がはいってきて（とくに、アルストン先生のことを思い浮かべていた）、あたしたちのしていることに気づきませんようにと願った。

「さて！」デイジーが声を上げ、あたしの物思いは途切れた。「殺人犯は、廊下の棚に保管されていた砒素を食堂に持ちこんだ。紙片に包んで。その点にはみんな、賛成よね？」

からだがぶるっと震えた。廊下の棚の前で足を止めた殺人犯の頭に、おそろしい考えが浮かぶところが目に見えるようだ。まず、疑われることはない——棚のなかは、何かしら必要なものでいっぱいだから。紐とか、靴墨とか、衣類用のブラシとか。誰かに見とがめられても、そのどれかを探しているふりをすればいいだけだから。

「そこで」デイジーは話をつづけた。「紙に包んだ砒素を簡単に紅茶に入れられるかどうか、じっさいに試してみましょう。この部分はドールハウスを使う必要はないから、自分たちでやるわよ。ベッドサイド・テーブルがティーテーブルにぴったりね。歯磨き用のマグを紅茶のカップに見立てましょう。あなたたち、テーブルの周りに立って。わたしはヘイゼルのベッドに座る。カーティス氏が椅子に座ってたみたいに。

ヘイゼル、事件簿を破って、砒素を包んでいた紙片みたいに丸めてちょうだい。それで準備完了よ」

前回の殺人事件のときは被害者の役をさせられたけど、今回はそうしないですんでよかった。あれはすごく危険だった。まるで、あたしのことを殺してくださいと言っているみたいだったから。

「誰を殺人犯にするかは三人で決めて。わたしに聞こえないよう、しずかにね。犯人役になった人は自分のタイミングで紙をカップの上で開いて、砒素を入れるふりをしてちょうだい。入れ終わったらすぐに叫んで――わたしが気づくことなくやり遂げられるかどうか、それでわかるから。準備はいい？」

あたしたち三人はテーブルの周りに集まった。

「誰が犯人になる？」キティが声をひそめて言った。「わたしでもいい？　わたしならちゃんとできると思う。ぜひ、やらせて。こんなにおもしろいことって――」

「だめ」あたしもひそひそと言った。ビーニーが目を大きく見開き、やけにからだをもぞもぞさせている。何か重要な役をやりたくて仕方ないのだ。「ビーニーにやってもらいましょう」

「あたし？」声がかすれていた。「わあ、うれしい！」

「大きい声を出さないで！」あたしのベッド――というか、カーティス氏の椅子――に座るデイジーが言った。「声が聞こえないようにハミングしてるのに、大声で話されたら意味がなくなっちゃう」

「だいじょうぶ！」あたしはささやくようにビーニーに言った。「できるわよ！　あたしにはわかる！　それに、考えてみて。デイジーを騙したって、みんなに自慢できるかも！」

「あら、それはどうかな」ビーニーは乗り気ではなさそうだ。「あんまりいい考えじゃないと思う。ヘイゼル、本気で言ってる？　そうね――うん、わかった。キティ、ごめんね。あたし、やってみる」

「決まった！」あたしはデイジーに呼びかけた。それから三人で先を争うようにしてベッドサイド・テーブルまで行き、両手を使って想像上のシュークリームやケーキをつかんだ。驚くほど楽しくて、最初はへんな声を出していたビーニーでさえすぐに夢中になった。歯磨き用のマグはちょうどキティの腰の高さにある。あたしはとくにおいしそうなマフィンを彼女と奪い合うのに忙しく（場合が場合なら、本物のマフィンをひとつかふたつ食べることになったとしても、ちっともかまわなかっただろう）、ビーニーが手のなかで小さな紙片を開いてマグの上にかざしていることに、ほとんど気づかなかった。

デイジーはハミングをつづけている。すこししてからふり返った彼女は、いらいらしているみたいだった。「まだなの?」

「もう入れたわ!」ビーニーは声を上げた。「気づかなかったの? わくわくしちゃう! すごく簡単だった……やだ、あたしったら人殺しのまねをしちゃったのね」

「だいじょうぶよ、ビーニー」キティはビーニーの肩をやさしく叩きながら言った。

「あなたは完璧にやってみせた。でも、これは現実じゃないから。わかってると思うけど」

「ほんとうに入れた?」デイジーが訊いた。「何てこと! ということは、じっさいに入れるのもすごく簡単だったはず。だって、わたしは何ひとつ気づかなかったのよ。ましてや、テーブルの周りにあんなに人がいたら」

「あたしもまったく気づかなかった」あたしも話に加わった。「ビーニーがそうするってわかっていたのに。カップに砒素が入れられるのに誰も気づかなかったというのは、まったくばかげた話じゃないと証明されたのね」

「この調子だとうまくいきそう」デイジーは満足げに言うと、立ち上がってドールハウスに向かった。

「では、つぎに行きましょう。犯行があったと思われるときのことをよく思いだして。そうするには、このドールハウスがぜったいに必要なんだけど。容疑者リストに載せた人たちが土曜日の午後にいたところに、それぞれの人形を置くの。この気味の悪いのがカーティス氏で、こっちの小さいのがスティーヴンね。あなたたち三人の人形は置かなくていい。だって、わたしが廊下につづくドアのそばにいて、あなたたちはすぐ横にいたのははっきりしてるから」

あたしたちはドールハウスの周りにしゃがみこんだ。ものすごくへんな感じだ。子どもじみたばかみたいなゲームをしているようでもあり、ものすごく深刻でもあるのだから。カーティス氏の人形（ほんとうに、見るのもおぞましい）は、ティーテーブルから離れた椅子の上に置かれた。デイジーはチャップマンの人形を壁に立てかけた。カーティス氏の向かいだ。それからテーブルの周りにヘイスティングス卿夫妻、フェリックスおじさま、バーティ、スティーヴン、サスキアおばさまを置いた。あの日、みんながいたところに。

「ぺちゃくちゃ、ぺちゃくちゃ」バーティの人形を手に持って上下させながらデイジーは言った。「押し合いへし合い、大混雑——サスキアおばさまはタルトを取りに行って……」そう言ってサスキアおばさまの人形を移動させる。あたしは思わず笑うところだった。「『わたくしは母親よ』。ママはそう言ったけど、みんなはそんなの無視していた」キティがヘイスティングス卿夫人の人形をふらふらさせる。「つぎにママは、『ああ、カーティスさんにもカップを渡して』と言った。それから――」

そのとき急に、ものすごい勢いで記憶がよみがえってきた――ヘイスティングス卿の赤くなった丸い顔。その顔に浮かんでいた表情。卿の手。紅茶のカップを持っている。

あたしはヘイスティングス卿の人形を手にしていた。現実のヘイスティングス卿みたいに、その人形の小さな顔もすごく陽気そうだ。でもあのときは、そうじゃなかった……。ぼうっとして、どこかおかしかった。まるで、何かいけないことをしたあとみたいに。そして、そのことを自分でもよくわかっているみたいに。そうであってほしくない。でも、見たことはちゃんと正直に言わないと。

「それから、ヘイスティングス卿が紅茶のはいったカップをカーティス氏に渡す」あたしは言った。

人形のパーティは動いていない。デイジーはすっかり黙りこんでいたから。

「うう！」ビーニーがカーティス氏の人形に言わせた。「ひどい味だ！」

みんな彼女に目をやった。あたしは胸が痛くなった。「カーティス氏はたしかにそう言ったわ」ビーニーは言い訳がましく言った。「あたしは思いだしてるだけ」

「たしかに、そう言ってた」はっと我に返ったようにデイジーが言った。「わたし——ビーニー、すごい記憶力ね。それにヘイゼルも。ほんと、ふたりともすごい。つまり、えっと、わたしが言いたいのは——」

デイジーがこんなふうに言葉につっかえるところは、あまり見たことがない。

「つまり、カップを渡すときには、砒素はすでにはいってた」目をぱちぱちさせながら、デイジーはようやく言った。「テーブルの周りにいた誰かが入れたはず。それをカーティス氏にと、パパに渡したのよ」

「とにかく、あのときのヘイスティングス卿は見てておかしかったわ」ビーニーは言った。「なんだかこそこそしてたもの。いたずらをしているみたいに」

ビーニーの言っていることはほんとうだ。あたしも思いだしていた。それでもやっぱり、ビーニーのことを激しく揺さぶりたい思いが不意に湧き上がってきた。それがデイジーにとってどんなことを意味するか、どうしてわからないの？

胸が重苦しい。あたしはほんとうに、心からヘイスティングス卿のことが好きだ。ひどい冗談ばかり言っているけど。親切だし、あたしにも優しくしてくれた。それになんと言っても、デイジーのパパなのだから。カーティス氏を殺していてほしくない。

でも、あたしたちは知ってしまった。カーティス氏が死ぬ原因になった紅茶のカップを渡したのが、ヘイスティングス卿だということを。

「えっと」デイジーは言った。声はすごく硬く、膝の上で手をぎゅっと握っている。「えっと……それは……さっき言ったみたいに、誰かがカーティス氏にと、パパに紅茶のカップを渡しただけのことよ。パパには分別があるもの、お客さまを殺すのはいけないとちゃんとわかってる。いくらその人が失礼だからって。ねえ、チャップマンのことを考えない？　ヘイゼル、あなたが言ってたのよね、彼のようすがおかしかったって。彼がいるところを見て。そこからだと、テーブルとか、みんなの手元を見ることができたんじゃないかしら。何かを目撃したはずよ。ということは、彼に話を訊きに行かなくちゃだめね。そうすれば、パパを容疑者リストから外すことができる。パパがこそこそしているように見えたなら、それはきっとべつの理由があるはずだもの」

そう話すデイジーの声にはほっとしたところがあったような気がしたけど、はっきりとはわからない。チャップマンと話して、楽しいなんて思えない話を聞かされたらと考えると、あたしは気が気じゃなかった。

4

最初、チャップマンはどこを探しても見つからなかった。「このあたりにいるはずなのに」二階の部屋の戸口からびっくり箱の人形みたいに頭を出したり引っ込めたりしながら、デイジーは苛立たしげに言った。「あ！　チャップマン、いた！」

チャップマンはヘイスティングス卿の寝室にいて、窓際でよろよろとつま先立ちになって埃を払っていた。デイジーの声にびくっとして、手から落ちたダスターが床の上で音を立てた。

「ごきげんよう、チャップマン」デイジーは言った。「調子はどう？」

「たいへんようございます」チャップマンは反射的に答えた。

「ちょっと訊きたいことがあるの。カーティス氏のことで」

チャップマンはうろたえた。けがをしたとでもいうみたいに顔をしかめ、さっき厨房で会ったときとおなじように、何かをおそれているように見える。

「そのことで、ほかに誰かと話しましたか？」彼は声を上げた。「その人はなんと言ってました？」

「やだ、誰とも話してないわ！」デイジーは答えた。「ただ、パパはずっとようすがおかしいでしょう、あれ以来……ね。だから心配なの。あんなことになったのは自分が何かしでかしたせいだなんて、へんなことを考えてるのかなと思って。もちろん、パパが何もしていないことはわかってる！　でも、あなたは何か見たはず。パパが何もしていないって証明できない？」

チャップマンの顔色が骨みたいに真っ白になった。からだもぶるぶる震えている。いまにも壊れそうだ。

「わたしは……何も……見ていません」ささやくように答えた。「何ひとつ！　何も見ていませんし、見られるわけがありません」

デイジーは戸惑っている。「でも、チャップマン。そんなのおかしい。何か見たはずよ！」

「わたしは……何も……見ていません」チャップマンはまたおなじことを言った。「仮に見たとしても――まあ、カーティスさまはとにかく、感じがよいお方ではなかった。でも、真実がかならずしも状況をよくするわけではありません。さあ、いますぐここから出ていってください」

デイジーは腹を立てて顔を赤くした。「フェアじゃないわ、チャップマン」そう声を上げる。

「もう何も話しませんよ」チャップマンは断固として言った。「さあさあ、もう行ってください。わたしは仕事がありますから」

デイジーの顔がピンクになり、白くなり、またピンクになった。それからくるりと踵を返し、勢いよく卿の寝室から出て行った。

あたしたちも慌てて彼女を追いかけたけど、廊下を半分も行かないうちにヘイスティングス卿本人が主階段をのぼってきた。まさに、呼ばれたとでもいうように。卿はあたしたちに向かって気もそぞろに手を振り、さっさと自分の寝室へと姿を消した。

「ああ、チャップマン」卿の声が聞こえた。「探していたよ」

デイジーは足を止めてふり向き、声をひそめて言った。「急いで。聞き耳を立てるわよ！」

「そうしないとだめ？」ビーニーが不安げに訊いた。

「もちろん、どうしてもというわけじゃないけど」デイジーは答えた。「でも、さっき言ったでしょう。捜査で大切なのはこういうところなの」

デイジーは寝室にこっそり近づき、ドアにぴたりと貼りついた。ヘイスティングス卿は急ぐあまり、ドアをきちんと閉めていなかった。ここから逃げたかったけど、デイジーにしっかりと手首をつかまれている。だからあたしはここにいなければいけないし、彼女が耳にすることを聞かないといけない。

「……何だね、あー、誤解があるなら正しておこうと思って……つまり……チャップマンよ、わたしが言いたいのはだね、おまえが目にしたことで何か気を揉んでいるなら、つまりわたしが——」

「何もありませんでした、だんなさま」チャップマンは言った。「何かを目にすることなど、ありませんでした」

「そうなんだよ！」ヘイスティングス卿は言った。安心したのか、声が生き生きしている。「そう、まさにそのとおり。何も起こらなかった。何も見なかった。そう答えるんだぞ、誰に何を訊かれても」

「誰に何を訊かれても、そのように答えます、だんなさま」

「よろしい。さすが、立派な執事だ！　なんというか……立派という以上だよ、チャップマン。ただただ、何にも勝る立派な執事だ。このことはずっと覚えておこう」

「だんなさま。もしできましたら、わたしは直ちに忘れてしまいたいと思います」チャップマンは言った。「失礼してもよろしいでしょうか？」

みんな、反射的にドアの前から飛び退いた。みんなといってもデイジー以外。彼女はそこに立ち尽くしていた。虚ろな目をして。

「隠れて！」あたしはひそひそ声で呼びかけた。誰かがどうにかしなければいけなかったから。デイジーは完全に凍りついているみたいだったから。

みんな、まったくちがう方向に散らばった。あたしは剝製のフクロウの後ろのアルコーヴに身を隠した。右手でデイジーの右手をつかみ、カーテンから出る埃のせいで息苦しさを感じながら。

ヘイスティングス卿は大きな足音を立てて廊下をどすどす歩き、階段をおりていった。そのすこしあとに、チャップマンの柔らかく生真面目そうな足音がつづく。あたしとデイジーはふたりきりになった。

たったいま聞いたことを、もういちど考えた。ヘイスティングス卿はチャップマンに念を押していた。何かを見たことは誰にも話さないように、と。おそろしいことに、ドールハウスで再現した事件当日の出来事にぴったり当てはまる。紅茶のカップをカーティス氏に渡すまえ、ヘイスティングス卿が紅茶に何かを入れるところをチャップマンは見ていたの？　それが事実でなければいいと思うけど、ほかにどう考えればいい？

「デイジー」心臓がどきどきしているのと、カーテンの埃のせいで息ができないので、あたしの声はくぐもっていた。「あなたのパパは――」

「ええ、わかってる」デイジーはひそひそと言った。からだをぶるっとさせると、いつものデイジーにもどった。声が不自然に明るい。自分を偽っていくと決めたのだと、あたしにはわかった。「どうしようもないわたしのパパは、何かしでかした。でも、それを知られたくないと思っている。チャップマンは口が堅いわよね？」

「でも――」

「ちょっと、やだ」デイジーは言った。「わたしが言ってるのは、殺人のことじゃないわ。おばかさん（チャンプ）なんだから。さっきも言ったけど、パパが人を殺すことなんてないもの！」

　今回の件でデイジーが信じられないほど平然としているのは、ほんとうは見せかけにすぎないとわかった。デイジーなら、自分の家族でもあえて怪しもうとするはず。年を取った親戚のことさえ遠慮なく疑いそうだ。でもそれが具体的に、バーティやヘイスティングス卿夫人やフェリックスおじさまとなると、怪しむふりをするだけなのだ。ヘイスティングス卿のことは怪しむふりさえできない。デイジーがそのことを認めようとはしないのには、いろんな理由がある。友だちとしてはすごく気の毒に思うけど、探偵としては、デイジーが自分のパパやママやお兄さんやおじさまに真正面から立ち向かわないといけないこともわかっている。でも、とあたしは心のなかで考えた。デイジーはこの事件をうやむやにはしない。望みどおりの結末ではないかもしれないという、それだけの理由では。

　そんなことを考えていると、頭のなかで何かがポンと音を立てて弾けた。タイトなスカートのボタンが弾け飛ぶみたいに。あたしはデイジーの両肩をつかみ、顔をこちらに向けさせた。

「いいえ、殺すかもしれない！」あたしはきっぱりと言った。「あなたのパパだって、ふつうの人とちがわないの！　カーティス氏を嫌っていたことはみんなが知ってる。あなたのパパは、カーティス氏とあなたのママのことを知ってた。きのうの朝、口論してたじゃない。それに、あたしは見たの。デイジー、あなたのパパが彼に紅茶のカップを渡すところを！　カーティス氏を殺した犯人という可能性は、誰よりも高いの！　こんなこと、あたしだって信じたくない。でも、いま聞いたことからすると信じないといけないわ！」

　デイジーは口を開いた。頭に血が上って頬が赤くなっている。

「よくもそんなことが言えるわね、ヘイゼル！」

「探偵倶楽部の副会長だから！　あたしが言わないといけないの。ほかに誰も言わないなら！　それに、あたしの言うことに耳を貸さないなんて、あなたは探偵倶楽部の会長失格だわ！」

言葉が口から出たとたん、まちがったことを言ってしまったとわかった。

「どいてちょうだい」声を絞り出すようにデイジーは言った。「手を放して」

「でも、あなただってわかってるでしょう——」

「わかってるに決まってる。ばかじゃないの！」デイジーは金切り声を上げた。「わかってないふりをさせてくれたっていいでしょう？」

そう言ってデイジーは飛びかかってきた。あたしはよろめき、カーテンを引きちぎりながら思い切り後ろに倒れた。床の上で、デイジーがあたしに馬乗りになっている。

「わたしは子ども部屋にもどる。わざわざついてこなくていいから」それだけ言うとデイジーはよろよろと立ち上がり、さっさと階段をのぼっていった。金髪のみつ編みを背中で揺らしながら。

キティとビーニーが隠れていたところから這い出てきた。ふたりともあたしの顔をじっと見ているけど、ほとんどおなじようにおそろしげな表情を浮かべていた。

「どうしたの？」ビーニーが小声で訊いた。「デイジーはだいじょうぶ？」

「あたし、デイジーのパパが犯人じゃないかと言ったの」

「ひどい」キティは言った。「でも、ほんとうのことだわ」

「やめて」キティの意地悪なところに合わせる気分にはなれなかった。

「はいはい、わかりましたよ、ヘイゼル・ウォン」キティは両手を上げながら言った。

「だいじな探偵倶楽部はどうするか、何か考えてる？　デイジーが機嫌を損ねちゃったからには」

あたしはかすかにからだを震わせながら息を吸った。どうすればいい？

「あたしたちは……探偵倶楽部はこれから……」

そのとき、聞いたこともないくらいおそろしげな音が響いた。

5

三人で階段を駆けおりた（殺人犯がお屋敷のなかを歩き回っているのに、音が聞こえたほうに向かうことは果たして正しいのかと思いながら）。音が響いたのはいちどだったけど、厨房から聞こえてきたのはわかっていた。ビーニーは怯え、頭を小刻みに揺らして足をすくませている。デイジーがいなければ、あたしが指示を出すしかない。

「行こう」あたしはビーニーに言った。「何の音か、確かめないと」

厨房にはいると、ヘティが胸に手を当てて立ちつくしていた。割れた食器が足下に散乱し、その横ではドハーティ夫人が口をぽかんとあけていた。ふたりとも洗い桶の横に積まれた、汚れた食器をじっと見つめている。

「あたし、頭がおかしくなったりしていない」ヘティがドハーティ夫人に言った。

「おかしくなっていない」

「もちろん、そんなことはありませんよ」ドハーティ夫人はきっぱりと言った。

「ねえ、何の話？」ビーニーが声をひそめて訊く。「何か怖いことでもあるのかな？」

ドハーティ夫人がふり返った。「みなさん！　まあまあ、デイジーお嬢さまはどこかしら？」

「デイジーは気分がよくないとかで」あたしは慌てて答えた。「それより、何があったんですか？」

「それが……」ヘティは言った。「えっと、きちんとした紅茶のカップは一式ぜんぶ、食堂にあるんですけど、食堂は閉鎖されたままですよね、きのうからずっと。でも……あれを見てください」そう言って洗い桶を指さす。

みんなでそちらに目をやった。重なり合うカップは、あたしにはただの紅茶のカップにしか見えなかった――あのカップが目にはいるまでは。ほかのよりも薄くて細長く、飲み口は金色に縁取られ、周囲にも金色の模様がはいっている。

「あれは食堂にあるはずのカップです。それなのに、ここにあるなんて。訳がわかりません！　こんなことって。でも、事実なんです。思わずトレイを落としてしまいましたよ。だって、何があったのかずっと考えていたら、あのときのことを思いださせるものがとつぜん、目の前に現れたんですから。いったいどうして、ここにあるんですか！」

もちろん、あたしにはわかった。ドハーティ夫人とヘティがいないあいだに殺人犯が厨房に忍びこみ、洗い桶に紛れさせたのだ。誰も気づかないだろうと思いながら。そうとしか説明できない。そういえばヘイスティングス卿はついさっき、まさにこの一階にいたはず。あたしたちは、チャップマンと話をするために二階まで階段をのぼってきたところを見たのだから。

「いったいどうした、何を騒いでいる？」背後で大きな声が聞こえ、ヘイスティングス卿がまた現れた。

ビーニーはびくっとなってキティにもたれかかるように後ずさり、あたしはからだの横で両手をぎゅっと握った。チャップマンとあんな話をしているのを聞いたあとだから、そうしないではいられなかった。ヘイスティングス卿がじつは殺人犯だと思うと、こんなふうに陽気でいい人そうなところも、とつぜん、嘘っぽく思えてくる。

「だいじょうぶか？　こんどは何を割ったのかね？」卿は訊いた。

「またネズミが出たんです」ドハーティ夫人はおちついて答えた。「ヘティは驚いて、それでトレイを落としてしまって」

「なんと、そんなことで？　もうネズミには慣れたと思っていたが。いいかげん驚かないようにしなさい、ヘティ」

「はい、だんなさま」ヘティは言った。「申し訳ありませんでした。でも、恐怖症みたいなものなんです」

「なんとなんと」卿は言った。「恐怖症とはね！　わたし自身は、そういったことは信じないよ。新時代の訳のわからない言葉だ。まあ、とにかく……つぎは気をつけなさい、いいね？」

「はい、だんなさま」

厨房を出たヘイスティングス卿が、廊下で誰かに話しかける声が聞こえてきた。

「ヘティがネズミを見たらしい。ネズミ恐怖症だそうだ」

みんな、また息ができるようになった。「恐怖症だなんて」ドハーティ夫人が言った。「卿のおっしゃるとおりよ！　とはいえ、カップのことはたしかにおかしいわね。あなたがそんなに驚いても、わたしは責められないわ。デイジーお嬢さまはどうしたのかしらね？　こんなにも愉快なことを見逃すなんて、お嬢さまらしくないのに」

「気分がよくないとかで」あたしはおちつかない気持ちで、もういちど言った。「あたし……部屋に行ってようすを見てきます」

ビーニーとキティはドハーティ夫人といれば安全だと思ったのでそのまま厨房に残

して出ると、あたしはひとりで階段をのぼった。親友同士でしか話せないこともある。

6

子ども部屋に行くのに使用人用階段をのぼった。いまではあたしも、その階段を使うようになっていた。胃はしくしく痛み、足は鉛みたいに重い。デイジーとは顔を合わせたくないし、デイジーだってそう思っていることはわかっていたから。彼女がもう二度と、あたしと話したくないと思っていたら?

殺人犯を追いかけるのはやめたほうがいいのか、あたしにはわからない。なんだかんだ言って、カーティス氏のことで取り乱しているのはヘイスティングス卿夫人だけだし、彼女だっていつかは乗り越えるだろう。そんなふうに考えるなんてすごくひどいと思うけど、ほんとうのことだ。

デイジーには、何も起こらなかったふりをしようと話すことに決めた。紅茶のカップのことも、もう気にしない。警察が来たら調べてもらえばいい。

でも、子ども部屋のドアをあけると、誰もいないようだった。あたしはキツネにつままれた気分で、部屋のなかを見回した。デイジーったら、どこに行ったの？

　すると、デイジーのベッドの下からかさかさと小さな音が聞こえてきた。両手と両足を床について慎重に這い進むと、ベッドの鉄製の枠を蹴る白いソックスが見えた。そのソックスは小ぶりなくるぶしにくっついていて、そのくるぶしはひっかき傷のあるほっそりとした脚につながっていて――その先に、デイジーのウールのスカートが見えた。

「見つけた」あたしは声をひそめて言った。ものすごく慎重に手を伸ばして膝を軽く叩くと、デイジーは頭をこちらに向けてあたしのことを見た。

　金髪はくすんでいるし、頬にはくねくねと埃の跡がついている。このときばかりは、あたしの大好きなデイジー・ウェルズとはまったくの別人に見えた。「あっちに行って」彼女は言った。

「行かない。そんなこと言わないで」

「いま、下階（した）はどうなってるの？」デイジーは訊いた。「いい、答えないで！　わたしには関係ないもの、あなたひとりでくだらない事件を解決すればいいわ。すごく優秀な探偵なんだし、わたしなんか必要ないでしょう」

「あなただって優秀な探偵じゃない」あたしは心から言った。

「ほんと、ヘイゼル。そんなに優しくしないで」そう言ってデイジーは肘をついてからだを起こし、思い切り顔をしかめた。「どうして何もかも、きちんと収まるところに収まらないの？」

「わからない」あたしは答えた。

「本のなかでは、いつもそうなのに。だからすごく腹が立つの。そうなることを期待しちゃいけないのよね、現実の世界では」

「あなたのパパじゃないかもしれない」

「ヘイゼル、わたしは勇気を持って現実に向き合わないといけない」彼女はつらそうに言った。「ああ、できることならカーティス氏を殺したいくらいだわ、こんどはわたしが。こんなふうに、みんなをいやな気持ちにさせたんだから！　ところで、さっきの騒ぎは何だったの？」

「なくなった紅茶のカップを、ヘティが見つけたの。厨房にもどされてたから。ほかのカップに紛れて、汚れた食器といっしょに置いてあった」

デイジーは頭をベッドのスプリングにぶつけた。「何ですって？　カップがもどされてた？」

「そうなの。残念だけど、デイジー。ほかの汚れた食器といっしょになってたから、証拠としてはもう使えないと思う」

でもデイジーは、残念だなんてぜんぜん思わなかったみたい。いきなり元気をみなぎらせ、デイジーらしさがものすごい勢いで復活した。

「そんなことない、ヘイゼル！　わからない？　それで何もかも変わってくるじゃない！　紅茶のカップが厨房にあるなら、殺したのはぜったいにパパじゃないってことよ」

話についていけない。「デイジー、あなたのパパはちょうど下階にいたのよ。厨房にカップをもどしておくのは、すごく簡単だったはず」

デイジーがベッドに頭をぶつけ、スプリングがまた音を立てた。彼女はベッドの下から這い出た。「ああ、痛い。それでね、ヘイゼル。聞いて。紅茶のカップをしかるべき場所にもどそうなんて、パパならそんなこと思いつかない。食堂からカップを持ち去ったのがパパなら、どこかに隠しておくはずだもの。よくわからないけど、たんすのなかとか。でなきゃ、ばかげてるけど大げさなことをするはず。庭に埋めるとかね。厨房みたいに相応の場所に隠すなんてことは、ぜったいにしない。これこそ、わたしが求めていた証拠だわ。パパは無実よ！」

ヘイスティングス卿が何でも散らかし放題にしていることを考えた。ジャケットも散歩用の杖も、家のあちこちに置きっぱなしにしている。デイジーがいつも論理的というわけではないけど、今回の件では彼女の直感が正しいと思えた。

「じゃあ、誰がそんなことをしたの？　あなたのパパじゃないなら」

「えっと。アルストン先生はとんでもなくきちんとしてる。あとは……そうね、サスキアおばさまの行動は言葉にできないくらい愚かだけど、ほんとうはすごく頭もいいし抜け目ないわ。ヘイゼル、わたしがまちがってた。ここでやめるわけにはいかない。ぜったいにやめちゃだめ！　パパはすごく怪しく見える。わたしもそう思うし、警察がやってきたらおなじように考えるでしょうね。カップが厨房にもどされたことで、殺人を犯したのはパパじゃないとわたしにはわかったけど、それだけでは誰にも何もきちんと証明できない。自分で自分を怪しく見せているパパを救わなくちゃ！　パパはすぐに癇癪を起こすから。以前、どこかの気の毒な伯爵が話の途中で質問をしたことがあったけど、パパは激怒して、みんなの前でその伯爵のことを〝鼻持ちならないポピンジェイ〟と呼んだの。それっきり、パパはどんな質問にも答えようとはしなかったけど、あれは自制するべきだったと思うわ」

「ポピンジェイって何？」あたしは訊いた。

「ちょっと、やだ——元はオウムを指す言葉だったけど、これみよがしにでしゃばる人という意味で使われてるわ。知らない？　でも、だいじなのはここ。犯罪現場を再現してわかったことと、通常の捜査からわかったことからすると、パパはものすごく犯人らしく見える。警察はすぐにパパに目をつけるでしょうね。そしてパパはこの世の誰よりも犯人っぽく振る舞って、その期待に応えるのよ。わたしたちが助けてあげないと、あっという間に牢屋に入れられるわ」

「わかった」あたしは言った。デイジーを応援しないといけない。それに、デイジーがヘイスティングス卿についてあれこれ言っていることは、あたしにもよくわかった。

「でも、どうしたらいいかな？」

「そうね、とりあえずはとにかくわたしを信じて」デイジーは言い、てきぱきと埃を払った。「行くわよ。下階におりて助手を探さないと。それで、捜査の重要な進展について教えてあげるの。またひとり、容疑者をリストから消したって！」

　でも、デイジーにつづいて急いで階段をおりながら、あたしは気を揉まずにはいられなかった。デイジーが紅茶のカップについて話したことは信じられるけど、それをどうやって証明すればいいんだろう。それに、ヘイスティングス卿が犯人でなくても、このあとの容疑者六人のうち、四人はやっぱりデイジーの家族だ。あたしはいまでも、この事件を解決したいとは思えなかった。そうは言っても、目の前にいるデイジーがまた、あたしの知っているデイジーにもどってくれてすごくうれしい。とんでもないことをするけど頭の冴えた、めちゃくちゃなデイジー。そしてあたしは、何の根拠もないけど感じていた。こういう雰囲気のとき、デイジーはどんなことでも解決してくれる、と。

7

階段のいちばん下の段まで来たところで廊下の電話が鳴り、チャップマンが応接間からよろよろと出てきて受話器を取った。そうしながら、友好的とは言えない表情であたしたちのことをじっと見ている。

「もしもし。さようでございます……はい……いえ、それは……はい、かしこまりました。すぐにお呼びします」チャップマンは受話器を顔から離した。嚙みつかれるとでも思っているかのように。それから大きな声で呼んだ。「奥さま！ お電話です！」

返事はない。チャップマンはため息をつき、受話器を置くと足を引きずるようにして書斎に向かった。彼が行ってしまうとすぐ、デイジーは電話に飛びついた。どう見ても、とんでもなく浮かれた気分がつづいている。彼女は受話器を耳にあて、送話器に口を近づけて大声で話した。「もしもし！ プリーストリー警部ですか？ もしもし？……えっと、どなたですか？……いいえ、わたしはヘイスティングス卿夫人ではありません。まったく、わたしをいくつだとお思いですか？　そちらこそ、どなた？　プリーストリー警部を出してくれません？　あなた、もっとしっかりなさったほうがいいわよ、ご自分でもおわかりでしょうけど。警部に伝えてくださいな。急いでここに来てくれないと、また警部より先に事件を解決しますよって……ええ、わたしたちが、よ。デイジー・ウェルズがそう言っていたと、警部に伝えてもらってかまいませんから……ちょっと、笑うなんて！　失礼だわ！　あなたがわたしの部下なら降格させるところよ。あ、ママが来た。タイミングが悪いわね。では、プリーストリー警部に――」

ヘイスティングス卿夫人はデイジーの手から受話器をひったくるようにして取り上げた。

「失礼しました、警部さん」ヘイスティングス卿夫人は息を切らしながら言った。「娘が――あら、どなた？……プリーストリー警部でないの？　ほんとうに、わたくしたちはずいぶんと軽くあしらわれていますのね。わたくしが誰か、ご存じないと？……ええ、浸水していることは知っています。でも、あなたたちは何時間も前にここに来るべきでした！　わたくしたちは気の毒な方の遺体を、二階の部屋でただ朽ちさせておくしかないのですよ。それなのに、何の支援もないなんて。それに……あら。

来てくださるんですか？　明日の朝に？　それでも、早いとはいえないと申し上げなければなりませんわ。また殺人事件が起こったら、どうするつもりですの？　言っておきますけど、わたくしたちはひどく危険な状況に置かれているんですよ……ええ……ええ……まさか、そんな！……ええ……わかりました。ごきげんよう」

ヘイスティングス卿夫人はがちゃんと音を立てて受話器をもどし、芝居がかったため息をついた。その夫人の話を聞いていたのは、あたしとデイジーだけではなかった。彼女が電話をしているあいだに応接間のドアがまたあき、イヤリングをつけてスカーフを巻いたサスキアおばさまが大きな顔を覗かせていた。ふわふわの髪の下の表情は、見るからにとげとげしくて怪しげだ。おばさまの後ろにはアルストン先生とフェリックスおじさま（またふたりいっしょだ）がいて、書斎からはバーティが現れ、つづいてヘイスティングス卿とスティーヴンもやってきた。けっきょく、容疑者全員がそろったことになる。その全員が、ヘイスティングス卿夫人の電話を聞いていた。キティとビーニーも、厨房のドアからぴょこんと顔を覗かせた。ふたりも夫人の電話を聞いていたらしい。

「警察が来ますよ！」言う必要もないけど夫人は言った。「水は明日の朝までには引くと思っているみたい。ようやくこのおそろしい出来事の真相を突き止めることができるのね！」

「ママってば、おかしいんじゃないの」バーティが言った。

「バーティが言いたいのは」フェリックスおじさまが代わりに話をつづけた。「真相を突き止めたら、知りたくなかったことを知ることになる、ということだ」

「ちょっと、黙っててちょうだい！」夫人は大声を上げた。「何が言いたいのか、ちゃんとわかっています。でも、どうでもいいの！　デニスは殺された。みんなが彼を嫌っていたことはわかってるわ。あなたはひどく言い争ったんですってね、ジョージ。あなたは彼を脅したのよね、フェリックス。そうそう、彼の懐中時計——見当たらないの。何かご存じかしら、サスキアおばさま？　デニスは何でも話してくれました。警察が明日の朝やってきたら、わたくしは何もかも包み隠さず話します」

サスキアおばさまは息を呑んだ。アルストン先生は唇をきつくぎゅっと結んだ。言葉をあふれさせまいとするみたいに。バーティは片手を拳に握ってもう片方の手のひらに打ちつけ、怒ったように言った。「こっちに来いよ、スティーヴン。突っ立っていないで。こんなところ、もうこれ以上いたくない」

ヘイスティングス卿は書斎の戸口で、石のように固まっていた。顔が奇妙な赤黒い色になっている。大きなお腹の前で両手を握り合わせ、口をあんぐりとあけて。「しかしだね、マーガレット」卿は言った。「そんなことはできない……家族のことを考えなさい、マーガレット……」

「あら、家族ですって」夫人は無作法に言った。「家族が何よ。さあ、チャップマン。ばかみたいに口をぽかんとあけていないで、夕食のようすを見てきてちょうだい」

8

みんな、それぞれの部屋に引きあげた。フェリックスおじさまとアルストン先生以外は。おじさまはビリヤード室に向かい、アルストン先生はあたしたちを見て目を細め、腕時計を指でとんとんと叩いた。

「もう時間ですよ。あと五分で音楽室に行きなさい」

罪を犯していてもいなくても、アルストン先生はおそろしい。「ちょっと取ってくるものがあるから、わたしは部屋にもどります。あなたたちは遅れないように」

そう言うと先生はくるりと向きを変え、きっぱりとした足取りで階段をのぼっていった。いつものように、腕にかけたハンドバッグを揺らしながら。

空気が重苦しい――というか、あたしがきちんと呼吸していないだけなのかもしれない。何もかもいつもどおり、なんていうようには振る舞えない。カーティス氏を殺したのはアルストン先生かもしれないのに。それに、あたしたちのことも殺そうとしているかもしれないのに。

「しっかりしたまえ、ワトソン！」デイジーがひそひそと言い、あたしの手をきつく握った。「先生がわたしたちを傷つけることはない！　探偵倶楽部は永遠よ！」

いくら怖い思いをしていても、デイジーの期待を裏切るわけにはいかない。あたしは深呼吸をしてから頷いた。

「キティ、ビーニー！」デイジーが呼びかけた。「勉強の時間よ！」

デイジーの声は震えてなんかいなかった。こんなとき、デイジーはほんとうに奇跡的な子だと思う。

キティとビーニーはまた、厨房から顔をぴょこんと覗かせた。その顔はあたしとおなじように不安そうだ。

「しっかりしなさい！」デイジーが言った。

キティはビーニーの腕をしっかりとつかんで、なんとか歩かせた。でもビーニーは廊下を半分も行かないうちに「だめ！　あたしは行けない！　行きたくない！」と喘ぐように言い、取り乱して書斎に飛びこんだ。慌ててあとを追うと、ソファの裏側でうずくまってめそめそ泣いていた。

「まったく、もう！」デイジーが言った。

ビーニーをどうするかまだ決めかねているところへ、バーティが割りこんできた。

「ハロー！」そう言い、顔をしかめる。「忘れ物を取りに来た。カボチャ、おまえはこんなところで何をしてる？」

「ビーニーがばかなことをしてるの」バーティのほうを見ないでデイジーは答えた。「出てって、バーティ。女の子同士の問題なんだから」

「ビーニーはカーティス氏の件を何とも思っていないんだろう？」バーティが訊いた。「ほんとうは殺人なんかなかったと知ってるくせに。ちがうか？　ママはただ、救いようがなくなってるだけなんだ。いいか、誰かがほんとうにカーティス氏を殺したなら、ぼくたちはみんなその人物に感謝しないといけない」

「やめて」デイジーはぴしゃりと言った。「ばかなことは言わないで。自分で自分のことを犯人だと言ってるみたいに聞こえるから」

バーティは一瞬デイジーを睨みつけ、あたしは彼が何かひどいことをするんじゃないかと不安になった。大声を上げるとか、デイジーをぶつとか。でもそんなことにはならず、彼は口をあけてどっと笑いだした。

「カボチャ！」大声で言う。「いったいどうして、ぼくが人殺し？　まったく、おまえは腹が立つくらいばかだな！　なんだってカーティスみたいな恥知らずを殺さないといけない？　ぼくにとっては靴に付いた泥といっしょなのに！　考えたこともないよ……絞首刑になる危険を冒してまであんなやつを殺そうなんて！」

「でも、ママは――」デイジーは泣き声で言った。見せかけの強さが一瞬、剝がれた。

「ママとカーティス氏は――」

「ママは自分で決めたことを何でもすればいい。ぼくはもう、ずっと前にあきらめた。すこしでも分別があるなら、おまえもあきらめるんだな。デイジー、ぼくがママの愚かな男友だちを片っ端から殺していたら、いまごろ十回は殺人犯になってるよ」

「そんなの嘘よ！」デイジーは言った。あたしは彼女の腕に手を置いた。こんなひどいことを言われて。デイジーがかわいそう！

「いいや、ほんとうだ」バーティがそう言ったときに真上の部屋で足音がして、彼の声はすこしのあいだ、まったく聞こえなくなった。「おまえ、何も知らないのか？」

「もう出てって、眼帯くん。不愉快な人でなしなんだから！」デイジーは言った。

「わたしに向かってそんな口を利くなんて！」

ちょうどそのとき、この世のものとは思えない悲鳴が二階から聞こえてきた。それから、おそろしげなどすんという音。

何かが爆発したみたいなその音で、耳がわんわんした。みんなその場に立ち尽くし、あたしは頭のなかで心臓の鼓動を十まで数えた。お屋敷じゅうが静まりかえっていて、聞こえるのは自分の心臓の音だけだ。

それからまた、べつの叫び声。「誰か来てくれ！」フェリックスおじさまが唸るように廊下から呼んでいる。「早く！　誰か！」

「ねえ、どうしたの？」ビーニーが情けない声を出し、キティのシャツの袖をぎゅっとつかんだ。

「わたしに訊かないで！」デイジーが言った。「急いで！　何かがあったのよ！」

9

五人で一斉に、書斎から走り出た。ちょうどおなじタイミングで、自分の寝室にいたサスキアおばさまが主階段の最上段に現れた。シルクハットから顔を出したウサギみたいに。ヘイスティングス卿はすでにそこにいて、おばさまといっしょに階段を駆けおりてきた。「いまの音はいったい何だ？　何があったんだね？」

スティーヴンは三階から主階段をどたどたとおりてきた。あたしたちの前に現れたとき、その顔はただただ怯えていた。あたしもおなじような表情を浮かべていたと思う。こんな状況だから、奇妙な沈黙が立ちこめた。なんだかすごく熱くておそろしい沈黙だ。炎にすっかり包まれてしまったのに、火の勢いはまだまだ収まる気配がないとでもいうような。

フェリックスおじさまが、階段のいちばん下の段のところに転がっている何かに覆い被さるようにして膝をついていた。アルストン先生は身動きしないで、ただ、その横に立っている。握り合わせた両手をからだにきつく押し当てているけど、あまりにもぎゅっと握っているから、その手は絡み合った蔦みたいに見えた。どうしてあんなふうにじっと立ち尽くしているんだろう。とはいえ、先生が見つめているのは、フェリックスおじさまの前にある布の塊だけ。おじさまは叫び声を上げていたけど、何か勘違いしたにすぎなかったのだ。

あたしはとんでもなくほっとした。

そのとき、布の塊が動いた。

お屋敷全体が息を呑んだような気がしたけど、じつは自分がそうしただけだったのかもしれない。サスキアおばさまが金切り声を上げた。「マーガレット！」

その叫び声はひどく嘘っぽく、場違いに思えた。でも、あたしの耳はじんじんとした。

「なんてこった」呆然としながらヘイスティングス卿は言った。「なんてこった！何があったんだ！」

「マーガレットが階段から落ちたんです」フェリックスおじさまは言った。「ひどいけがをしている。クーパー先生を呼ばないと、すぐに！」

おじさまはアルストン先生を見ていたけど、その声に答えたのはバーティだった。

「電話してくる！」かみつくように言った。「ぼくのママだから」

厨房のドアが開いてチャップマンが出てきた。

「どうかしましたか？」

大きな声でそう訊き、床に倒れているヘイスティングス卿夫人を目にすると、恐怖で顔が灰色になった。その顔をゆっくりと上げ、ヘイスティングス卿が立っているところに目をやる。でもすぐに、はっとしたように視線を外した。

デイジーが慌てて歩み寄ろうとしたけど、フェリックスおじさまは両手を盾のように差し出して彼女を止めた。「だめだ！　見ないほうがいい」

「ちょっと！　この週末、わたしは何でも好きなことをしてもいいんじゃないの？」

「デイジー！」おじさまは厳しい声で言った。

「もう、わかったわよ！」デイジーの声はすこし震えていた。「おじさまがこの件を引き受ける大人なのね」

あたしはデイジーの肩を抱いた。バーティは受話器に向かって、クーパー医師をすぐに呼び出すようにとオペレーターに叫び、サスキアおばさまはヘイスティングス卿にもたれかかり、からだを揺らしながらすすり泣いていた。デイジーは熱があるみたいに震えている。

ヘイスティングス卿夫人だとわかった布の塊に覆い被さるようにして、フェリックスおじさまは膝をついている。その耳元で、アルストン先生が何かを短くささやいた。ここでもまた、お互いによく知っていると思われるような振る舞いをしている。ついさっき、おじさまが言っていたことを思いだした。〝マーガレットが階段から落ちたんです〟。あたしにはそうは思えなかった。誰かが突き落としたにちがいない。いまは夫人の手当てをしているけど、フェリックスおじさまは現場に来るのがとんでもなく速かった。それに、アルストン先生も。そもそも先生は、何を取りに自分の部屋にもどっていたの？　しばらくあたしたちから離れているための口実だったんじゃない？

あたしは主階段を見上げた。暗くて見通しはよくない。日が暮れていたけど、灯りはまだ点されていないから。不意打ちをするにはもってこいの場所だ。誰かが主階段の最上段から夫人を突き落としたのはまちがいない。ちょうど、ヘイスティングス卿とサスキアおばさまがふたりそろっておりてきたところから。ヘイスティングス卿がすごく怪しく思えて、またもや、どうしようもなく絶望的な気持ちになった。あたしはデイジーを信じている。たしかに信じている。自分にそう、きっぱりと言い聞かせた。でも、きっと警察は信じない。ただ、すごくささやかだけどうれしいと思えるのは、これでようやく、デイジーの家族のひとりを容疑者リストから外せたことだ。夫人の悲鳴を聞いたまさにそのとき、バーティはあたしたちといっしょにいた。どれほど抜け目ない計画を立てていたとしても、彼が夫人を突き落とした張本人だという可能性はない。

10

あたしたちは応接間へ追いやられ、目の前にドミノの箱を置かれてドアが閉められた。トースト・ドッグとミリーもいて、くんくんと鳴きながら、ここから出してほしいと訴えている。この二匹の犬をどうすればいいのか、誰にもわからなかった。それを言うなら、あたしたち自身のことも。

ビーニーは泣いていた。「あなたのママ、かわいそう。でも、だいじょうぶよね？　たいしたことにならないわよね？」

「わかるわけないじゃない！」デイジーはきつい声で言った。彼女は閉じたドアにぴたりとからだをくっつけ、外のようすに耳をすましていた。トースト・ドッグはデイジーの隣で、よろよろしながら後ろ脚で立ち上がっている。その姿は、思わず笑いそうになるくらいデイジーとそっくりだ。金色の毛に覆われ、何かを期待しているかのように耳をピンと立てている。「すこしでいいから黙ってられないの？　考えたいことがあるのに」

「ぜったい、だいじょうぶよ」この場を収めようとキティが言った。「わたしのおばさんから聞いたけど、アパートメントの階段から落ちた人がいたんですって。最上階の階段から真っ逆さまに。でもその人、助かったの。からだじゅうの骨が折れたわよ、もちろん。でも、おかしなことだけどそのあとも、ちゃんと歩けたの。ただ――」

「キティ」あたしは言った。「しずかに」

キティは顔をしかめ、口を閉じた。「失礼しちゃう」小声でそう言いながら。

ビーニーもすこしのあいだ口を閉じていたけど、すぐにこう訊いた。「明日になったら、警察はほんとうに来てくれるかな？」

「ふん！」デイジーは鼻を鳴らした。「警察に何ができるっていうの？　来ないでくれるとありがたいわね。いろんなことをめちゃくちゃにするだけだから」自分の父親のことを考えて心配なのだろう。

「でも、警察が来なかったら」ビーニーは不安げにつづけた。「どうやって殺人犯を止めるの？　警察が役立たずだっていうのはわかるけど、あたしたちのことは守ってくれるんじゃない？　もう、ふたりもたいへんな目に遭ってるのに！」

「デイジー」あたしは言った。言わずにはいられない。「ビーニーの言うとおりよ。

警察には来てもらわないと。でしょう？　それに、プリーストリー警部にも。学校での事件を忘れたの？　警部はすごく頭が切れた。だから、あなたのパパが犯人じゃないってわかってくれるわ！」

「そうかしら？」デイジーは言った。

部屋の外から、正面玄関の扉が閉まる音が聞こえた。誰かがやってきたらしい。大きくよく響く声はクーパー医師だろう。二匹の犬は興奮した。トースト・ドッグは跳び上がって、閉じられたドアに体当たりしている。

「プリーストリー警部は警察にしてはいい人だけど、しょせんは警察よ。規則にこだわってばかり」

「でも、本物の殺人犯を捕まえてくれたら――」キティが言った。

「そんなことできるわけない！」デイジーはぴしゃりと言った。「それに言っておくけど、わたしたちは完璧にだいじょうぶだから。みんなでくっついていればいいのよ。あと、今夜は寝るまえに、子ども部屋のドアにつっかい棒をしておきましょう。殺人犯だって、わたしたち四人をいっぺんには殺せないわ」

いつものことだけど、デイジーは周りの人を安心させようとしている。でも、ぜんぜん慰めになっていない。ビーニーはめそめそ泣いていて、あたしは密かに彼女とおなじ気持ちだった。また殺人犯が襲ってきたら、つぎに狙われるのはあたしたちだ。どうして安全だなんて思えるの？　走って逃げたところで連れもどされるだけ。殺人犯のすぐ近くにいるんだから。

あたしはプリーストリー警部の姿を思い浮かべた。厚手のロングコートの裾をなびかせ、水が引いた道を歩いてこのお屋敷に向かっているところを。頭のなかで、彼を前へ前へと急がせる。デイジーは警察を信じていないけど、あたしたちは以前、プリーストリー警部に命を救われている。そしていまはまた、そうしてもらうときだと感じていた。このお屋敷を出たら、二度ともどってきたくない。香港の家が懐かしい。あそこは何もかも温かくて、明るくて、安全だ。それに、去年あんなことがあったとはいえ、ディープディーン女子寄宿学校も懐かしかった。学校でのいろんな思い出が一気に押し寄せてくる。ほんの一瞬、においまで感じられるような気がした。チョークや、けっしてきれいとはいえないソックスや、冷たい水のにおいが。そのおかげで香港の家のことはどこかに消えて、いまではぼんやりとなってしまった。あたしの服に残る、ママの香水のにおいみたいに。家と学校のどっちを懐かしく思っているのか、自分でもわからなくなった。

デイジーはまだしゃべっていた。だんだんと早口になって、何を言っているのか理解するのがたいへんなくらい、言葉をあふれさせながら……。

「でも、油断はしちゃだめ。この部屋から出たらすぐ、ママが突き落とされた時刻の容疑者たちのアリバイを確認しないとね。あらゆることに注意してちょうだい。何を話すかだけじゃなく、どういうふうに話すか、とか。現代の探偵には心理学的な要素も必要なの。だってほら、最近の犯罪者心理って、以前よりもずっと入り組んでるでしょう。わたしの読んでいる本にはそう書いてあるの。だから——」

でもちょうどそのとき、あり得ないくらいにおそろしげな音がしてデイジーの話は遮られた。呻き声だ。最初はものすごく低く唸るような声だったけど、音程がどんどんと高くなっていくから、背骨がぐるぐる巻き上げられていくような気がした。

「ひゃあ！」キティはへんな声を出した。「何、これ？」

「いや！」ビーニーは声を上げて泣いている。「デイジーのママが死んじゃったの？どうしたの？　ねえ、何なの！」

デイジーはぱっと顔を上げた。目を大きく見開いている。

「何だろう？」あたしはデイジーに訊いた。答えは聞きたくない。

デイジーは深呼吸をした。「これは」彼女はおちついている。「ママの声よ。ものすごく痛い思いをしたと自分で思いこんでるときに、こんな声を出すの。ふつうは、肘をひどくぶつけたときとか。いまこんな声を出しているなら、ママはだいじょうぶということね。なんだかんだ言っても死ぬことはなさそう。わたしが思ってたみたいには。では、ちょっと失礼して……」

そう言ってデイジーは椅子から立ち上がり、慎重に歩いてサイドボードに載せられた観葉植物のところまで行くと、きちんと鉢のなかに吐いた。

第5部

では残る容疑者は？

1

「もう、ほんとうにおそろしかったわ」ヘイスティングス卿夫人は言った。書斎のソファに横になり、頭には柔らかそうな包帯がぐるぐるに巻かれ、片腕は胸のところで固定されている。みんなは観客みたいに、夫人の周りに集まっていた。

応接間から出てもいいと言われるまえ、あたしたちはクーパー医師とフェリックスおじさまが廊下で話していることをなんとか聞いていた。夫人のけがはそれほど深刻ではなく、それは奇跡的らしかった。「階段から落ちるとき、手すりに頭をぶつけたにちがいない」クーパー医師は言った（なんだか不機嫌そうに。まるで、夫人には運に恵まれる権利なんてないと言っているみたいだった）。「脳振盪（のうしんとう）を起こし、それでからだの自由が利かないまま滑り落ちたのでしょう。転落事故では、ほとんどの人は落ちるのを止めようとしますが、けがをするのはそういうときなんです。夫人には脛骨（けいこつ）の骨折と広範囲に打撲が見られますが、それだけです。手厚い看護を受けないといけませんがね。落ちたときはどういう状況でしたか？」
「不注意だったんです」フェリックスおじさまは短く言った（また嘘をついた！
カーティス氏のときとおなじように、事故なんかじゃないとわかってるくせに！）。
「妹はすぐに、あちこち具合が悪くなる質（たち）で。ですから、もう心配しないでください。
わたしたちできちんと面倒をみます」
「いや、そういうわけにはいきません」クーパー医師は言った。「夫人には専門的な
看護が必要ですよ。今夜だけでも。わたしがここに留まって付き添いましょう。夫人
に何かあったら、わたしたちは全員、自分のことを許せなくなりますよ。でしょう？」
「たしかに、そうですね」フェリックスおじさまは愛想よく言った。「ありがとうご
ざいます。ところで、例の検体はもう、研究所に送っていただけましたか？」
「それが、まだでして。水が引いたらすぐに送ると約束しますよ。で、警察には連絡
したんですよね、死体のことで？」
「こちらに向かっているところです」フェリックスおじさまは言った。ここでまた、
声には何の感情もなくなった。
それからようやく応接間から解放され――あたしたちはまっすぐに書斎に向かった
のだった。夫人がそこに移されていたから。デイジーが言ったように、できるだけ早

くアリバイを確認しないといけないけど、しばらくは興味深い話は何ひとつ聞けなかった。すごくもどかしい。ヘイスティングス卿夫人は、頭が痛いと文句を言いどおしだ。「額は切れてない?」心配そうに訊く。「顔に傷が残るなんていやよ! それに、この腕! もしかしたら、二度とピアノを弾けないんじゃないかしら!」

「しゃべらないでください、夫人」アルストン先生が言った。「とにかく、お休みになって」

あたしは思わずたじろいだ。いろいろと知ったいまでは、先生が何を言っても脅しているような気がするから。先生とおなじ部屋にいると考えるだけで、背中が熱くなってくる。まるでそこに、先生の目が貼りついているとでもいうように。自分が疑われていると、先生は気づいてる? そんなことを考えているあいだもデイジーは、蛇に睨まれているマングースみたいに先生のハンドバッグをじっと観察していた。そんなふうにあからさまに見つめるのをやめさせようと、あたしは何回か、彼女をつつかなければならなかった。

「あれを腕から外すときが、ぜったいにあるから!」デイジーはあたしの耳元でささやいた。「ぜったいに!」

でも、アルストン先生はけっして手放しそうにない。

「どうやって休めというの？」ヘイスティングス卿夫人は声を上げた。「とんでもなくおそろしい思いをしたのよ。目を閉じるたび、よみがえってくるの。薄暗い階段で——物音ひとつさせないであのおそろしい腕が伸びてきて、わたくしの背中を押すの。なんてひどいことを！　ああ、わたくしは死ぬのね！　そう思ったことを覚えてる。それから何かに頭をぶつけて、あとは何もわからなくなった。死んだと思ったわ！」

「ありえないいね」バーティがぼそぼそと言った。「意識がないときに何か考えるなんて」

「おだまり。わたくしが無事で、あなたも感謝なさい」夫人はぴしゃりと言った。「でも、わたくしがいま知りたいのは、この身に起こったことは誰の仕業かということよ」

「どういうこと？」サスキアおばさまがつぶやくように言った。

「そのままの意味ですわ。幽霊に襲われたわけではありませんもの、でしょう？　誰かがわたくしを押したんです。この屋敷に滞在している誰かが！　想像してみて。なんておそろしくて卑劣なのかしら。そんなことをされるなんて、わたくしが何をしたというの？」

「それは」バーティが言った。「正直に答えてほしくて訊いてるわけじゃないよね」

夫人はパーティを無視した。

「言っておきますけど、マーガレット。わたしはまったく無関係ですからね」サスキアおばさまは言った。

デイジーは背筋を伸ばしてあたしをつついた。ここでアリバイを訊けるんじゃない？

「わたしは自分の寝室にいましたから……本を読んでいたの。ええ、おもしろい本を。そのときよ、あなたのおそろしい叫び声が聞こえたのは。慌てて部屋を飛び出したところで、ジョージと鉢合わせたの。彼はすでに主階段まで出ていて、ふたりで階段を駆けおりたら、フェリックスが膝をついていた。あなたの死体の横で。そう、そう思ったのよ。もちろん、あなたが死んでいないとわかってとんでもなくうれしかったわ。ただ、あのときはほんとうに死んでいると思ったの。ジョージ、そうよね？」

おばさまはそう言い、服の前面をぽんぽんと叩いてスカーフの位置を直した。するとなんだか気味の悪いにおいが漂って、あたしは鼻に皺を寄せた。彼女の放つ、吐き気がしそうなほど甘ったるいブルーベルの花のにおいの下で、何かべつのものがにおった。なんだか邪悪で、不愉快なにおいが。その味さえ感じられそうな気がした。いったい何だろう？

ヘイスティングス卿は、奇妙にからだをもぞもぞさせて答えた。

「わたしは……その……わたしもおまえは死んだと思ったよ。寝室を出て階段のところまで行くと、倒れているおまえが見えたから。わたしは……そう、そういうことだ。そういうことだったんだ」

デイジーは心配そうにヘイスティングス卿を見つめている。卿はいま、何を言おうとしているの？　また嘘をついているみたいだけど。

「わたしも自分の寝室にいました」アルストン先生が言った。「デイジーたちのお勉強に使う本を取りに行ったんです。すぐ一階におりましたけど、廊下には誰もいませんでしたよ」

「わたしはビリヤード室にいました」フェリックスおじさまは短く言った。

そのとき、すごくへんな考えが頭に浮かんだ。使用人みんなは厨房にいて、ほかの人たちはそれぞれ自分の寝室にいた。フェリックスおじさま（一階にいた――というか、すくなくとも本人はそう言っている）、ヘイスティングス卿夫人（殺人犯にまさに背中を押されようとしているとき、主階段の最上段にいた）はべつにして。となると、ヘイスティングス卿夫人が階段から落ちて叫び声を上げる直前に、書斎の上から聞こえてきた足音は誰のものだったの？　書斎の真上はカーティス氏の寝室だ。いま、思いだした。そしてカーティス氏の寝室は、みんな知っているように鍵がかけられている。ぞっとするような感覚が背中を這い上がってきた。あたしはもう幽霊を信じていない。すっかり大人なんだから。でも、それでもやっぱり……。

カーティス氏の寝室のドアをあけて、暗がりのなかにこっそりとはいっていくところを想像する。部屋のなかにあるものが影になって見えて、ぞっとするだろうか。何かにおうだろうか。カーティス氏の死体は、まだベッドに寝かされているのだろうか。

「わかりました。でも、こんなことを話していても何の足しにもならないわね」ヘイスティングス卿夫人は不機嫌そうに言った。「誰に押されたのかなんて、わたくしたちにはわからない。わからないあいだは眠れそうにないわ。考えてもみて、その人物はもどってくるかもしれないのよ！　つねに見張りをつけてほしいものだわ！」

「クーパー先生がずっと付き添ってくれる」フェリックスおじさまが言った。「それに、わたしたちもね」

「でも、わたくしを突き落としたのはあなたたちのなかの誰かでしょう！」夫人は叫んだ。「ほかに誰ができるっていうの？　犬は吠えなかった、そうよね？　この週末、あなたたち以外は誰もこの屋敷にはいなかったのよ」

とうぜんだけど、ビーニーがわっと泣きだした。

「マーガレット！」ヘイスティングス卿は気まずそうに夫人を見つめた。「子どもたちの前だぞ！」

「子どもたちは上階に行ったほうがいいですね」アルストン先生は咳払いをして言った。「夕食はお部屋に運ばせましょう」

「でも、わたしたちはママといっしょにいたい」デイジーが大きな声を出した。あたしは彼女の手をつかんでぎゅっと握った。そのときは、どっちがいいかなんてわからないでいた。アルストン先生の寝室と隣り合う薄暗い子ども部屋に閉じこめられることと、殺人犯が夫人の息の根を止めるためにもどってくると知りながら、その夫人といっしょに一階にいることと。

「ばかなことを言うものじゃないわ、デイジー」イヤリングをじゃらじゃらと鳴らし、ぺちゃんこになった動物の頭のついた薄気味悪い毛皮のストールを首に巻き付けたサスキアおばさまが、背筋をしゃんと伸ばした。「大人というものはね、子どものために何をすればいいのかちゃんとわかってるんですよ。それに、はっきり言ってわたしはものすごく疲れてるの。何か軽くつまめるものを厨房でもらって、自分の寝室に引きあげたいわ。ドアにはきちんと鍵をかけますから。殺人犯がはいってこられないように！」

それだけ言うと、おばさまはお年寄りが履くヒールのない靴の踵でくるりと回った。スカートの裾がふわりとなって、何かがちりんと音を立てて床に落ちた。デイジーは目にも留まらぬ速さでその上に足を置き、これ以上ないくらい無邪気な顔で天井を見上げた。

サスキアおばさまは凍りついた。何を落としたにしろ、身を屈めてそれをさっと拾いたくてたまらないでいるのがわかる。でも同時に、それができないこともわかっているみたい。戸口のところで立ち止まり、指をストールに巻き付け……どうやら、騒ぎ立てるわけにはいかないと考えるほうのおばさまが勝ったようだった。

「それでは、おやすみなさい」彼女は喘ぐように言い、急ぎ足で廊下に出ていった。肩をがっくりと落とし、両手をぎゅっと握りしめて。落としたものを拾わずにこの場を離れるなんて、おばさまがかなり無理をしているのがはっきりとわかる。あたしはその落とし物が何かを知りたくて、からだじゅうがむずむずした。

「あら！」何かおもしろそうなことに気づいたとでもいうように、あたしは言った。「靴の紐がほどけてる」それからしゃがんで左の靴の紐を結ぶふりをしながら、こっそりとデイジーの靴のほうに手を伸ばした。デイジーはあたしの考えを読み、足をちょこちょこ動かすと、靴で踏んでいるものをそっとこちらに寄こした。冷たくてぎざぎざした金属性の何かに指が触れる。感じからすると鍵だ。

「結べた！」そう言ってあたしはまた立ち上がり、鍵を握った手をカーディガンの袖のなかに引っ込めた。「これでいいわ」

デイジーは、よくやったというみたいにつねってきた。

「さあ、みなさん」アルストン先生はきっぱりと言った。「部屋にもどりましょう」

「あら、アルストン先生」デイジーが抵抗する。「どうしても？」

「どうしても」胸の前で腕を組みながら先生は答えた。「十分後に子ども部屋に行って、ちゃんと寝間着に着替えているか確かめますからね。着替え終わっていたら、ヘティに夕食を持って行ってもらいます」

ふだんだったら、そう言われるだけでうれしくなっただろう。でもこんな状況では、ものすごくおそろしく思える。アルストン先生があたしたちの食事に何かを仕込んだら？　なんだかんだ言っても、すでに毒殺事件は起きているのだから。

このまま一階にいたい。明るくて暖かい、この書斎に。デイジーたちもそう思っているはず。でも、大人たちにじっと見られているから、ここを出て上階に行くより仕方なかった。

2

みんなでぴたりとくっつき合って、薄暗くて埃っぽい主階段をのぼった。いろんなことがあったから——それに夕食のことを考えて——あたしの心臓はどきどきしていた。拾った鍵は何の鍵だろう？　どこのドアをあける鍵なの？　手のひらを開いて、鍵をじっと見つめる。するとデイジーが光の速さでやってきて、あたしの肩越しにそれを覗きこんだ。「鍵じゃない！」

「わあ」キティも声を上げて見つめた。「どこの鍵かしら？」

そう訊かれたとたん、わかった。

そのときあたしたちは二階にいて、子ども部屋のある三階へ行こうと、ちょうど主階段をのぼるところだった。いまは灯りも点されていたけど、その光はぼんやりしているし、ちかちかしている。おぼろげな薄明かりのなかだと、お屋敷はすごく不気味で得体が知れない。夕方の五時にヘイスティングス卿夫人の背後に忍び寄ることができる人物がいても、驚くことじゃない。灯りが点っているいまでさえ、自分の周りに誰かがいてもはっきりとわからないのだから。あたしは鍵をしっかりと握った。

「この鍵は……食堂のじゃないかな？」ビーニーが言った。「だから、犯人はサスキアおばさまね！」

「ばかなこと言わないで」デイジーが反論する。「前に話したでしょう、犯人は紅茶のカップと時計を持ち去ったあと、すぐに鍵をもどしていたはずだって。フェリックスおじさまは鍵がなくなったと騒いだりしていないし。だから、これは食堂の鍵じゃない」

「そのとおり！」あたしは言った。「これは食堂の鍵じゃない。あたしの考えが正しければ、ということだけど」

「あなた、だいたい正しいじゃない。もちろん、わたしが正しいときはべつだけど。で、ワトソン。この鍵はどこのドアの鍵なの？」

あたしは深呼吸した。「カーティス氏の寝室よ」

デイジーは片方の眉を上げた（いつもの練習の成果だ）。「説明して」

「みんな知ってるけど、サスキアおばさまは、えっと、きれいなものを手に入れるのが好きでしょう」あたしは話しはじめた。「この週末、おばさまがカーティス氏の懐中時計をどんな目つきで見ていたのかも。あたしたちはその時計を一日じゅう探したけど、おばさまもおなじように探していたとしたら？　カーティス氏は具合が悪くなったときもその時計を持っていたから、いっしょに寝室に運ばれたとおばさまは考えたにちがいない。あたしたちは、そうじゃないと知ってたけど。とにかくおばさまの頭のなかでは、まだ彼の寝室にあることになっていた。そこできょうの午後、厨房の鍵束のなかからこれを抜き取って時計を探しに行ったのよ。デイジーのママが階段から落ちる直前、書斎の上から足音が聞こえたでしょう。あのときは、誰もカーティス氏の寝室にはいれるわけがないと思ってたけど、あれは懐中時計を探すサスキアおばさまの足音だった。そう考えると辻褄が合うの」

「でも、いまもまだ探してるなら、日曜日の明け方に食堂から時計を持ち去ったのはおばさまのはずがない、ということよね」キティが言った。「それに、ヘイスティングス卿夫人が突き落とされたちょうどそのときに、カーティス氏の寝室から聞こえた足音がおばさまのものだったら、突き落としたのはおばさまじゃない。だからカーティス氏を殺したのもおばさまじゃないかも！」

「そうね！　すばらしい推理力よ、キティ！」

「うえっ」キティは鼻に皺を寄せた。「ちょっと考えてみて。おばさまが死体のある部屋にはいっていくところを」

サスキアおばさまの服から、気味の悪いにおいが漂っていたことを思いだした。

「それがどうしたの？」デイジーが言った。こういうとき、デイジーのことがわからなくなる。物事に対する反応が、人とはだいぶちがうから。「ただの死体でしょう。嚙みつくわけじゃないし。ヘイゼル、鍵を渡して。あなたの推理はすばらしいわ。まず、まちがいないと思う。でも、確実に裏付けを取らないと。その方法はひとつだけ。この鍵でカーティス氏の寝室のドアがあくか、試してみるの」

「うえっ」キティはまた言った。

「いや！」ビーニーは泣き声を上げた。

「そうよ、デイジー。あの部屋には死体があるのよ」カーティス氏は幽霊ではないけれど、死んでからずいぶんと時間がたっている。

「ふん。いいから鍵を渡して、ヘイゼル」

あたしは言われたとおりにした。それから三人で、デイジーがカーティス氏の寝室に向かうところを見守った。

「デイジーって勇敢ね」ビーニーが言った。

「頭がおかしいのよ」キティはもごもごとつぶやいた。「ほんと、ぜんぜん気づいてなかったけど」

でも、あたしはデイジーが何を言いたかったのかわかった。ほんのすこしだけど。死体はあたしたちを傷つけることはできない。あのドアの向こうにある死体が殺人犯よりもおそろしいなんて、ありえない。デイジーがしていることはとんでもないけど、それでみんなを安心させようとしているのだ。

ビーニーは抵抗したし、キティは息ができないみたいだったけど、あたしはおちついていた。そしてデイジーは、カーティス氏の寝室のドアの鍵穴に鍵を挿しこんだ。

不快なにおいが隙間からすうっと漂ってきて、あたしは息を呑んだ。さっきサスキアおばさまの服から漂っていたのは、まさにこのにおいだった。

あたしは正しかった。ヘイスティングス卿夫人が叫び声を上げたちょうどそのとき、おばさまはこの部屋にいたのだ。夫人を突き落とすことなんてできたはずがない。だからキティの推理どおり、カーティス氏を殺したのもおばさまじゃない。

3

デイジーはまたドアを閉めて鍵をかけた。「夕食のまえに」そう言いながら鍵をポケットに滑りこませる。「また、探偵倶楽部の会合を開かないとね。わ、た、し、たちが終わらせないかぎりこの事件は解決しない、でしょう？　殺人犯は止まらない。ママまでひどい目に遭わせたのよ。ママは愚かかもしれないけど、それでもわたしのママなの。許せない！　わたしが何とかしないといけないし、みんなには助けてほしい。いいかしら？」

あたしは頷いた。「もちろん」最後までデイジーを助ける運命にあることは、自分でもわかっている。

「もちろん」キティはビーニーにちらりと視線を向け、それからあたしとデイジーのほうに目をもどしてから言った。「みんなで力になる」

あたしたちは階段をのぼって子ども部屋に向かった。なかにはいると、部屋の真ん中に敷いてあるくたびれたラッグラグに輪になって腰を下ろした。デイジーは古い真鍮の燭台に火を点したろうそくを立て、その光にやさしく照らされたあたしたちの顔に影が躍る。なんだか楽しいけど、やっぱりちょっと気味が悪い。あたしは膝に事件簿を置き、司会はもちろんデイジーがした。ここに机があったら、彼女は上座に座ったはず。ビーニーはそわそわして、閉めたドアのほうをじっと見つめている。そのせいでデイジーがとんでもなく苛ついているのがわかる。でも、不安になるなというほうが無理だ。あたしは、デイジーが事件の解決を急いでいるように感じていた。そしてみんなはそれに引っ張られている、と。警察が来ないうちに真相を突き止められるだろうか。あるいは、殺人犯に殺されないうちに。

「それでは」デイジーは言った。「ここに探偵倶楽部の会合を開催します。出席者はわたし、ヘイゼル、キティ、そしてビーニー。ちゃんと事件簿に記録してね、ヘイゼル。もう、よくわかってると思うけど。今回の事件であきらかになっていることは、つぎのとおり。日曜日の午後五時過ぎ――」(時間ははっきりしている。あたしたちはアルストン先生に脅され、午後五時から勉強をはじめることになっていたから)

「ママが何者かに、主階段から玄関広間まで突き落とされた。ママの話によると、誰かに押されたのかはわからない。階段の最上段は暗いから、誰がやったにしろその人物はママの背後に忍び寄って背中を押した。ヘイゼル、ちゃんと記録してね。さて、この新たな犯罪行為はママにとってはもちろんものすごい恐怖だったけど、それで必要な確証が得られたわけでもあります。おかげで、容疑者のひとりをリストから完全に削除できたんだから」

「バーティね」あたしはペンを動かしながら言った。

「そのとおり！　バーティには水も漏らさないアリバイができた。ママが落ちる音を聞いたとき、わたしたちといっしょにいたんだから――だからぜったい、ママを階段から突き落とせたはずがない。魔法でも使えるのでないかぎりはね。そしてわたしは、バーティがそんなものを使えないことをちゃんと知ってる。もちろん、ママを傷つけた人物が、かならずしもカーティス氏も殺したわけではないだろうけど、このお屋敷のなかを殺人を企てる者がふたりもうろついているなんて、まず信じられない。だから、さっきキティが言ったみたいにふたつの事件の犯人は同一人物だと考えていいと思う。ということは、紅茶に砒素を入れたのもバーティのはずがない、ということ」

あたしはよろこんで、容疑者リストのバーティの名前に線を引いた。

「それに、まえはママのことを怪しいと思っていたかもしれないけど、いまはまったく無関係といえる。何か犯罪行為をしたあと、自分は潔白だと見せかけるために進んで階段から飛び降りる人は、たしかに世の中にいるわ。でも、ママはそういうタイプじゃない。けがをするなんていちばんいやがることだし、傷を負って見た目が悪くなることをいつもひどく心配しているから。だから、ママも容疑者から外せる。つぎはサスキアおばさまね。おばさまはママを突き落としていない。おばさまが落とした鍵から、ヘイゼルはみごとにそれを証明してみせた。さすが、ヘイゼル。探偵として最高の功績ね。だから、とんでもなく手癖が悪いことはみんなが知っているけど、カーティス氏の件に関しては、おばさまは潔白よ」

あたしはおばさまの名前も急いで消した。「あと、デイジー。あなたのママが転落したすぐあとに、スティーヴンも階段を駆けおりてきたじゃない。そのことと、まえにも話したけど、彼が奨学金を受けていることを併せて考えたら、あたしが彼の肩を持つのは、いい人だからというだけじゃないと認めるしかないんじゃないかな。スティーヴンが容疑者のはずがないわ」

自分の頬がまたかっと熱くなるのがわかった。ばかみたい。筋の通ったことを言ってるだけなのに。

キティはあたしを見てにやりと笑った（あたしは顔をそむけた）けど、デイジーは頷いた。「そうね、わかった。第一の犯罪でスティーヴンに動機はないし、第二の犯罪では機会もない、と。だから彼も容疑者リストから消せる。というわけで、容疑者は三人にまで絞れたわね。アルストン先生、フェリックスおじさま……それとパパ」

「でも、あなたのパパのことは疑っちゃいけないって言ってなかった？」キティが訊いた。

「言ったわ。それに、警察はそのことを絶対にわかってくれない、とも。あの人たちはほんとに愚かだもの。ちゃんとした証拠がなければ、わたしたちの話なんて聞こうとしないわ。だから、どうしても警察に示すことのできる証拠が必要なの」

「でも、あなたのママを愛してるなら、傷つけようとする？」ビーニーが大きく目を見開いて言った。

「そう！　そこは重要なポイントだわ。すばらしい助手ね、ビーニー。パパがママにどうしてももどってきてほしくてカーティス氏を殺すつもりだったら、ママを階段から突き落とそうとする？　でも警察は、ママに腹を立てていて罰を与えたいと思った、なんて考えるでしょうね。そのことだけでも、パパを容疑者リストから外せないわ」

あたしたちはため息をついた。

「それにデイジーのママが落ちたあと、ヘイスティングス卿がサスキアおばさまといっしょに主階段の最上段に立っていたところは、みんなが見てる」あたしは言った。

「そうね。まったく！　パパは自分でも知らないうちに、怪しまれるようなことばっかりしてるんだから！　きょうだってチャップマンに頼んでたじゃない。お茶会のときに何かあったらしく、そのことは黙っているようにって。そして、こんどはこれでしょう。パパのことを知るようになるとわかるけど、いまは何かべつのことで頭がいっぱいなんだと思う。でもよく知らない人からすれば、完璧な容疑者に見えるのよね。わたしたちが助けてあげないと、逮捕されて牢屋に入れられることになるわ。かわいそうなパパ、親族はみんなひどく腹を立てるでしょうし。パパは裁判を受けることになって――ああ、ドロシー・L・セイヤーズの本に出てくる、気の毒だけど愚かなピーター・ウィムジイ卿みたい。それで……」デイジーは口をつぐんだ。物思いに沈んでいる。みんな、その理由はわかっていた。ヘイスティングス卿が牢屋に入れられて裁判を受けることになったとき、身の潔白を示す証拠がなければ卿は有罪になり、何をしても彼を救うことはできない。

「でも、アルストン先生とフェリックスおじさまは？」あたしはデイジーの気持ちを逸らそうと訊いた。

「あたしたちが書斎から出たとき、ふたりとも階段をのぼったところではなく、倒れているあなたのママのそばにいた。二階の廊下には誰にもいなかったとアルストン先生は言ってたけど、たしかに、そのとおりなんじゃないかな。先生がヘイスティングス卿夫人を突き落とした張本人なら」

「それに、ここでもまたフェリックスおじさまは怪しいわ」キティも話に加わった。あたしとおなじことを考えている。「誰にもあなたのママに触れさせまいとしていた」

デイジーは顔をしかめた。「おじさまはたぶん、ママの手当てをしようとしてたのよ。なんだかんだ言っても、自分の妹なんだもの。でも、このところのおじさまの振る舞いを考えると、気になることではあるわね。それは認める。ああ、もういや！まったく……フェリックスおじさまはどうして、アルストン先生みたいな人といっしょにいようと思うの？　先生が自分の身元や、ここで何をしているかについて嘘をついてることは、わたしたちにはわかってるのよ！　もう、あのハンドバッグのなかにはいりこんで、何を隠しているか調べられたらいいのに！　でも、どうやって？　時間はそれほどないわ。警察はすぐそこまで来ている。彼らがお屋敷に到着したとたん、わたしたちが犯人のところまで案内しないといけないのに」

「先生に直接、訊けばいいじゃない」ビーニーが言った。

「ビーニー、ほんと、よく考えてものを言って。もし先生が殺人犯なら、そんなこと教えてくれるわけないでしょう？　じっさいに訊いてごらんなさい、わたしたちも殺されてお終いって、そうなるとしか思えない。もうちょっと考えて」

「みんなで火事だって叫べばいいんじゃないかな。それで、先生がハンドバッグを落としてくれることを祈るの」キティが提案した。

デイジーは彼女を睨みつけ、みんな大声で言いたいことを言い合い、会合はすっかり大混乱になった。

1

アルストン先生
動機：不明。ただし何かしら秘密の過去があり、カーティス氏はそれを知っていたと思われる。
機会：まさに犯行が行われたと思われるときに、ティーテーブルのそばにいた。廊下の棚から砒素を手に入れることはできた。
注意：迷路の外でカーティス氏に脅されていたところを、デイジー・ウェルズとヘイゼル・ウォンが目撃。ほんとうは何者で、このフォーリンフォード邸で何をしているのか？　推薦状が偽造されたものだということはわかっている。

2

サスキアおばさま

動機：カーティス氏の懐中時計を手に入れるため。

機会：まさに犯行が行われたと思われるときに、ティーテーブルのそばにいた。廊下の棚から砒素を手に入れることはできた。

注意：ずっと怪しげな振る舞いをしている。警察が関わるのを嫌がった――とはいえ、それは過去に犯した盗みが理由だとも考えられる。カーティス氏の時計が見つかるかどうか、寝室を探すべき？

削除理由：ヘイスティングス卿夫人が襲われたとき、カーティス氏の寝室にいたから――懐中時計を探していたと思われる。

3

フェリックスおじさま

動機：ヘイスティングス卿夫人のことで、カーティス氏に激怒している。迷路のなかでカーティス氏を脅しているのを、デイジー・ウェルズとヘイゼル・ウォンに聞かれた。

機会：まさに犯行が行われたと思われるときに、ティーテーブルのそばにいた。廊下の棚から砒素を手に入れることはできた。
注意：カーティス氏の死について嘘をついていることはわかっている。その理由は？

4

ヘイスティングス卿
動機：嫉妬。
機会：まさに犯行が行われたと思われるときに、ティーテーブルのそばにいた。廊下の棚から砒素を手に入れることはできた。
注意：土曜日の朝、カーティス氏にフォーリンフォード邸から出て行くようにと怒鳴っているところを目撃されている。同日のお茶会で、カーティス氏に紅茶のカップを渡すところを目撃されている。そのカップが厨房にもどされていたことから、探偵倶楽部は彼が殺人犯ではないと判断する。しかし警察を説得するのに、さらに具体的な証拠が必要。チャップマンは、何らかの理由で卿をかばっている。二件目の犯行のとき、主階段の最上段で目撃されている――まさに、犯行があった時間と場所だ。

5

バーティ・ウェルズ
動機：ヘイスティングス卿夫人のことで、カーティス氏に激怒している。
機会：まさに犯行が行われたと思われるときに、ティーテーブルのそばにいた。廊下の棚から砒素を手に入れることはできた。
削除理由：ヘイスティングス卿夫人が襲われたとき、探偵倶楽部のメンバーといっしょにいたから。

6

スティーヴン・バンプトン
動機：裕福でない。カーティス氏の時計を盗み、売ろうとしていた？
機会：まさに犯行が行われたと思われるときに、ティーテーブルのそばにいた。廊下の棚から砒素を手に入れることはできた。

削除理由：お金は必要としていない――イートン校に通うにも、そのあとケンブリッジ大学に進学するにも、じゅうぶんな奨学金がある。犯罪行為をする動機はない。また、ヘイスティングス卿夫人が階段から突き落とされた直後、三階からおりてきた。

7

~~ヘイスティングス卿夫人~~

~~動機：カーティス氏に脅されていた。脅しをやめさせるために殺したかもしれない。~~

~~機会：まさに犯行が行われたと思われるときに、ティーテーブルのそばにいた。廊下の棚から砒素を手に入れることはできた。~~

削除理由：二件目の犯行の被害者。

4

言い合いはみんなに任せて、あたしは水を飲もうと浴室に向かった。

すると、廊下に誰かがいた。

黒い人影が、お屋敷の正面側の窓のそばに潜んでいる。心臓が止まるかと思った。あたしは息を呑み、子ども部屋のドアのほうに後ずさった。叫びたかったけど、悪い夢を見ているときみたいにまったく声が出せない。殺人犯がここにいる。ひとりきりでいるあたしを捕まえるために。

人影が暗がりから離れて近づいてきた。「ヘイゼル」穏やかな声。スティーヴンだ。

「ヘイゼル、待って！　ぼくだ！」

また息を呑み、あたしは声が出せるようになった。「そんなところで何をしているの？　あなた――あたし、てっきり――」

「ほんと、悪かった。驚かせるつもりはなかった。どこかで考え事をしたくて」

心臓の鼓動を鎮めようとしながら、あたしは窓際まで行って彼の横に立った。すごくすてきな窓だ。空中にある舷窓といった感じで、細い指みたいな蔦に覆われている。そこから、車寄せとモンキーパズルの木が何本か見えた。窓の外で雨はようやく上がっていた。月の光があらゆるものをぼんやりと照らし、モンキーパズルの木ははさみで切り取られたみたいに見える。

「だいじょうぶ?」スティーヴンはしずかな声で訊いた。

「うん」あたしもささやき声で答えた。「だいじょうぶだと思う。あなたは?」

「もう二度と、だいじょうぶではいられないんじゃないかと思うときがあるよ」スティーヴンは言った。

あたしもずっと、まったくおなじように感じている。そう伝えたかった。どうしてかは説明できないけど。

「いろんなことがぜんぶ、終わってくれればいいのに」惨めな気持ちであたしは言った。

「そもそも、はじまらなければよかったと思う」スティーヴンはそう言って顔をしかめた。頭を窓枠に押しつけて震えている。頭を離すと、髪は湿って乱れていた。それに、頬にはすこしだけ涙の跡があった。

「ぼくの父は自殺したんだ」彼はしずかに言った。「知ってた？　ここに来て、そのことがまた思いだされてね。まるで、きのうのことのように感じられるんだ。いまだにつづいているような」

なんと言っていいのかわからなかった。窓の外のモンキーパズルの木をじっと見つめ、暗闇のなか、その木が車寄せに死角をつくっていることに気づいた。それに、へんてこな葉っぱの一枚一枚がちゃんと見分けられることも。「あたしもそんなふうに思うときがある」あたしはようやく答えた。「去年、学校の先生が……亡くなったの。死体を見つけたのはあたしで、その死体に触ったのよ。そうしてみて……ぜんぜんいい気持ちはしなかった。デイジーはそのことは忘れたほうがいいと思っているけど、あたしにはできない。なぜだか」

こんどはスティーヴンが頷く番だった。

「お父さまのこと、お気の毒に」

「ありがとう。でもね、ヘイゼル。気にしないで。ぼくが言いたいのは、きみはまったく安心していいということなんだ。パーティとぼくで、きみたち四人には何も起こらないようにするから。約束する」

そこで彼は口をつぐんだ。あたしもおなじようにして、彼を見つめる。何もかも凍りついたような気がした。でも、風がそよと吹いて窓枠を揺らし、あたしたちはびくっとした。

「それに、警察もやってくる」あたしは言った。「プリーストリー警部が力になってくれるわ」

その言葉がほんとうになりますように。

子ども部屋にもどったとたん、水を飲み忘れたことを思いだした。デイジーもキティもビーニーも言い合いをつづけていたから、あたしはベッドにはいって事件簿を書いた。子ども部屋のドアがノックされたときは、心臓が飛び出るんじゃないかというくらいに驚いたけど、ノックをしたのはドハーティ夫人で、夕食を持ってきてくれたのだった。夕食はまた、エッグ・アンド・ソルジャー（〝ゆで卵と兵隊〟。ゆで卵に、細く切ったトーストを添えたもので、トーストが整列した兵隊に見えることから、こう呼ばれている）だった。それに、ジャム・ローリー・ポリー（スウェットという牛の脂と小麦粉などを合わせた生地に、ジャムを巻いて焼いたお菓子）も。

あたしたちはいまにも事件を解決しようとしている。それでもやっぱり、これは探偵倶楽部が解決していいのかどうか、わからないでいた。手の届かないところに何かがあって、それがあたしたちを待ち受けているような気がする。

第6部

探偵倶楽部、事件を解決する

1

月曜日の朝、からだがびくっとなって目が覚めた。事件簿に覆いかぶさるようにして寝ていたらしく、手から離れた鉛筆がベッドのシーツにカタツムリが這ったみたいな跡をつけていた。

デイジーがあたしの腕をぶんぶんと振っている。誰かが三階の浴室の浴槽にお湯を張っているから、お屋敷のなかを走る給水管がごぼごぼと歌うように鳴って、ベッドを揺らしていた。

「ヘイゼル！」デイジーがあたしを呼んでいる。「ヘイゼル！　ヘイゼル！　ヘ・イ・ゼ・ル！　起きて！」

「起きてる」あたしは答えた。「眠いけど」

「ヘイゼル、奇跡が起こったの。アルストン先生がお風呂にはいってる」

それのどこが奇跡なのかまったくわからない。先生はべつに不潔な人じゃないのに。

「ヘイゼル、ちゃんと頭を働かせて。人がお風呂に持ちこまないものって何？　ふだんはどこへ行くにも持ち歩いていても、温かい浴槽の横に置いておいたら、立ちこめる湯気でふやけてしまうものって？」

そこで急に、デイジーの言いたいことがわかった。「ハンドバッグ！」

「そのとおり、ワトソン。そのとおりだ」

あたしたちは顔を見合わせてにやりとした。

「行くわよ！　急がないと」デイジーは言った。「キティ、バスルームの外に立って、何か動きがないか耳をすましていてちょうだい。ビーニー、あなたはアルストン先生の寝室の外で見張ってて。それでキティから合図があったら、そっと知らせてほしいの。あと、ヘイゼル。あなたはわたしといっしょに先生の寝室に忍びこむわよ」

「でも、わたしだって――」キティが反論しかけた。

「反対意見は受け付けない」デイジーはぴしゃりと言った。「探偵倶楽部の会長はわたしなの。今回はわたしの立場に敬意を表して。だって、わたしは自分が何を言っているのかちゃんとわかっているし、去年、本物の殺人事件を解決したのよ。ヘイゼルといっしょに。さあ、準備はいい？」

キティとビーニーは頷いた。キティはすこしだけ、渋々という感じだったけど。

「それでいいわ」デイジーは言った。「準備はできたかな、ワトソン？」

「準備できた」あたしは答えた。それからみんなで足音を忍ばせて、子ども部屋から廊下に出た。

給水管の鳴る音が止まり、キティは浴室の外に立った。ビーニーはアルストン先生の寝室の前に。うまくいくことを祈ってあたしと探偵倶楽部式の握手をしてから、デイジーがドアを押しあける。あたしたちはまた、先生の寝室にはいった。

ベッドは整えられている。先生のハンドバッグは、枕の上にでんと置いてあった。

「ヴュー・ハルー、ワトソン！」デイジーは声をひそめて言った。目がぎらぎらと輝いている。「最後には手に入れられるって、わかってた。わかってたわ！」デイジーは猫みたいにバッグに飛びついた。

「気をつけて！　中身が落ちるかもしれない。あたしたちがここに来たことは、ぜったいに知られちゃいけないんだから！」

「あら」デイジーは言った。「ゆっくり見ているひまなんてないでしょう」

デイジーはバッグをさっとつかむと逆さまにして、ベッドカバーの上に中身をぜんぶぶちまけた。アルストン先生はこのバッグをメアリー・ポピンズから奪い取ったのかも。そう思えるくらい、ごちゃごちゃした光景が広がった。バッグのなかから現れたものは、罫紙にノートにビスケットに地図に三角定規にコンパスにチョコレート・バーにピンのはいった袋やお裁縫セット。それに平べったくて縁が尖った銀製の何かもあって、あたしたちを見上げるみたいにしてきらりと光った。

「それは何？」あたしはぼそぼそと訊いた。「これは何？」デイジーもおなじように言うと指でつまみ上げ、まじまじと見た。そしてすぐに、やけどをしたみたいにぱっと放り投げた。「ヘイゼル。信じられない。見て」

言われたとおりに見た。その銀製の何かはバッジで、手のひらにすっぽりと収まるほどの大きさだ。先端の小さな銀製の飾りには、こう書いてあった。〝ロンドン警視庁〟。

「でも——先生はどこでこれを手に入れたの？　これって警察のバッジでしょう！」

「盗んだのかな？」デイジーが言った。「ちょっと、先生が本物の犯罪者だったらどうしよう？　カーティス氏みたいに。やだ、ついに証拠を手に入れたんだわ！　アルストン先生は警察官から盗みを働いたのね——はは！　それに、がらくたに紛れて書類がある。これで先生を有罪にできると断言できるわ！」

デイジーはバッグの底を探り、仰々しい仕草でしわくちゃになった紙片を取り出した。

「これ、警察からの手紙じゃない！」デイジーは声を上げた。「公式のレターヘッドがついてる！　何て書いてあるのかしら」

あたしは彼女のほうに身を乗りだして手紙を読んだ。「うわあ」

ひどくショックを受けながら、ふたりで顔を見合わせた。

ミス・ライヴドン

ヘイスティングス卿夫妻の住まいであるフォーリンフォード邸で、覆面捜査官として活動するよう任じる。若いが、人の意見にまったく左右されることのない令嬢、デイジー・ウェルズの家庭教師として潜入し、デニス・カーティス氏の動向を監視するように。氏は四月に行われるパーティに、ヘイスティングス卿夫人の招待客としてフォーリンフォード邸に到着する予定。彼は悪名高い窃盗犯で、カントリーハウスのご夫人方にうまく取り入っては、屋敷の調度品に近づくという手口で犯行を重ねている。屋敷に短期間だけ滞在し、そのあとは相当に高価な美術品（たいていは宝石も含まれる）とともに姿を消すのだ。はっきり言えば、そうした窃盗の現場を押さえてほしい。

適当な推薦状を提供するが、ヘイスティングス卿は人を信じやすい質なので、これまでの経歴を厳しく訊かれることはないと思われる。とはいえ、令嬢はまたべつの問題だから、彼女の周りでは厳重に警戒するよう助言する。推薦状の貴女の名前は、ミス・ルーシー・アルストンになっている。

幸運を祈る。しかしとうぜんながら、何を訊かれてもすべて否定するように。

「〝若いが、人の意見にまったく左右されることのない〟ですって！」デイジーは喘ぐように言った。「ヘイゼル、見て。前に言ったでしょう、わたしは有名人だって」

話の論点がずれているような気がする。「でも、これでアルストン先生がほんとうは何者かがわかったわね！」あたしは言った。「先生がずっと隠していた秘密って、このことだったのね。バッジも警察から盗んだものじゃなくて、先生自身が警察の人だったのよ！」

「そうね！」デイジーは正気を取りもどして言った。

あたしたちは顔を見合わせて息を呑んだ。アルストン先生が警察の人だったなんて！　先生はカーティス氏を見張っていた。彼を捕まえるために、ここに送りこまれたから。先生の行動がすごく怪しげだったのは、こういう理由からだったのだ。それに、土曜日の朝にカーティス氏が先生を脅していたのも。先生がじつは警察の人だと、カーティス氏は気づいたのだ。それに、アルストン先生は――というか、ミス・ライヴドンは――カーティス氏の死について、とうぜん、独自に調べはじめていたはず。彼の寝室から手帳を持ち出したのはいいけど落としてしまい、それをあたしたちが、子ども部屋の外で見つけたというわけだ。スティーヴンと話していたのは脅していたわけではなく、いろいろと聞き出そうとしていたのだろう。彼がカーティス氏殺害について何か知っているかどうか、確かめようとして！

「すごい！」デイジーが言った。「ただの家庭教師にしては先生は聡明すぎるって、わたし、言ったでしょう。何てこと、想像してみて。警察官から勉強を教えてもらってたなんて。しかも覆面捜査官よ！　ヘイゼル！」

そのときあることを思いついて、胃の奥がしくしく痛んだ。

「でも、デイジー。先生が警察だったら犯人のはずはない。人は人を殺しちゃいけないけど、それは覆面捜査をしているときだっておなじでしょう?」

「それは——」デイジーは反論をはじめた。

「デイジー!」ビーニーがひそひそ声で呼びかけてきた。「デイジー! ヘイゼル! 先生がお風呂から出るって、キティが言ってる!」

デイジーはあっという間に、中身をぜんぶハンドバッグにもどした。何もかもめちゃくちゃだけど、元からそうだったからほんとうによかった。アルストン先生は——ミス・ライヴドンは、ハンドバッグが探られたなんて気づかないだろう。デイジーに腕をつかまれ、急ぎ足で部屋から出た。ビーニーは心配するあまり、苦しそうな顔をしてぴょんぴょんと飛び跳ねていた。キティはキティで彼女の横に立ち、口元に手を当てている。あたしたちを見ると思い切り息をついて、声を絞り出すように言った。

「もう、出てこないんじゃないかと思った」

浴室のドアがあき、アルストン先生が現れた。髪は濡れ、バスローブを着ている。あたしたちをぐるりと見回し、震えるビーニーを見てから、顔じゅう真っ赤にしているキティを見て、最後にあたしとデイジーを見た。ふたりとも必死になって、先生の寝室のドアに目を向けないようにした。ちゃんと閉めたわよね?

「みなさん、こんなところで何をしているの?」先生は訊いた。「すぐ下階に行って、朝食をすませなさい。ビーニー、あなたのお父さまはきょう、迎えに来てくれるそうよ。キティもいっしょに帰るのね」それだけ言うと、自分の寝室へ素早くもどり、ドアをばたんと閉めた。

「行こう！」デイジーが言い、発電機みたいな勢いで主階段をどたどたおりた。

「何か見つけた？」デイジーを追って階段を駆けおりながら、キティが訊いた。「何をしてたの？」

「アルストン先生は警察の人なの！」あたしは答えた。「秘密の任務に就いてて、カーティス氏を捕まえようとしてたの！　先生が殺人犯のはずがない！」

「でも……」キティが言った。「先生が警察の人だったら、残る容疑者はふたりだけになるじゃない！」

「わかってる」そう言いながら、あたしの心臓はひどく沈みこんだ。「フェリックスおじさまと……それに、デイジーのパパ」

2

デイジーは二階までおりたところで足を止めた。

「朝食に行かないの？」あたしは訊いた。周りで刺激的なことが起こっていても、お腹がトーストとマーマレードをほしがっているのは止められない。

「行かない！」デイジーは大きな声で言った。「いまにも警察がやってくるわ。だからもういちど、チャップマンに話を訊いておかないと。すぐに。それで、何を隠しているのか白状させるの」

チャップマンはフェリックスおじさまの寝室を整えていて、あたしたちがはいっていくと顔を上げた。

「デイジーお嬢さま！　それに、みなさん。どうしたんですか？」

「説明してる暇はないの」デイジーは言った。「ちょっと訊きたいんだけど。すごく大切なことよ！　わたしたち、きのうあなたがパパと話しているのを聞いて、パパが何を言ってたかはわかってる。あなた、何かを見たんですってね、土曜日のお茶会でパパがしたことを。それでいまは、内緒にしておくように言われてるんでしょう。面倒なことに巻きこまれるとパパは思ってて、あなたもおなじように考えてるのよね」

チャップマンはフェリックスおじさまのドレッサーに両手をついた。顔はさっきから灰色になっている。あたしも彼とおなじように感じて、また胃が痛くなっていた。これまでで、いちばんひどく。逃げ出したかった。この部屋から、フォーリンフォード邸から。そもそものはじまりから終わりまでの、事件のすべてから。香港に帰りたい。

「でもね、チャップマン。パパのことはよく知ってるでしょう！　ほんとうに大切なものは何か、パパにはぜったいに理解できないの。それに、何が自分にとっていいことなのかもわからないでいる。去年のことを思いだしてよ。節約になるからって、パパはニシンの燻製を大量に注文したじゃない。それをいちどに五匹も食べたけど腐ってたから、死にかけたでしょう？　今回もおなじようなことなの。あなたが何を見たにしても、それはカーティス氏が殺されたこととはまったく関係ない。何を見たか話してさえくれれば、パパは無実だと警察に伝えられるわ。でないと、警察はパパを疑うかもしれないのよ！」

「できません！」チャップマンはそう言うと、片手でドレッサーをごんごん叩いた。おじさまのカフスボタンが、なかでからからと音を立てた。「デイジーお嬢さま。話せないのですよ。わたしが見たことは、卿の犯罪行為を証明するものですから」

「何ですって？」デイジーは弱々しく言い、あたしの肘をつかんだ。あたしは彼女の腕をぎゅっと握った。隣では、ビーニーとキティが声をなくしている。

「これからお話しすることは、警察には何ひとつ、伝えてはいけませんよ」チャップマンはそう言い、デイジーの後ろに回って肩をやさしく抱いた。彼の指はぜんぶ曲がって節くれだらけだけど、すごく力強く見える。「ウェルズ家の一員としての名誉にかけて、ひと言も口にしてはいけません」

デイジーは何度も小さく頷いた。顔が真っ青だ。このときのチャップマンはまさに、デイジーを脅していた。

「お茶会のとき、わたしはテーブルから離れて立っていました。そうするよう、あなたのお母さまに言われたからです。わたしはそこで、紅茶のカップが手から手へ渡されていくのを見ておりました。お母さまはカーティス氏にもカップを渡すようにおっしゃいましたが、そのとき卿がカップに何かを入れたのです。誰にも見られていないと思っていたようですが、お嬢さまもご存じのように、卿はけっして器用な方ではありませんからね。それから、そのカップをカーティス氏に渡されたのです。具合が悪くなるまえ、カーティス氏はその紅茶以外は何も口にしていませんでした。原因となるものは、その紅茶しかないのです。カップが卿の手に渡ったとき、紅茶は淹れ立てでした。卿がカーティス氏を殺したのです」

「ちがう」デイジーは言った。「そんなことあり得ない。パパは――何かまちがいがあったのよ。ひどいこと言わないで、チャップマン。放して！」

デイジーはチャップマンの手を振りほどいて部屋を飛び出し、チャップマンは呻いて両手で顔を覆った。あたしはふり返って彼を見た。深い皺だらけで、白髪はふわふわして柔らかそうだ。すごく小柄で悲しげに見える。本に出てくる、粋で有能な執事なんかとはぜんぜんちがう。

あたしはデイジーをずっと信じたかった。でも、彼女の言ったこととは裏腹に、卿に対する有罪の証拠がどんどん積み上がってきている。これ以上、どう考えればいいの？

フェリックスおじさまの寝室を出て廊下を歩いていると、いつもとちがう音が聞こえてきた。大きな足音に、低い声。何人もいるみたいで、そのうちのひとりの皮肉屋っぽい声の調子から悪夢とすてきな思い出の両方がよみがえり、誰の声かわかると心臓が飛び出しそうになった。

「警察が来た！」あたしは息を呑んだ。「やっと、プリーストリー警部が来てくれた！」

「わあ！」ビーニーが声を上げた。「これであたしたち、安心できるわね！」

とつぜん、一階に行きたくてたまらなくなった。そのせいで指が震える。コートを着たプリーストリー警部の後ろ姿を見れば、もうだいじょうぶだとすぐにわかるはず。警部がここにいれば、何も悪いようになるはずはない。

でも、デイジーの顔はさっきよりも青ざめていた。「みんなを警部のところに行かせるわけにはいかない」しずかにそう言う。「わたしは警部に会わない！　このまま玄関に行って警部にすべてを話したら、学校にいる生徒たちとおなじように、愚かだと思われるわ。たしかにわたしたちも学校の生徒だけど、愚かじゃない。そこは、はっきりさせないと。警部はわたしたちに会いにやってきたはず。なんだかんだ言っても彼は以前、探偵倶楽部に助言を求めたんだから。分別というものがあれば、またおなじことをするはずでしょう。わたしが——わたしたち探偵倶楽部がどういう存在か、よくわかっているから。そして今回は、何よりもそれが重要な鍵なの。ここはわたしの家で、わたしが探偵倶楽部の会長なんだから」

「でも、デイジー」あたしは言った。「これまでにわかっていることをあたしたちが話さなくても、警部は自力でなんとか突き止めるんじゃないかな。頭がいいから」

「かもね。でも警部がどれほどの人でも、パパのことを告げ口することだけは、わたしにはできない」そう言って鼻の先に皺を深く寄せると、それは切り傷みたいに見えた。両方の頬には小さくて赤い斑点が現れている。唇をきつく嚙みしめているから、あたしの唇まで痛くなってくるみたいだった。

「わかった」あたしは言った。「プリーストリー警部とは口を利かない。でもね、デイジー……約束して。何があっても……あたしのせいにしないと」

「ヘイゼル」デイジーはいかめしく言った。「何があっても、あなたのせいにするわけないじゃない。もちろん、あなたのせいだった場合はべつだけど」

あたしはデイジーに顔をしかめてみせた。こんなに切羽詰まった状況でも冗談を言えるんだから、デイジー・ウェルズはだいじょうぶだ。

3

そのとき、いちばん会いたくないと思っていた人物が現れた。ちょうど自分の寝室から出てきたヘイスティングス卿だ。

「デイジー？」そう言って卿は顔をしかめ、上着をぱんぱんと叩いた。「どうした？　何か心配事がありそうだな。ほら——おや、どこかにハンカチがあると思ったが——あった、あった。いや、これはチョコレートの包み紙じゃないか。お、これは紐か。ん、これは——」

「パパ！」デイジーは鼻を鳴らしながら言った。「パパってばかなの？」

ヘイスティングス卿はずいぶんと戸惑っている。「デイジー」そう言いながら、さっき上着を叩いたのとおなじ手つきでデイジーの頭をぽんぽんと叩いた。「まったく！　何てことを言うんだ！　いったい、どうしたんだね？」

「カーティス氏のこと！」デイジーはかすれ声で言った。「パパ、これは真面目な話よ。パパは史上最悪のやっかいごとに巻きこまれてるの」

ちょうどそのとき、プリーストリー警部が階段をのぼってきた。

あたしは思いだした。プリーストリー警部が、あたしたちを救うために現実の世界に現れた天使に見えたことがあったと。でもこのときは、彼の顔や着ているコートの裾に（どこにいようと、警部はコートを脱いだことがないんじゃないかと思えた）階段の影が落ちていて、すごく不気味だった。警部はあたしたちに気づくと、額いっぱいに皺を寄せて言った。

「ごきげんよう、ミス・ウェルズにミス・ウォン。きみたちが今回の件に巻きこまれていても、ぜんぜん不思議に思えないのはどうしてだろうね？　しかも今回はお友だちまで……」

「あー……」ヘイスティングス卿はからだを引きつらせ、忙しなく周りを見回した。警部の足下を見てから何もない空間を見上げ、それから階段の手すりに視線をうつす。「あー、おはようございます、警部さん。わたしは……いや、何か必要なときはいつでも、妻に言いつけてください。わたしはちょっと、失礼しないといけないんでね。ただ、屋敷内のことにはちゃんと注意しておきます。では……」それだけ言うと、前のめりになって階段をおりていった。でもすぐに、玄関広間から卿の声が聞こえてきた。「おいおい、ここで何をしている！　何だって、だがわたしは――」

「どなたもここから出入りできません」低い声が丁重に言った。「上司の命令ですので」

あたしは気持ちが悪くなった。もう誰も、このお屋敷から外に出られないのだ。この事件を最後まで見届けないといけない。気の毒なヘイスティングス卿！　かわいそうなデイジー！

あたしたちは二階の廊下に、プリーストリー警部といっしょに残されている。デイジーは顔を合わせないようにしていたけど、警部のことをビーニーはおそれるように息を呑みながら見上げ、キティはひどくうっとりしながらじっと見つめている。でも、警部はあたしを見ていた。

「探偵倶楽部はメンバーが増えたようだね」警部は言った。「今回は警察の仕事に関わらないでほしいと思うのは、望みが大きすぎるかな？」

「警察には何も話すことはありません」警部の頭越しに、台座に載った剝製のフクロウを見やりながらデイジーは言った。「前回、殺人事件を解決したのは警察ではなくこのわたしたちで、そのことに警察は感謝するべきだということ以外は」

「わたしは感謝しているよ。ただ、殺人犯というのはひじょうに危険で、ご両親はきみたちに危険が及ばないことを願っていると思っただけで」

そう言われてあたしたちはみんな、ヘイスティングス卿のことを思い浮かべた。とうぜんだけど。

「ご両親ね！」デイジーが大声を上げた。「警部さんだってよくわかってるくせに！もう、帰ってください。だいたい、来なければよかったのよ」

「呼ばれるから来るんだよ。火事があっても浸水があってもね」プリーストリー警部は言い、皺だらけの笑顔を見せた。「いやな気持ちにさせるつもりはない。でも、きみたちは何かを知っているね。いまこそ、それを話すときだよ。部下たちもわたしも、これからみなさんに話を訊く。すぐに真相はあきらかになる」

「だめ、そんなことしないで！」ビーニーが言った。

「黙って！」キティはビーニーのむこうずねを蹴った。

警部は眉を上げた。「ということは、きみたちは何かを知っているんだね？　何か、都合のよくないことを」

「警部さんには関係ないでしょ」デイジーは言った。ものすごく失礼な言い方だ。

「これ以上、何もしゃべりません。それに、わたしたちは今回、警察のお手伝いはしませんん。無理強いしようとしても無駄よ！」

「何かを無理強いするなんて、夢にも思わないよ。ただ、何が起こっているのか、ちょっとわかりはじめたかな」プリーストリー警部の視線が、主階段から玄関広間へと下りていった。それを見て、警部が誰のことを、そして何を言っているのか、とうぜんだけどちゃんとわかった。

「ねえ」あたしは言った。「やめて。お願い」誰のためにお願いしているのか、自分でもよくわからない。ヘイスティングス卿のためなのか、デイジーのためなのか。

「残念ながら、法は法だからね。誰かにお願いされたからといって、やめるわけにはいかない。その誰かが誰であっても」

鼻が高い警部の真剣な顔を、あたしは穴があくほど見つめた。そのときデイジーが言った。「行こう、みんな。子ども部屋にもどるわよ。警部さんには警部さんのお仕事をさせてあげましょう」

4

あたしたちは子ども部屋で座っていた。情けないくらいに黙ったままで。下階では警察が捜査をはじめている。大きな足音やドアが開いたり閉まったりする音、それに何人もの話し声が聞こえてくる。「ロジャーズにやらせろ！　ちがう、指紋だ……」

指紋を採取するのも、写真を撮るのも、現場の採寸をするのも、証言を取るのも警察だからできることで、あたしたちにはできない。探偵倶楽部の存在する意味って何？

デイジーは壁を向いて座っている。つついても、こちらを向こうとしない。キティとビーニーはお互いにもたれ合って、あたしとおなじようにくたびれ果てているみたいだ。いまとなっては、探偵倶楽部の一員になったことをよろこんでいるのかどうかわからない。

子ども部屋のドアがあき、みんな、びくりとした。「みなさん、おりてきて」アルストン先生だった。「警察の方がお話を訊きたいそうよ」

「キティとビーニーだけ行きます」デイジーが言った。あいかわらず動こうとしない。「ただ、どうすることが自分たちにとっていいか、それがわかっていたら何も話さないと思いますけど。ヘイゼルはここに残ります。わたしたち、抵抗してるんです」

アルストン先生は両方の眉を上げたけど、何も言ってこなかった。キティとビーニーは行き、あたしは残った。ヘティが気もそぞろなようすで、遅い朝食をトレイに載せて持ってきてくれた。あたしは自分の分を食べ、デイジーが動こうとしないから彼女の分も食べた。そうしないと、せっかくの朝食がだめになってしまうだけだから。

それから硬くてごつごつしたベッドに仰向けになり、ペンキの剝げた天井をじっと見つめた。最悪の気分だった。からだは小刻みに震え、何もかもまちがっているような気がしていた。でもやっぱり、今回の事件のことを頭のなかでずっと考えずにはいられない。舌でつつくたびに歯がしくしくして、すごく痛いのに、なぜだかつつくのをやめられないみたいに。アルストン先生がほんとうは警察の人で、カーティス氏を捕まえる任務に就いていることについて考えた。盗みを記録した、カーティス氏のあのむかつく手帳のことを考えた。そしてもちろん、ヘイスティングス卿のことも。土曜日の朝にカーティス氏を怒鳴りつけ、その日の午後には彼に毒入り紅茶のカップを渡した。そして日曜日には、階段の最上段から床に倒れている自分の妻を見下ろしていた。ほんとうに彼が突き落としたの？　卿でなければ、フェリックスおじさまだ。ほかの人という可能性はなさそう。

子ども部屋の時計が正午を告げ、そのとき急に、これ以上何もしないでいるなんてできないと思った。こんなふうに考えるのはいかにもデイジーっぽい。でもこのときのデイジー本人は、ぜんぜんデイジーっぽくなかった。だから、あたしが彼女の代わりを務めないといけない。

「行くわよ。立って」

「わたしにかまわないで」

あたしはデイジーの肩をかなりきつくつかみ、後ろ向きのままベッドから引きずり下ろした。

彼女は悲鳴を上げながらひっくり返り、レディらしくない言葉を口にした。

「ヘイゼル！　何のまね？」

「がまんできないの！」あたしは言った。「ここに座って待っているだけなんて。すくなくとも、何かしたほうがいいんじゃない？」

「何にもできないわよ。でも……うん、わかった」

あたしたちは廊下に出た。すると、バーティとスティーヴンの寝室のドアがあいているのに気づいた。これ以上の気晴らしはないように思えてなかを覗くと、バーティがベッドの上でからだを丸め、ウクレレをぽろんぽろんと鳴らしつづけていた。スティーヴンの姿はどこにも見えない。

「なんだ」あたしたちに気づいてバーティが言った。「おまえたちか。一曲、弾いてやろう。いくぞ。かわいい～ぼくの～」

「歌はいらない」デイジーは言った。

「そうだな」バーティはウクレレを鳴らしながら言った。「ぼくもそのほうがいいと思う」

バーティもデイジーとおなじくらい動揺しているのがわかる。こんなにも感じのいいバーティを見るのははじめてだから。

「スティーヴンはどこ？」あたしは訊いた。

バーティはウクレレをぼんやりと振った。「下階だ。警察に話を訊かれてるんじゃないかな。あいつには散々な休暇になった。つらいことを思いださせてしまって。スティーヴンのお父さんが自殺したことは知ってる？」

あたしは頷いた。

「スティーヴンのお母さんが卑劣な悪党と親しくなって、その悪党がある夜中に、屋敷のなかのものを持ち逃げしたんだ。宝石だとか絵画だとかの大半をね。だから、お父さんのバンプトン氏の事業が破綻したとき、あてにできるお金がなくて……それでスティーヴンとお母さんが残され、いろいろと立て直さなくてはならなくなった。スティーヴンはお父さんのことを、不当な扱いを受けたヒーローか何かだと思っているふしがあるけど、ぼくにはよくわからない。だって、ひどい話じゃないか。あんなふうに家族を残していくなんて」いつものように、不意に怒りを爆発させる。「ウェルズ家の人間だったら、ぜったいにそんなことはしない」すると彼はびくっとして、気まずそうな顔をした。自分が口にしたことに、たったいま気づいたみたいに。「えっと……悪い。そういう意味じゃ……」

「何が言いたいかはわかる」デイジーはバーティを睨みつけるようにして言った。「どうでもいい。もう、何もかもめちゃくちゃになってるから」

下階が騒がしくなり、叫び声が聞こえてくる。あたしたちは三人ともからだをこわばらせたけど、何も聞こえなかったふりをした。部屋のなかを見回し、何かじっと見ていられるものがないか必死で探すと、それがあった。スティーヴンの空っぽのベッドの横にある、古くて壊れかけたチェストの上に置かれた一冊の本。薄っぺらい詩集で、あたしはチェストのところまで行ってそれを手に取り、ぱらぱらとめくった。書かれた文字にちらりと目をやるひまもなく、指が破り取られたページに触れた。

折しも、懸崖の背後から（それまでは
視界の果てであったのに）巨大な絶壁が、
意志の力が備わっているかのごとく、
頭をもたげた。私は漕ぎに

破り取られていたのは、そのあとの部分だ。あたしはスカートのポケットに手を突っ込み、この週末のあいだずっと持ち歩いていた紙片を引っ張り出すと、破り取られた箇所に当ててみた。

漕いだ、

だが、巨大な絶壁はますます……

ぴたりと合った。

頭のなかのあらゆることが――お互いにぶつかり合ってひとつにまとまらなかったけど、じつはほぼ正しかったいろんな考えが――急にゆらゆらしながらあふれ出し、それからまた集まって完璧な一本の線になった。問題集を解いていて、正しい答えがわかったときみたいに。

「バーティ」あたしはすごくしずかに言った。「この本は誰の？」

「どれ？」バーティは気もそぞろに訊いた。「それ？　ああ、スティーヴンのだ。来学期に勉強する予定の、くだらない詩集だよ。あいつ、ページを破り取ってるのか？ぼく以上にそれが気に入らないんだな。いつもはうんざりするくらい、自分の持ち物は大事にしてるのに」

デイジーがとっくに凍りついていることはわかってるから、わざわざ彼女のほうを見ることはしなかった。心臓の鼓動がどんどん速くなって、息をするのもたいへんだ。カーティス氏の紅茶のカップに入れる前に、殺人犯が毒を隠しておいた紙片。スティーヴンの本のページだった。

「バーティ」デイジーが言った。「スティーヴンは使用人用の階段を使う？　それに、傘立てのなかに鍵があることを知ってる？」

「何でまた、そんなことを知りたいんだ？」バーティが訊いた。「おまえってときどき、ものすごくくだらないことを言うよな」

「大ばか者のバーティ、質問に答えてくれない？　彼に使用人用階段がどこにあるか教えた？」

「もちろん教えたさ。ここに来て、すぐにね。あいつは猫みたいに、音を立てずに階段をおりるんだ。鍵のことも知ってる。先週の水曜日も、それを使って厨房にはいったよ。みんなが眠ったあとで」

二件目の犯行について、どうしてスティーヴンを容疑者リストから外したかを思いだした。三階のこの部屋から、ぎしぎしと鳴る主階段を駆けおりてきたと思っていたからだ。でもとうぜん、とうぜんだけど、彼は使用人用の階段をおりることもできた。二階と三階では、その階段と主階段は向かい合っている。二階で気づかれることなくヘイスティングス卿夫人の背後に忍び寄って背中を押し、十秒もしないうちにまた使用人用の階段を駆けあがってから、あらためて主階段をおりてきたのだろう。みんなに気づいてもらえるよう、どたどたと音を立てて。あたしは気分が悪くなった。そんなことってある？　スティーヴンはすごくいい人だ。親切でやさしい。それでも、彼のお父さんは自殺した。お母さんが、お父さんとスティーヴンの人生を壊したから。お母さんが悪党と親しくなって、すべてを盗まれてしまったから。きのうの夜、彼が話してくれたことを思いだした。〝きみはまったく安心していい。バーティとぼくで、きみたち四人には何も起こらないようにするから。約束する〟。

あたしはスカートのポケットから使いこまれた手帳を取り出し、ページをめくった。前に見ていたところよりもずっと前のページまで。そしてようやく、目当てのページを見つけた。

一九二八年十月一日、バンプトン邸、高価な宝石類が豊富で、数百ポンド相当はある。見事な絵画も。かわいらしい奥方が進んで手を貸してくれたので、実質的には譲り渡されたようなものだ。宝石類だけでなく、ご主人の金の懐中時計も、運良く手に入れることができた。ぼろ儲けだ！

ひどい事実の全容が記されていた。かわいそうなスティーヴン、こんなことがお父さんとお母さんの身に起こったなんて！　心から彼のことが気の毒になった。このフォーリンフォード邸に来て、口論するヘイスティングス卿夫妻のところへカーティス氏が割りこむのを見たとき、とうぜん、またおなじことが起こっていると思ったはず。スティーヴンにはカーティス氏のことがわかった。でも、カーティス氏のほうが気づかなくても無理はない。七年もたって、スティーヴンも少年のころとは外見がずいぶんと変わっていただろうから。カーティス氏は、スティーヴンのお父さんの懐中時計をこれみよがしに見せびらかすことまでした。トロフィーか何かみたいにして！　誰かがあたしの父を傷つけ、そのことを自慢して回ったら、あたしだってその報いを受けさせたくてたまらなくなるはず。正しいとかまちがっているとかなんて関係ない。家族なのだから。

でも、そんなことを考えていると、スティーヴンの家族よりもさらにひどい状況に置かれている、べつの家族がいることを思いだした。デイジーのママは死にかけ、デイジーのパパはこれ以上ないくらいの厄介事に巻きこまれている。そして、探偵倶楽部が突き止めたことであたしの考えが正しかったら、そのすべての原因はスティーヴンだ。

　殺人犯がスティーヴンだと考えると、おそろしいし混乱するし、からだじゅうがぶるぶると震えた。だって、彼はやさしいのに。あたしは自分に言いつづけた。やさしい人なのに。あんなにいい人がこれほどひどいことをするなんて、そんなはずがない。でも、デイジーもデイジーの家族も潔白だ。何も悪いことなんてしていない。デイジーたちを救わないといけない。それでスティーヴンが傷つくことになっても。自分の気持ちは置いておいて、探偵にならないと。

「デイジー」あたしは必死に自分を抑えて言った。「あの懐中時計！」

　とうぜん、彼女も何のことかすぐにわかってくれた。においを追う犬みたいに鼻をひくひくさせ、すぐさま行動に移った。

「どうした？」バーティが訊いた。腹を立てているのと混乱しているのとで、頭を左右に振っている。「何なんだよ？」

　デイジーはバーティを無視した。スティーヴンのチェストの引き出しをつぎからつぎへと引っかき回し、中身を脇にぽんぽん放り投げた。ひどくくたびれたソックスや、使い古されたハンカチや、丁寧に修繕されたズボンを。どれほどのものをカーティス氏に奪われたのか、その証拠をさらに見せられたようであたしは絶望した気持ちになった。

「カボチャ！　おい！　やめろよ。スティーヴンの私物だぞ、カボチャ！　何をして――」

でもいまデイジーは、ベッドの裾に掛けられたスティーヴンのナイトガウンに目を移していた。そして両方のポケットに手を差し入れ、勝ち誇ったように叫び声を上げながら取り出した……カーティス氏の懐中時計を。

やっと見つけた。あたしたちに必要な最後の証拠。

殺人犯はスティーヴンだ。

そして、何もかもすっかり理解できて、冷たいお風呂に突き落とされたみたいに感じていると、聞いたこともないようなすさまじい唸り声が玄関で響きわたった。

「パパよ！」デイジーが叫んだ。「早く、早くしないと！」

ためらいはしなかった。あたしはすぐに彼女のあとを追った。

5

玄関広間では、まさに取っ組み合いが繰り広げられていた。ヘイスティングス卿がプリーストリー警部と背の高いノークスという名の警官にしっかりと押さえこまれ、丸々とした魚みたいにもがいている。その横には、神経質そうな表情を浮かべるもうひとりの警官、ロジャーズ。ビーニーは泣いていて、彼女のパパ――あたしたちが三階にいるあいだに到着したにちがいない――が、ものすごい形相でそのようすを見つめていた。自分の見ているものが信じられないのだろう。サスキアおばさまは両手をこすり合わせている。ヘイスティングス卿夫人は唇をぎゅっと結んで、包帯の巻かれた頭をフェリックスおじさまに預け、おじさまは夫人の肩をしっかりと抱いている。アルストン先生は腕を組んで立っている。表情からは何もわからない。そしてスティーヴンは……スティーヴンは書斎のドアの陰をうろついていた。顔は真っ青でげっそりしている。彼の言動が怪しいことに、どうして気づかないでいられたんだろう？

どうしてこれまで気づかないでいられたの？

「手を放せ！」ヘイスティングス卿が怒鳴った。「手を放せと言っているんだ！　わたしは今回の件には関係ない。いっさいな。どうして信じない？　わたしは……わたしは……チャップマン、チャップマン、助けてくれ！」

チャップマンは泣きだしそうだった。肩を落とし、ぶるぶると震えている。

「だんなさま。わたしには……できません――」

「ヘイスティングス卿」プリーストリー警部が言った。「どういう経緯でカーティス氏に紅茶のカップを渡したのか、きちんと説明していただけないなら拘束せざるを得ません。彼はあなたから紅茶を受け取った数時間後に、砒素中毒で亡くなっています。そして砒素は、そのカップに混入していたと思われるのですから。そこはご理解いただきたい。これまでにひどい誤解があったことはおおいに認めるところですが、真実を知りたいのです」

「真実だって？」ヘイスティングス卿は唸るように言った。「ちゃんと説明したじゃないか！　あれ以上、何を言えば……わたしはあの男の死には何の関係もない。フェリックス、どうにかしてくれないか？　ロンドンのきみの部下に連絡してくれ。これほどまで侮辱されているんだ。助けてくれ！」

「申し訳ありませんが」フェリックスおじさまは穏やかに言った。「それはできません、ヘイスティングス卿」

おじさまはヘイスティングス卿が犯人だと思っている。あたしにはわかった。みんながそう思っている。でも、それを責められる？　あたしだってそう思ってた。心の奥では。ほんの数分まえまでは。

何か言わないといけない。いますぐ。でも、デイジーは固まっている。脇腹を思い切りつつくと、彼女ははっと我に返った。

「だめ！　やめて！　パパは殺していない！」

「きみがそう思っているのはわかるよ」プリーストリー警部はおちついて言った。「だが、今回の事件の当事者で、自分は無関係だという証拠を示せないなら――」

「証拠ならある！」デイジーは大声で言った。「それも、たくさん！　誰が犯人かも知ってる！　パパじゃない、スティーヴンよ！」

6

　スティーヴンはよろよろと後ずさり、書斎のドアにぶつかった。忙しなくあたりを見回し、最後にあたしをまっすぐに見た。目を大きく見開いて、何かを訴えかけるように頭を小刻みに揺らしている。

　あたしはめまいがした。ものすごく高い崖の上をふらふらと歩いているみたいな気分だった。もう心を決めたつもりだったけど、やっぱりもういちど考え直さないといけないかも。ほかにどうしようもないとわかっても、このおそろしさから逃れることはすこしもできないけど。

　いつもなら、思い込みで問題を解決しようと暴走するデイジーに小言を言うのに、いまのあたしは証拠に目をつぶろうとしている。あたしが受け入れられないから。スティーヴンのことが大好きだったから。でも、もうそんなことは言っていられない。

「ほんとうです」あたしは言った。それはささやき声でしかなかったから、咳払いをしてからもういちど言った。「ほんとうです。証拠があります」

「お願い！」デイジーがプリーストリー警部に言った。「話を聞いてください。前も力になってあげたでしょう？　お願いします」

デイジーが誰かに「お願い」なんて言うのを聞くなんて、考えたこともなかった。でももしかしたら、それ以上のことをすることになっていたかもしれない。スティーヴンが逃げ出そうとしていなければ。彼は息づかいも荒く、書斎のドアノブを手で探っている。するとプリーストリー警部がいきなり大声を上げた。「身柄を確保しろ！」ロジャーズがからだを投げ出し、華奢（きゃしゃ）な手でスティーヴンにつかみかかった。スティーヴンはおそろしさに喘いでから、ため息をついた。そして抵抗をやめた。

「五分で証拠をそろえて、またもどってきてくれるかな。時間を計っておこう」

「ちがうんです」警部の背後でスティーヴンが叫んでいる。「ちがうんです、彼女の言ってることは――」

「しずかにしなさい」ロジャーズはぴしゃりと言った。「警部の話を邪魔するんじゃない」

「五分もかかりません」デイジーは言った。「わたしたち、カーティス氏本人のものと思われる証拠を手に入れました。スティーヴンのご両親を騙して、財産のすべてを奪ったことが書いてある手帳です。お父さまの懐中時計を取り上げたことも。だからお父さまは自殺したんです。だからスティーヴンはカーティス氏を殺したんです。復讐のために。懐中時計はスティーヴンのナイトガウンのポケットのなかにありました。この手帳は二階の廊下で見つけて、それに、カーティス氏の紅茶のカップに入れた毒を包んでいた紙片も見つけました。学校で使う本を破り取ったものでした。いま話したことはぜんぶ、スティーヴンが殺人犯だという証拠です」

誰もがみんな、まったくおなじ表情であたしたちのことを見つめていた。いま耳にしたことが信じられないという表情で。サスキアおばさまは魚みたいに口をぱくぱくさせている。チャップマンはすぐ近くにあった椅子に、どすんとへたりこんだ。「なんてことだ」フェリックスおじさまがアルストン先生に言った。「きみはあの子たちに勉強をさせておくはずだったじゃないか」

7

「では」デイジーは言った。「わたしからはじめます」

みんな、書斎で腰を下ろしている。あたしたちが爆弾を落としてから、プリーストリー警部にこの部屋に集められたのだ。椅子や机はぜんぶ片付けられたままで、ヘイスティングス卿夫人が回復するのに必要な、ゆっくりと休む場所は確保されている。でも、いつもとはちがうところにある椅子や机と、部屋の真ん中のソファの上で女王さまみたいにからだを起こしている夫人を目にすると、この場面全体が現実だなんてまったく思えなかった。脇道をはいって、もうひとつのウェルズ家の人たちが暮らす、まったくべつの家に迷いこんだみたいな気がする。

プリーストリー警部はまだヘイスティングス卿に手錠を掛けていたけど、ノークスはスティーヴンの横に立ち、大きな手で彼の肩をしっかりと押さえつけている。スティーヴンは泣きだしそうな顔をしていて、あたしもおなじ気持ちだった。友だちとしての彼のことをくり返し考えていたけど、不意に、そういえば彼とは友だちなんかじゃなかったと思いだした。

あたしは気持ちが悪くなった。腹も立った。騙されたような気分だった。スティーヴンとのすてきな思い出はねじまげられて、色あせてしまったみたいだ。いま、あたしのことをじっと見つめている人物とは、これまで会ったこともないように思えた。ある意味、それはほんとうのことだ。

デイジーがきつめに肘で突いてきて、あたしは現実の世界に引きもどされた。

「ヘイゼル！　大団円にはあなたが必要よ」

「大団円じゃないでしょう。これは本のなかの話じゃないもの。何があったかを説明するだけよ」

「それなら、余計にあなたが必要だわ。説明するのを手伝って」

「どこまで話したっけ？」あたしは訊いた。いつものことだけど、デイジーはこの説明するという部分を、度が過ぎるくらいに楽しんでいる。

「カーティス氏がどうやってバンプトン家の財産を盗んだか、というところまで。ここでもしようとしてたみたいに！　あとは、うちにある調度品を探り回っていたことと、宝石を持っていっしょに家を出ようとママを言いくるめているのを、わたしたちが聞いたことも」

「スティーヴンにはカーティス氏が何者かわかったはずです。すぐにではなくても、カーティス氏は懐中時計を見せびらかしていたから、いずれは気づいたでしょう」あたしはデイジーに代わって話をつづけた。「それに、スティーヴンといっしょにサーディーンをしているとき、誕生日のお茶会が終わったらいっしょにこの屋敷を出ようと、カーティス氏がヘイスティングス卿夫人に話しているのを聞きました。それでスティーヴンは、おなじことがまた起きようとしていると思ったのでしょう。ものすごく腹を立てていましたから。あたしたちは一階まで階段を駆けおりました。そして、そうです！　あたしはビーニーとキティを探しに書斎にはいりましたが、彼はその隙に廊下の棚まで行って砒素を持ち出したにちがいありません。そして、ポケットにはいっていた詩集から破り取ったページに包んで隠したんです」

土曜日の午後、スティーヴンはあたしのあとから書斎に駆けこんできた。顔を真っ赤にして、息を切らしながら。そのことを思いだし、あたしは腹が立って気分が悪くなった。

「砒素を持ち出すことは簡単だったはず。せいぜい一分もあればできたでしょうね」ここからはデイジーに交代した。「あとは紅茶のカップにそれを入れ、みんながティーテーブルの周りに集まるのを待てばいいだけです。

　スティーヴンはすぐに、自分に運が向いたと思ったにちがいありません。ママはまさに、カーティス氏にもお茶を渡すように言ったんですから。彼は砒素を入れたカップを差し出しました。カーティス氏の手に渡るなら、渡すのは自分でなくてもいいとわかったから。もちろん、カップを差し出した相手はパパです」

　そこであることを思いだし、あたしは訊いた。「でも、砒素を入れたのがヘイスティングス卿じゃないなら、そのとき卿は何をしていたの？　カーティス氏にカップを渡したすぐあと、あたしは卿の顔を見たけど、すごくやましそうだった！　チャップマンもおなじことを考えてたのよね」

「いい質問だ」プリーストリー警部は言った。「そしてその謎は、いまでもまったく解けていないんです。ヘイスティングス卿、何をしていたのか、よろしければ説明していただけないでしょうか？」

　ヘイスティングス卿は咳払いをしてから言った。「わたしは……わたしは……説明する必要があるとは思えんね！　あー、わたしがしたことはこの件とは関係ないと、そのまま受け取ってもらえないだろうか？」

「残念ながら、それはできません」警部は言った。

「ねえ、パパ。ばかなことはやめて」デイジーは言った。「いいから話して。何かとんでもなくくだらないことをしたのは、みんなわかってるから。もう慣れっこだもの」

ヘイスティングス卿、かわいそう。あたしは思った。デイジーは自分の親にも、すごく手厳しくなることがある。

「わたしは……」ヘイスティングス卿のぽっちゃりした頬がみるみる赤くなっていった。

「わたしは……」また、そう言った。「わたしは……あー、そうだね、どうしても知りたいなら教えるが、カーティス氏にカップを渡す前に塩を入れたんだ」

チャップマンは両手で目を塞いだ。

「ジョージったら、何を考えていたの？」ヘイスティングス卿夫人が大きな声で言った。

「パパ！」デイジーも金切り声を上げた。

「あのときは、すごくおもしろいことに思えたんだ」ヘイスティングス卿は言い、威厳があるところを見せようとしてつづけた。「もちろん、いま思えば、そんなことをするなんて……なんというか……卑しい。だが、男にはぜったいに泣き寝入りできないことがいくつかある。自分の家にはいりこんだ誰かに妻を取られるというのも、そのひとつだ」

「なんてこと、ジョージ。わたくしは誰にも取られませんよ」ヘイスティングス卿夫人はぴしゃりと言った。「わたくしはラグでもなければ壺でもないんです。自分のしたいことができます」

「わかっているさ。理解しようとはしている。ただ……かなりしんどかったんだ、今回ばかりは。どうか許してほしい」

ヘイスティングス卿夫人は鼻を鳴らした。

「でも、パパ。そういうことだとしても、みんなに自分は殺人犯だと思わせていたのよ！　見て、チャップマンが泣いてる。かわいそうに」

「いいえ、断じて泣いてなどいません」涙で濡れた顔を拭いながら、彼はすぐさま言った。「たいへん失礼しました。うつらうつらしていただけです。疲れているんですね」

「あー……」ヘイスティングス卿がまた言った。「そうだな。うむ。わたしは――すまなかった」

デイジーは目をぐるりと回した。「とにかく、カーティス氏は砒素のはいった紅茶を飲んで息を引き取った。スティーヴンはよろこんだはずです。でもそこで、あることを忘れていると気づきました。紅茶のカップは砒素がたっぷり入った状態で、食堂に残されたままだったのです。警察が呼ばれたら、自分の指紋がついたそのカップをすぐに見つけられるでしょう。懐中時計もやっぱりそこに残されていて、とうぜん彼は、両方とも取りもどしたいと思いました。だって、時計は元々、自分のものだから。そこでみんなが寝静まってから、傘立てのなかの鍵を使って食堂にはいってカップを回収し、カーティス氏から時計も奪い返したんです。彼が食堂にいるうちにわたしたちもおなじように忍びこんだのは、大きな計算違いだったのでしょうね」

あたしはスティーヴンのほうを見た。からだがぶるっと震えた。

「わたしたちが逃げ出したあと、スティーヴンはカップと時計をナイトガウンのポケットに押しこみ、食堂のドアを閉めるとまた鍵を傘立てに入れ、それから自分の部屋にもどったにちがいありません。そしてつぎの日、ドハーティ夫人とヘティがいない隙に厨房にこっそりとはいって、汚れた食器のなかにカップを紛れさせたのです。でも、ふたりはそれに気づいてしまいました。それもまた計算違いでしたが、もちろんふたりには、誰がそんなことをしたのかわかりません。それに、わたしたちにも。

ママが階段から突き落とされると、わたしたちはスティーヴンを容疑者リストから消しました。動機が見当たらなかったし、犯行時刻に三階にいたと思ったからです。倒れたママを見つけたフェリックスおじさまが声を上げてみんなを呼んだあと、彼はどたどたと主階段をおりてきましたから。でもとうぜんですが、彼は使用人用の階段でこっそり二階までおりてママの背中を押すと、大急ぎでまたその階段をのぼって三階までもどり、それから主階段をおりてきたのです。まったく罪のないようすで。ママが警察に事情を訊かれたら、自分を疑っていると話す。スティーヴンはそう思いこんでいたのでしょう……だからって、どうしてあんなことができたの？」デイジーはそこでいきなりスティーヴンのほうをふり返った。「カーティス氏はじっさいに犯罪者だった。でも、ママはあなたに何もしていないじゃない。あなたに殺されなくちゃいけないことなんて、何もしていないじゃない」

スティーヴンは頭を振った。「ぼくはただ……ぼくは、ヘイスティングス卿夫人とアルストン先生をまちがえたんだ。日曜日の朝、アルストン先生にいろいろ訊かれて、それで自分が疑われていると思った。主階段の最上段はすごく暗かったし、夫人はこちらに背中を向けて立っていたから、わからなかったんだ。夫人だと知ってたら、突き落としはしなかった」

ヘイスティングス卿夫人はものすごく腹を立てているみたいだ――それに、すこしだけ気を悪くしている。デイジーとおなじように、何かがあったとき、その理由が自分でないと気がすまないから。

「まったく、そんな話、一瞬たりとも信じませんよ。わたくしを殺すつもりだったんでしょう！」夫人は言った。「この家に招待してあげたのに！」

「彼女の言うことは気にしないでください」フェリックスおじさまが場を鎮めるように言った。「警部、もうじゅうぶんではないでしょうか？」

フェリックスおじさまとプリーストリー警部とのあいだで視線が交わされた。アルストン先生はそれに気づき、ブラウスをさっとなでつけると咳払いをして言った。

「たしかに、そのとおりですね」

やっぱり、とあたしは思った。アルストン先生はフェリックスおじさまのことをはじめから知っていた。先生は警察の人で、そしてフェリックスおじさまもまた――どんな役職かは知らないけど――法律を守る立場にいるということだ。プリーストリー警部とおなじように。だからおじさまは警察に連絡するのをいやがった。すでにこのお屋敷にいるのを知っていたから。おじさまも警部もいまは、アルストン先生の正体とか、ここで何をしていたのかといったことを必死で隠したいにちがいない。デイジーは目を細めて三人を見つめ、あたしは一瞬、彼女が何か言うんじゃないかと思った。ところが、今回だけは黙っていたほうがいいと判断したようだった。あたしは安心した。

「まあ、そういうわけです」デイジーは警部のほうをふり返って話をつづけた。「いま話したように、スティーヴンがふたつの犯行をやってのけたんです。証拠はすべてそろっています。破り取られた本のページ、カーティス氏の手帳と懐中時計。だから、信じてくれますよね？　ね？　信じないとだめよ！　ぜんぶ辻褄が合ってるもの！」

プリーストリー警部の額に、これまでになく皺が寄った。「わたしは……何を隠そう、信じるよ。スティーヴン、きみから何か言いたいことは？」

スティーヴンはうつろに口を開いた。聞こえてきたその声も、おなじようにうつろだった。「ごめんなさい」そう小さな声で言った。「ヘイスティングス卿夫人には申し訳ないことをしました。傷つけるつもりはなかったんです。それに、ほかの誰のことも」

そのときとつぜん、彼に言いたかったことが、自分でもちゃんとわかった。

「それはちがう。あなたは自分のしたことで、デイジーのパパに罰を受けさせるところだったじゃない。それにあたしに――あなたはあたしに、自分のことをいい人だと思わせようとした。どうしてそんなことができたの？」

「自分ではいい人だと思ってた」スティーヴンは悲しげに言った。

この休暇中で彼がはじめて口にした、本当の気持ちだろう。

8

そのあとすぐ、ビーニーのパパはビーニーとキティをお屋敷の外に連れだした。ビーニーはめそめそと泣き、キティはショックを受けながらも興奮して目をぎらぎらさせていた。ビーニーのパパは不穏な顔で車のエンジンをかけ、チャップマンはふたりの旅行鞄を車のトランクにせっせと詰めこんだ。

最後にちょっと言っておきたいことがあるからと、デイジーは探偵倶楽部のメンバーを集めた。「誰にも何も話さないでよ」そう、ビーニーとキティにぼそぼそと言った。「探偵倶楽部のことも、この事件に倶楽部がどう関わったかも、何もかも。極秘だから、いいわね？　誓ったとおり」

「でも――」キティが口を開きかける。

「キティ・フリーボディ、まえに言ったと思うけど、わたしは中世の拷問器具には詳しいの。この事件のことをよそでひと言でも口にしたら、そのぜんぶを使ってあなたを拷問するから。たいせつなことだから覚えておいてね」

「ねえ、そんなことしないで！」ビーニーは半泣きになった。「ひと言だって話さないから！　そんなことしないって、わかってるくせに！」

「あなたはしないでしょうね。でも、キティはわからない。おしゃべりだから」

「ちょっと、やめてよ」キティはぴしゃりと言った。「わたしだって話しません」

「あたしは考えることだってしない！　カーティス氏はかわいそう。スティーヴンもかわいそう。殺人はひどいことだもの」

「ありがとう、ビーニー」デイジーは目をぐるりと回しながら言った。「それで、キティ。あなたも話さないわよね？　黙っていてくれたら、このまま探偵倶楽部のメンバーでいさせてあげる。臨時メンバーだけど、もちろん。でも、それだって名誉なことよ。わかる？」

「何も話さないって言ったでしょう。とりあえず、バッジはほしいな」

「バッジなんてものがあれば」デイジーはもったいぶって言った。ビーニーのパパがエンジンを鳴らし、あたしたちを睨みつけた。「あなたにもあげてるわ」

ビーニーとキティは車に乗りこんだ。車はぶんぶん唸りながら濡れた車寄せを進み、ふたりは行ってしまった。そしてあたしはまた、ホームシックを感じた。とはいえ、帰りたい先が香港の家なのか学校の寮なのか、自分でもはっきりわからなかった。とにかく、ふたりのあとを追ってこのフォーリンフォード邸から離れたい。心からそう思っていた。

それからサスキアおばさまも、自分の小さな車に乗りこんだ。スカーフを何枚かと、銀のスプーンを玄関に落としたまま。おばさまはヘイスティングス卿夫人にキスしようとして、しそこねていた。というより、夫人が顔をそむけたようだった。

スティーヴンも連れて行かれるところだ。あたしとデイジーはそのようすを二階の窓から見ていて、モンキーパズルの木も車寄せも以前と変わらないけど、この世界はまるっきりちがってしまったように感じた。スティーヴンが警察の車の黒い後部座席に押しこまれる。デイジーはあたしの肩に腕をまわし、これ以上ないくらい軽蔑した表情を浮かべていた。

「逃げ切れるなんて考えるほうがまちがってたのよ」

「逃げ切れそうだったけどね」あたしは指摘した。

「パパにしようとしてたことからも！」デイジーの口調は激しい。「あなたにしたことからも！」

「あたしは何もされてない」あたしはすぐさま言った。「パーティはどうしてるの？」

よ」

「自分の部屋にいる。ずっとウクレレを弾いていないの。それって、すごく悪いこと

「ふたりは親友だったんだものね！　まあ、男子に親友がいるとしたら、だけど。想像してみて、おなじように親友に騙されそうになったらって」

「やだ、わたしにはそんなこと起こらないわ」デイジーはそう言って、あたしの肩をぎゅっとつかんだ。「それに、わたしが騙そうとしても、あなたはけっきょく気づくと思う。パーティよりもずっと賢いから」

自分ではそんなに賢いなんて感じていない。何も感じられない。頭のなかがこんがらかっていた。スティーヴンは逃げ切るところだった。あたしたちが事件を解決したのはほんとうに驚くくらい運がよかったからで、あと数分遅かったら、ヘイスティングス卿は警察の車で連れて行かれていた。そう思った瞬間、そもそもあたしはフォーリンフォード邸に来なければよかったんだ、と思った。

9

プリーストリー警部はスティーヴンといっしょに車に乗らず、お屋敷に残っていた。あたしは何だか照れくさく、彼の視界にはいらないようにしていた。でも、無駄だった。書斎に集まるよう、ヘティが呼びに来たから。彼女はそわそわして、好奇心を隠しきれていなかった。書斎に行くと、フェリックスおじさまとプリーストリー警部とアルストン先生の三人が、ものすごく真剣な顔で半円を描くようにして立っていた。それを見て、胃がしくしく痛んだ。やっぱり、三人は知り合いだ。

あたしはもう、アルストン先生のことをおそろしいとは思っていない。いまは先生の正体も、殺人犯じゃないことも知っているから。でも、だからといって先生の前でどう振る舞えばいいのかはわからない。それに、フェリックスおじさまの前ではあいかわらず緊張する。おじさまはすごく重要な当局の人、という感じがするから、その目で見られると思うだけでもいやだ。何を考えているのかも、いまだにわからないし。

そして、プリーストリー警部。ヘイスティングス卿を怪しんでいたことを話そうとしなかったから、そのことで怒っているかもしれない。

三人とも口を利いていないし、あたしも何を言っていいのかわからなかった。でも、とうぜんだけどデイジーは、そんなことは気にしていない。

「こんにちは」顎を上げて彼女は言った。「ヘティに言われて来たの。お話があるんですってね。時間を割いてもいいわよ。お話って何？」

フェリックスおじさまは単眼鏡を嵌めると焦点をあたしたちに合わせ、それからにっこりと笑った。「デイジー。きみはほんとうに口が減らないね。謁見を賜って光栄だよ。そう、話しておきたいことがあるからね」

あたしは緊張しているように見えたらしく、プリーストリー警部は言った。

「心配しないで。厄介事じゃない」

「へえ。もちろん、そうでしょうね」デイジーが言った。「わたしたちがまた、警察に代わって殺人事件を解決したんだもの。勲章をもらってもいいくらい」

「たしかに、おっしゃるとおりですな」警部は言った。「しかも、あいかわらず見事だった。かならず有罪にできると確信しているよ。ただ……」

「ただ」フェリックスおじさまがするりと話にはいってきた。「きみたちが突き止めたべつの件で、ひと言、言っておかなければならないことがある。殺人事件とは関係のないことだ」

「アルストン先生は警察の人だ、ということ？」デイジーは言った。おじさまは殺人犯かもという心配をすることなく、彼をとことんいらいらさせることができて、うれしがっているみたいだ。

「そうだよ、デイジー」おじさまは言った。アルストン先生はからだをもぞもぞさせ、控えめに咳払いをした。「きみたちには、そのことを誰にも話さないでほしいとお願いしたい。ミス・ライヴドンが――つまり、それがアルストン先生の本名だと知っていると思うが、彼女が素性を隠したまま、今回のような事件の捜査にこれからも携われるようにすることが、何よりも重要だからね」

「もちろん、話さないわよ」デイジーは目をぐるりと回して言った。「わたしたちが慎み深いことはよく知ってるじゃない。ねえ、ヘイゼル？」

「あたしたち、話しません」思い切り頷きながらあたしも答えた。「約束します」

「よかった」警部はそう言い、あたしに向かってにっこりとした。ほんとうにうれしいとき、警部はこんなふうに笑う。あたしは知っている。すごく安心した。

アルストン先生――ミス・ライヴドン――も、あたしたちに笑顔を見せた。あいかわらず野暮ったくて古くさい服を着ているけど、なぜだか家庭教師には見えなくなっていて、ちゃんとした実在の人に思えた。そして不意に、あたしもいつかアルストン先生みたいになれるだろうかと思った。もちろん、そんなことを考えるのはばかげている。アルストン先生は、任務を果たすために役になりきらなければいけなかった。でもあたしはどこに行っても、周囲とはぜんぜんちがうから目立ってしまうのに。それでもやっぱり、想像しないではいられない。

「ミス・ライヴドンはわたしの指令でフォーリンフォード邸にやってきた」フェリックスおじさまが話をつづけた。「ときどき、ロンドン警視庁と合同で捜査に当たるんだ」

ということは、手紙の署名の〝M〟はフェリックスおじさまの名字、マウントフィチェットの〝M〟だったのね。パズルのぜんぶのピースが、収まるところに収まった。アルストン先生はフェリックスおじさまのために仕事をしていた！ たしかに、あの手紙には何かあると思っていた。あれを書いた人は、アルストン先生のこともウェルズ家の人たちのことも知っているみたいだったから。

「わたしたちはしばらくカーティス氏の動向を追っていた。彼の計画は察知していたんだが、決着をつけるにはもうすこし証拠が必要だった。現場に女性の警察官を配置すれば、何かと都合がいいかもしれないと考えていたところ、たいせつな新しい友人をこの四月、家に招待するとマーガレットから聞かされ、行動を起こすならいまだと思ったんだ。しかし残念ながら先週の土曜日の午前中に、ミス・ライヴドンのことをカーティス氏に気づかれてしまってね。どう対処するか、ふたりで話しているところで彼は殺された。そこでわたしたちは、この事件に関してふたりの役割は秘密にしておこうと決めたんだ。そのせいできみたちには、わたしが犯人だと思わせてしまったようだが……」

気まずくなって、あたしはごくりと唾を呑んだ。「本気でそう思ってたわけじゃないわ」デイジーが言った。ほんとうに、すばらしい嘘つきだ。「アルストン先生の警察のバッジを見つけたとき、何もかもわかったから」

「これは認めないといけないが」フェリックスおじさまは言った。「きみたちはふたりとも、賢い女の子だ」

「あと二十年したら、あなたの職を奪ってしまうかもしれないわね」おじさまに笑いかけながらアルストン先生が言う。「デイジー、ヘイゼル。あなたたちに勉強を教えるのは楽しかったわ。それに、疑われるのも。犯罪者は用心しないとね」

「ありがとうございます」デイジーは言った。「それに、犯罪者は用心しないといけません」

やっぱりあたしはアルストン先生が、というか、ミス・ライヴドンが好きだ。とっても。

あたしとデイジーは三階に向かった。途中で通りかかったカーティス氏の寝室はドアがあいていて、なかを覗くと窓もぜんぶ開け放たれていた。ぼんやりとした青っぽい光が部屋に射しこみ、お屋敷じゅうが明るくなったように思えた。カーティス氏の死体はなくなっていた。

〝カーティス氏殺人事件〟はようやく、ほんとうに解決したようだ。

10

間もなくして、あたしの父にも事件のことが伝わった。父はフォーリンフォード邸に電話してきたけど、回線はジージーと鳴りカサカサと音を立てていたから、受話器を通して不愉快な怒鳴り声を聞かされるはめになった。あたしはどうにか、殺人犯はもう逮まったから何も問題ないと説明しようとした。

「しかし、また殺人事件だなんて、ヘイゼルよ！」父は大きな声で言った。ものすごく遠くで、逆立ちしながら話しているみたいな声だ。「どうしてそういう場面に出くわすんだ？　おまえの友だちのせいじゃないのか、デイジーとかいう。あの子のことは気に入らんね」

「デイジーのおうちで人が殺されたのはデイジーのせいじゃない！」あたしは言った。

「え、何だって？　わたしはだね、あのデイジーという子が気に入らんと言ったんだ。それに、殺人事件もね。おまえには無事でいてほしい。わたしがそっちに行って、つぎの休暇はいっしょに過ごそうか?」

「や、や、やめて!」あたしは叫んだ。

「そうするべきだと思うんだが。うむ。そうしよう。旅に連れて行くとするか。わたしはおまえの友だちは気に入らん——聞こえたかね?」

「聞こえない!」あたしはまた叫び、そこでオペレーターは回線を切った。


夏学期に向けて学校にもどらなくてはいけない日の前日、また電話がかかってきた。こんどはプリーストリー警部からで、ヘティはできるかぎりこっそりと、あたしたちを電話口まで呼んだ。ヘイスティングス卿はまだ警察のことをよく思っていなくて、警部があたしたちに連絡してきたなんて知ったら、いやな気分になるだろうから、と。

「スティーヴンは自白したよ」電話に出ると、警部は言った。あたしはその連絡が来るのをずっと待っていた。それでもやっぱりじっさいに聞かされると、おそろしくてからだが震える。受話器を落としかけ、デイジーが代わりに受け止めてくれた。「いまは拘置所で裁判を待っている。といっても十七歳だからね、未成年者として裁かれる。だから死刑にはならないよ」

一瞬、ものすごいめまいを感じた。スティーヴンがしたことはいまだに許せないでいるけど、死刑になるのはいやだった。彼が死刑になるかもと考えると、あたし自身、ものすごく打ちのめされるから。でも、そうはならないらしい。あたしは安心した。

「そう」デイジーは言った。まるで、明日の天気は曇りだと聞かされたにすぎないみたい。「わかりました。それで、今回もまた手柄はぜんぶ、警部さんが持って行くのね？」

「わたしを何だと思っているのかな、スーパーお嬢さんは？」警部は言った。受話器からは彼の小さな声しか聞こえてこないけど、それでも笑っているのがわかる。「公式な報告書には、こんなふうに書いておいたよ。少女探偵のデイジー・ウェルズとヘイゼル・ウォンがもたらした情報に基づいてスティーヴン・バンプトンを逮捕し、事件は解決に至った」

「ほんとうに？」デイジーは大声を上げた。

「まさか、そんな」あたしは言った。なんとか我を忘れないようにしながら。「冗談でしょう」

「いや、じつはそうでもないんだ」警部の声が響いてくる。「きみたちふたりのことに触れているけど、じっさいに名前は出していない。ただ、できる範囲で功績は認めようと思ってね。すごく感謝している。きみたちのおかげで、重大で取り返しのつかないミスをしないですんだのだから。犯してもいない罪でヘイスティングス卿を逮捕するというミスをね！　それについては、周囲からさんざん言われたよ」

「今回はわたしたち、勲章をもらってもいいと思います」デイジーはそう言い、受話器越しにあたしに向かってにやりとした。

「郵便局に届けてあるよ」警部は言った。「では、そろそろ切らないと。これからも、この調子でいってほしい。きみたちの探偵倶楽部はほんとうにすばらしいから」

勲章のことは冗談だと思っていた。でも、ちがった。まさにその日のお昼になって、郵便屋さんが大きな包みを配達に来た。宛名は〝ミス・ウェルズとミス・ウォン〟になっている。デイジーは子ども部屋でその包みをびりびりと破いてあけ、中身を振り落とした。するとベッドの上掛けに、きらきらと輝く銀色の勲章が四つ、転がり出てきた。〝探偵〟と印字されている。デイジーは興奮して金切り声を上げ、さっそくそのひとつをブラウスにつけた。その勲章は、怖いくらいに輝いて見えた。

「これで、ほんとうにちゃんとした探偵になったわね」よろこびのため息をつきながらデイジーは言った。

そのとき、戸口のところで物音がした。見るとバーティが立っている。デイジーとブラウスの勲章をじっと見つめているけど、何を考えているのか、表情からはわからない。それからくるりと向きを変え、ドアを閉めた。

そのあとも、あたしは勲章を身に着ける気持ちになれなかった。お菓子箱の奥にしまいこみ、そのままにしておいた。

11

土曜日の朝、あたしたちは学校にもどる準備をして、早めに一階におりた。荷造りはヘティがしておいてくれた。いまはドハーティ夫人が玄関広間であれこれと世話を焼き、あたしのお菓子箱にはケーキをもう一切れ、デイジーのお菓子箱には殺人事件の起こるミステリの本をもう一冊、入れようとしている。

「お嬢さまには当分、殺人は読むだけにしておいてほしいんですもの」ドハーティ夫人はデイジーに言った。「生涯でじっさいの殺人事件に出くわすのは、もうじゅうぶんでしょう」

「ふん」デイジーは言った。目を細め、物思いにふけったようすで遠くを見つめている。

そのとき庭園につづく扉がばんと開いて、防水ジャケットを着たヘイスティングス卿が現れた。足下にミリーとトースト・ドッグを従えている。事件が解決して以来、ちょっとした休戦協定みたいなものがあって、ヘイスティングス卿と夫人はまた口を利くようになっていた。お互い探り合うみたいだし、何回も途切れることはあったけど。ふたりが話しているときは、邪魔になるといけないから誰もが息をするのさえためらった。

「デイジー！」卿が呼びかけた「そして、デイジーのお友だち！」休暇がはじまったときに遡った気がした。おそろしい出来事が起きるまえに。

「おはよう、パパ」デイジーは言った。「わたしたち、きょう学校にもどるの」

「そうか」卿はこちらに歩いてきた。それからしばらく黙りこんだまま、何か思うところがあるように胸のあたりを擦っていた。「そのほうがいいんだろうな」ようやくそう言う。「この家は――いまのところ、おまえにとってはふさわしい場所ではないから」

「パパはだいじょうぶね」デイジーは言ったけど、それが質問だったのかどうか、あたしにはわからない。

「わたしはいつも、だいじょうぶだ」卿は答えた。「何事も丸く収まるものだよ」そう言ってつま先立ちになり、また黙りこむ。それから手を差し出した。デイジーはとても優雅にその手を取ると、いきなりからだを投げ出して父親に抱きついた。

「おちつきなさい、デイジー。こんなことをして、もう小さな子どもじゃないんだから！」でも、そう言いながらも卿はデイジーを抱き上げたから、彼女の足は石敷きの床からすっかり浮き上がった。

「パパが誰も殺していなくて、すごく安心した」デイジーが卿の耳元でささやく。「パパがいい人でよかった」

「わたしもだ」卿は答えた。「ほんとうにほっとしたよ、正直なところ。じつは、わたしがカーティス氏の死を願ったからだろうかと思いはじめていたんだ」

デイジーは噴き出した。「ばかなパパ！」そう言って卿から離れ、また床の上に足をついた。「そうできればよかったわね！」

「おまえはどうだ？」

「わたしは」デイジーは言った。「何でもできる。それに、ヘイゼルも。自分でそうは言いたくないみたいだけど」

デイジーはあたしを見てにやりと笑い、すこししてからあたしもデイジーに笑みを返した。ヘイスティングス卿はふらふらとビリヤード室に向かった。トースト・ドッグのどっしりとした背中を軽く叩き、ため息をつきながら。ヘイスティングス卿がだいじょうぶでいてくれますように。あたしは思った。すくなくとも、チャップマンとヘティとドハーティ夫人には気を配ってもらえますように。

「わが友、ワトソン」デイジーはあたしの手を取ってぎゅっと握った。「休暇のあいだ、あなたがいてくれてよかった。これは誰にも言わないでね。でも、あなたがいてくれなかったら、どうなってたかわからない」

「あたしもそう思ってる」世界じゅうで起こる殺人事件に出くわしても、デイジーと友だちでいることには大きな意味がある。

「探偵倶楽部は永遠に」デイジーは言った。

「探偵倶楽部は永遠に」あたしも言った。

ふたりで握手をした。この玄関広間で、ようやくまた幸せな気持ちになれた。

12

休暇の最後の日、夏学期がはじまるまえの日曜日の朝、あたしはディープディーン女子寄宿学校の狭くてごつごつしたベッドで目を覚ました。窓があいていて、四月の冷たい風が吹きこんで毛布やシーツをばたばたさせている。ビーニーは半べそをかきながらベッドの奥にもぐりこみ、キティは鼻を鳴らし、ラヴィニアはため息をついて大きなクジラみたいに寝返りを打った。下階から、朝食のポリッジを煮るにおいが漂ってくる。ふと見ると、旅行鞄があけっぱなしになっていた。まだ半分しか荷解きをしていない。寮母さんに見つからないうちに、ちゃんと片付けないと。そう思いながらからだを起こした。学校指定のパジャマは首や腕のところがちくちくする。あたしは深呼吸をした。

デイジーはぞんざいに毛布を払いのけてベッドからぴょんと飛びおり、あたしに手を振った。

「おはよう、ヘイゼル。退屈がもどってきたわね。つまらない人たちだらけで、ラテン語の授業が延々とつづいて、殺人事件なんて起きないところ。ちょっと、何を笑ってるの？」

「べつに」あたしは言った。

ホームシックなんて、あっという間にどこかに消えてしまった。

デイジーのフォーリンフォード邸案内

前回の事件のときもそうだったけど、事件簿のなかのむずかしい言葉を説明してほしいとヘイゼルに頼まれたの。心配しすぎだとは思うけど、どうしてもと言い張るし、たまには言うことを聞いてあげないとね。何がしたいのか、あの子は自分でけっしてわかっていないから。

【激怒する】
怒りでいっぱいになって、いまにも爆発しそうになること。

【砒素】
このやっかいな毒を飲むと、ひどく苦しんで死ぬことになる。でも、どこの家にもある日用品にも含まれているから、手に入れるのは簡単。だから多くの殺人犯がこれを使う。

【機械人形】
ロボットのべつの呼び方。

【ブラマンジェ】
ミルクでつくる、ぷるんぷるんのデザート。甘いけど何だかぱっとしなくて、じつは子ども用の食べもの。

【インテリ女性】
男性よりも本に興味があって、それをうまく隠せないでいる、ものすごく賢い女性のこと。

【前向きに行こう（バックアップ）】
悪いことが起こっても、気にしないで前に進むことが大切だと励ますときに言う言葉。

【おやつ休憩】

学校で使われる言葉だけど、人生のあらゆる場面で重要な意味を持つ。いましていることを中断して、ケーキやビスケットやパンみたいに甘くておいしいものを食べるの。


【コンビー／コンビネーション】

おしゃれというよりは、機能的な女性用の下着を指す言葉。


【回復】

具合が悪くなったあとは、回復しないといけない。つまり、体調がよくなるまでゆっくり休む、ということ。


【赤痢】

ほんとうにおそろしい病気で、お手洗いにずっと閉じこもることになり、最後にはしなびたみたいになって死ぬ。だめなお医者さんは、この病気と砒素中毒の症状をよく取り違える。


【二束三文】

ものすごく安い値段という意味の俗語。


【家庭教師】

学校ではなく、家庭で女子に勉強を教える先生。ママは休暇のたびにわたしに家庭教師をつけるけど、それってすごくうんざり。


【グレーン】

小麦の種類のことではなく、お医者さんが毒の量を量るときに使う言葉。

【おーい】
離れたところにいる人には、こう叫んで自分の存在を知らせる。

【ホル】
休暇（ホリデー）のスラング。

【温室】
冬でもこの建物のなかでなら、花や果物を育てることができる。

【ゴム】
よく弾むボールや、いろんなことに役立つものをつくるときの原料。すごく伸縮性がある。イギリス領インド帝国の木から採れる。

【盗癖】
裕福な人のなかにも、この病気になる人がいる。他人の持ち物をくすねずにはいられない病気。

【ピッグスキン】
皮革の一種で、ハンドバッグの材料になる。すごく実用的。

【ポピンジェイ】
オウムを指す古い言葉。でも、オウムよりずっとすてきな呼び名だと思う。

【ラッフルズ】
E・W・ホーナングの作品に出てくる紳士泥棒、A・J・ラッフルズのこと。すごく賢いの。わたしは彼を評価しているけど、ヘイゼルはそうでもないと思っているみたい。

【口論】
口げんかのべつの言い方。大人はしょっちゅう口論している。

【サーディーン】

どこかに隠れた人を、みんなで見つけるゲーム。見つけたら、いっしょになってその場所にからだを押しこんで隠れないとだめ。最後は缶詰のサーディーンみたいに、ひとつの場所にみんなでぎっしりと詰まって終わる。

【歯磨き用のマグ】

歯ブラシを入れておくためのマグ。あたりまえ。

【ヴュー・ハルー】

前の事件簿にも書いたけど、猟をしているときに見つけたキツネを追うときに使う言葉。探偵をしているときに使ってもかまわない。かなりいいところまで事件の真相に迫り、いまにも殺人犯を捕まえられそう、というときなんかに。

訳者あとがき

〈英国少女探偵の事件簿〉シリーズの二作目、『貴族屋敷の嘘つきなお茶会』をお届けします。

ディープディーン女子寄宿学校に在籍するデイジーとヘイゼルは、みんなに内緒で〈ウェルズ&ウォン探偵倶楽部〉を結成しています。一作目では校内で女性教諭が殺されるという事件が起きましたが、殺人犯に追いかけられて怖い思いをしながらも、ふたりはみごとに解決しました。とはいえ、それは学校が閉鎖されてもおかしくないような大スキャンダル。生徒たちのあいだに不安が広がりましたが、先生方の尽力で学校の存続が決まるとみんなおちつきをとりもどし、デイジーとヘイゼルものんびりと過ごしていました。

そんなときにイースター休暇にはいり、デイジーはヘイゼルを連れて帰省します。

学校とおなじように、デイジーの家でものんびり過ごせる。ヘイゼルはそう思っていました。ところが、ふたりはまたもや殺人事件に巻き込まれてしまいます。しかも、デイジーのお誕生日を祝うお茶会のさいちゅうに。状況から見て、現場にいた人たちの犯行としか考えられません。

その容疑者たちは誰もが個性的で、ストーリーを盛り上げてくれます。なかでも、前作でデイジーが何かにつけて「おじさまが……」と思わせぶりに口にしていたフェリックスおじさまの登場は、読者のみなさんにもよろこんでもらえるのではないでしょうか。秘密諜報員だとか、大英帝国の危機をたったひとりで二回も救ったとか、とにかくかっこいい噂の的になっているおじさまはルックスも粋で、まさにスパイ小説のヒーローそのものだといいます。この物語が映像化されたら、おじさま役は誰がいいだろう。そんなことを思いながら訳者は、頭のなかでトムヒこと、トム・ヒドルストンにおじさまのせりふをしゃべってもらいながら訳していました。

今回の事件の舞台となるフォーリンフォード邸は広大な敷地に建つ、これぞイギリスのお屋敷、という邸宅です。ただ、多少（？）くたびれているのも事実。このころは社会情勢の変化で特権階級にも税負担が重くのしかかり、貴族だからといって安穏としてはいられなくなっていました。その影響が、ウェルズ家にも及んでいたのでしょう（貴族の〝没落ぶり〟は、本書とおなじくコージーブックスから出ているリース・ボウエンの〈英国王妃の事件ファイル〉シリーズを読むと、わかりやすいと思います）。とはいえ、フォーリンフォード邸の調度品や絵画はすばらしいものばかりで、寝室だっていくつもあります。そんな邸内を、デイジーとヘイゼルはいくつもある階段をのぼったりおりたりして自由に行き来し、敷地内の迷路で尾行をし、大きな木に腰を下ろしながら探偵倶楽部の会合を開き、今回もまた事件解決に挑みます。

デイジーは自分の家族を疑わなければならないことで苦しみ、ヘイゼルはそんな彼女を気の毒に思いながらも、探偵としてフェアに行動しようとします。ふたりの健気さには胸が熱くなりました。

さて、三作目の *FIRST CLASS MURDER* では、事件に巻き込まれてばかりの娘を心配する父親の提案で、ヘイゼルはオリエンタル急行で旅に出ることになります。もちろん、デイジーもいっしょです。豪華な列車の旅は優雅で快適でしたが、そこでもふたりはやはり、事件に巻き込まれてしまいます。邦訳は二〇一八年三月に刊行予定ですので、楽しみにお待ちください。

ところで、前作の『お嬢さま学校にはふさわしくない死体』の表紙を見たとき、あまりにもすてきだったので訳者はたいへん感激しました。このあとがきを書いている時点では、本書の表紙がどんなものになるのかはわかりません。でも、今回も龍神貴之さんはすてきなものを描いてくださるはずで、いまからわくわくしています（ちなみに原作の表紙もスタイリッシュで、とてもすてきですよ）。

なお、作中に出てくる詩はワーズワースの『序曲』で、『対訳　ワーズワース詩集　イギリス詩人選（3）』（岩波文庫／山内久明編）の訳を使わせていただきました。

最後になりましたが、今回もまた原稿の細かいところまでをきっちりと見てくださった原書房の相原結城さんに、心からお礼を申し上げたいと思います。ありがとうございました。

二〇一七年七月

コージーブックス

英国少女探偵の事件簿②
貴族屋敷の嘘つきなお茶会

著者　ロビン・スティーヴンス
訳者　吉野山早苗

2017年　9月20日　初版第1刷発行

発行人　成瀬雅人
発行所　株式会社　原書房
〒160-0022 東京都新宿区新宿1-25-13
電話・代表　03-3354-0685
振替・00150-6-151594
http://www.harashobo.co.jp
ブックデザイン　atmosphere ltd.
印刷所　中央精版印刷株式会社

落丁・乱丁本はお取り替えいたします。
定価は、カバーに表示してあります。
 ISBN978-4-562-06070-2 Printed in Japan